Tango del torturador arrepentido

Tango del torturador arrepentido

CARLOS SALEM

Primera edición: mayo de 2024

Para Josep Forment, siempre con nosotros

Publicado por:
EDITORIAL ALREVÉS, S.L.
C/ València, 241, 4.º
08007 Barcelona
info@alreveseditorial.com
www.alreveseditorial.com

Printed in Spain
ISBN: 978-84-19615-66-4
Código IBIC: FF
DL B 6471-2024

Impresión:
QPprint

Un torturador no se redime suicidándose, pero algo es algo.

Mario Benedetti

Quién sabe, Alicia, este país
no estuvo hecho porque sí.
Te vas a ir, vas a salir,
pero te quedas:
¿Dónde más vas a ir?
Y es que aquí sabes
que el trabalenguas, traba lenguas,
el asesino te asesina.
Y es mucho para ti.
Se acabó,
se acabó ese juego que te hacía feliz.

Charly García,
«Canción de Alicia en el país»

Para María Suanzes, que hace años puso en pie
mi obra de teatro que era sueño y pesadilla,
y que supuso el germen de esta novela.

Para Mitch, que padeció con paciencia y amor
las tormentas que lluevo
cuando me nubla una novela.

Para quienes no pueden leer este libro
porque les robaron el futuro.

Y, sobre todo,
para las Madres de la Plaza de Mayo.
Siempre.

NOTA DEL AUTOR

Los personajes y situaciones que forman esta novela son imaginarios. El dolor y las heridas en que se basan son tan reales que todavía sangran y no hay receta de olvido oficial que pueda cicatrizarlas.

OTRA NOTA DEL AUTOR

Este libro ocurre en dos tiempos, dos hemisferios y dos maneras de hablar el mismo idioma. Como dijo Paco Ignacio Taibo II: «El español es la lengua común que nos separa». Y me permito agregar: si la dejamos. La novela, como su autor, nació en la Argentina y lleva más de media vida en España, donde se publica originariamente. De allí la decisión de acentuar ciertas palabras «en argentino» para los personajes de ese origen, ya que de otro modo sonarían extrañas a lectores de las dos patrias del libro. Si en Madrid se dice «discúlpame», en Buenos Aires se dice «disculpáme». Y aunque la RAE decrete que las palabras graves (o llanas) que acaban en vocal no se acentúan, en la calle y en la vida, sí.

Estoy seguro de haberme equivocado en más de un caso y sé que esta elección merecerá críticas de todas partes. Pero hay dolores que no obedecen a la RAE.

Renuncié a intentar un español «neutro», porque me suena a «neutral» y este libro y este autor no lo son.

Por cierto, la pista para resolver este dilema me la dio Hernán Casciari en su artículo «La gramática necesita vacaciones», publicado en su página web en 2004. Él también es un escritor de dos orillas y conoce el problema.

Si hay algún acierto en la decisión, suyo es el mérito.

La culpa, como siempre, es toda mía.

PRÓLOGO

Cuando sangra una burbuja

Madrid, 1999

En el enorme *loft* resuena el teléfono por vigésima vez en cuatro horas. Por fin salta el contestador y se graba el mensaje. La voz de mujer joven va pasando de la ira a la duda a medida que habla:

—¿Jorge Luis? ¿Estás ahí? Soy Lucía. Sí, esa Lucía, a la que llamas solo cuando te apetece echar un polvo. O varios. Habíamos quedado a cenar hoy, ¿recuerdas? ¡Te esperé hasta las once! Sabes bien que madrugo para llegar temprano al despacho, y si piensas que voy a estar detrás de ti y de tus silencios, lo llevas claro, majo. Y tu móvil estaba apagado, y al fijo de tu casa no contestabas... ¿Te ha ocurrido algo? Cuando vuelvas, llámame, por favor. Y si todavía te apetece..., ya sabes. En fin. Sé que te incomoda que te lo diga, pero... te quiero. Y no es por quejarme, pero no entiendo tu actitud y...

Se corta la grabación, excedido el tiempo disponible.

El amplio espacio libre de tabiques está en penumbras, salvo por el cono blanco que proyecta la lámpara sobre la mesa de despacho. Jorge Luis, la camisa desabrochada, la botella de whisky caro a su lado, teclea mientras habla en voz alta. Y es imposible saber si repite lo que escribe, o las frases en la pantalla le dictan lo que debe decir.

Llora. Eso está claro. Acaso de alivio.

Rota la burbuja, solo le queda la intemperie de vivir.

Llora. Y también ríe. Se ríe de sí mismo, de Julio y del azar.

Miércoles, 29 de diciembre:

Fue en el teatro. Todavía no sé por qué fui, o lo sé demasiado y no quiero. De repente me di cuenta de que llevaba doce años viviendo en una burbuja. Confortable. Protectora. Pero burbuja. A veces acompañado por un rato. Casi siempre solo y a salvo. Pero era una burbuja cerrada al viento y a la vida. Y empezaba a doler. Mi burbuja sangraba y era mejor sacarla a respirar para que no se muriera y me matara de encierro.

Y la llevé al teatro.

La obra era bastante mala y lo más conmovedor fue el miedo de los actores y las actrices, que sospechaban que lo suyo sería debut y despedida. Y ese pánico se destilaba en los diálogos y en los movimientos, más allá de la pobreza pretenciosa del texto y las ínfulas de un director que intentaba suplir con golpes de efecto su ausencia de talento. Me recordó a algunas de las obras de vanguardia que me llevaba a ver mamá cuando era chico y eso me emocionó. Creo que se me escaparon un par de lágrimas.

Y ocurrió. Como si llegaran a toda velocidad desde media vida de distancia: las emociones. Sobre mí. Por todas partes.

Creí que me moría y que eso estaba bien, porque iba a morirme vivo.

Luego, a medida que respiraba con la voracidad de quien estuvo a punto de ahogarse, comprendí.

Era libre. Yo era libre. De las culpas que ni siquiera tenía. De las venganzas que prometí al chico que no volví a ser. Libre de amar a la Lucía que fuera, a otra Alba que no sería Alba, libre para que la vida me dejara merecer otra Marcela o volverla a perder. Libre y durante tantos años ni siquiera me había dado cuenta de que seguía en el calabozo, pero que esta vez lo había construido yo, ladrillo a ladrillo.

Había terminado la función y yo aplaudía. Por mi libertad y por todo lo que los actores habían dejado sobre el escenario. Por la manera de sacarme tantas cosas calladas que yo llevaba dentro. Y seguí aplaudiendo, por pura rebeldía contra el resto del público, que aflojaba en el aplauso, satisfecho de sí mismo, de haber entendido el mensaje de la obra, de haber pagado la entrada y comprar de paso la sangre de los actores, sus miedos, su ansiedad.

Con veinte años de atraso, sentí rabia, ganas de cambiar las cosas, de asomar, de mostrarme. Y aplaudí como loco, contagiando a mis vecinos, empujando aplausos, venciendo la apatía. Como lo hubiera hecho cuando yo era Julio. Pero pronto supe que era inútil, que perdía, que volvía a perder.

Había en el público demasiada gente que era como yo había elegido ser.

Los aplausos cedían. A pesar de tanto gimnasio, mis brazos se cansaban.

Me dolían las manos. Estaba a punto de darme por vencido.

Entonces, lo oí.

Estaba cinco filas delante de mí. No podía verlo, pero lo oía, mano contra mano, aplastando el desaliento. Y temí que le ocurriera como a mí, que fuera derrotado por la apatía de los demás, odié a mis compañeros de fila, a todos los espectadores del teatro. ¿Por qué no aplaudían? *¡Aplaudan, carajo!*, pensé con furia. *¡Aplaudan a los cómicos, a los payasos, a los dolidos, a los rotos, aplaudan a los espejos! ¡Aplaudan como él, aplausos para él!*

Recobré fuerzas y desde mi propia trinchera hice reverdecer los aplausos y pronto todo el teatro nos seguía y los actores, desorientados, sonreían. Avancé por el pasillo, sin dejar de aplaudir. Me acerqué despacio, como si temiera romper el encanto. Necesitaba verlo, reconocer al gemelo, al otro que había entendido la injusticia y, como yo, se había rebelado contra ella.

Lo vi. Un hombre en mitad de los sesenta años, bien conservado. Enérgico y austero al mismo tiempo. El pelo canoso y bien cortado. El traje de color verde oscuro, casi negro, acentuaba su elegancia. A su lado, una mujer más o menos de su edad que conservaba todos los atributos que posee la belleza cuando no es impaciente.

Aplaudía con la espalda recta y los hombros cuadrados.

El pecho hacia afuera, como un soldado. Creo que empecé a reconocerlo, aunque al principio me distrajo el vigor con que sus manos chocaban, se separaban y volvían a chocar. Percibí en su aplauso una exigencia inapelable. El mío era una protesta, el suyo una orden que nadie se atrevía a ignorar.

De las manos subí al perfil decidido y el mentón en alto, apuntando a los actores con la magnificencia de un césar que perdona a los gladiadores y les reconoce el derecho a seguir vivos y triunfantes, hasta el próximo león.

Y supe que era él.

Y que tengo que matarlo.

[Al otro lado del mar y del tiempo, un pibe despierta asustado en un calabozo y no sabe dónde está. Entonces recuerda. Y se asusta más].

I

Los nombres secretos

Un poco de recuerdo y sinsabor
gotea tu rezongo lerdo.
Marea tu licor y arrea
la tropilla de la zurda
al volcar la última curda.

Cerráme el ventanal
que arrastra el sol
su lento caracol de sueño.
¿No ves que vengo de un país
que está de olvido, siempre gris,
tras el alcohol?

Aníbal Troilo y Cátulo Castillo,
«La última curda»

1

Buenos Aires, 1978

El pibe abre los ojos en la oscuridad y murmurando una cantinela que tarda tres segundos en identificar: su nombre y sus tres apellidos repetidos como un mantra. El apellido compuesto de papá y el apellido simple y con tanta alcurnia de mamá que no necesita guion intermedio. Sabe que se durmió así, recitando esas cuatro palabras como si fueran un conjuro protector, contraseña de pertenencia a un círculo mágico que debería protegerlo de esa celda y de esos militares que lo detuvieron junto con sus compañeros, *pero ahora estoy solo, no sé cuánto tiempo llevo acá,* y sigue recitando como si fuera una plegaria su nombre y los tres apellidos.

Antes, en otra vida, *a lo mejor hace una semana, o un mes, solamente usaba la primera parte del apellido de papá, el apellido español que sin el agregado inglés sonaba normal, «de almacenero», se burlaba mamá de vez en cuando.*

Julio no quería ser reconocido como un hijo de privilegiados, más privilegiados desde el golpe militar, desde que llegó al colegio privado y de clase media acomodada (*elegido por empate técnico entre mamá, que insistía en que volviera al Nacional público de siempre, y papá, que quería mandarme a estudiar afuera, a algún lugar en inglés*) y vio a Marcela sacudiendo el pelo y las manos y denunciando lo que estaba mal en el país y pronunciando las palabras prohibidas, especialmente la más temible:

«Desaparecido».

Y Julio repite, para espantar esa palabra, las cuatro que representan lo contrario.

Todo pasó tan rápido que no entiende cómo pasó.

En su casa y en otras casas como la suya, en 1976, después del golpe, se hablaba de orden y oportunidades de negocio, «pero, por si acaso, no vayas a clase por un tiempo», dijo mamá. «Después te mando a uno privado como la gente y recuperás el año enseguida», dijo papá, que además, con la ilusión de que se quedara más tiempo en casa, le regaló una computadora flamante, traída del último viaje a Estados Unidos, de esas que en Buenos Aires solamente se veían en fotos de revistas.

Y Julio no dijo nada, o casi nada. Dijo «gracias» como siempre, y estudió la computadora hasta que entendió cómo funcionaba y estuvo muchas horas frente a la pantalla verdosa, aparentemente tan abstraído que no notaba la mirada satisfecha del padre cada vez que se asomaba a la puerta de su cuarto. Cuando estuvo seguro de que había ganado el desafío constante con su mujer, el empresario dejó de espiarlo y Julio seguía encendiendo el aparato y sentándose frente a la pantalla, mientras con el cuerpo tapaba de miradas indiscretas el libro que estuviera leyendo ese día —era lo que le duraban, más o menos—, uno de los que se traía en la mochila cada vez que iba a visitar a la abuela materna y su fabulosa biblioteca, la única salida que no provocaba alarma en casa en esos tiempos de orden y oportunidad de negocios «para la gente como la gente».

Si papá supiera cuántos libros prohibidos tiene la abuela y lo que disfrutaba prestándomelos, pero al padre le bastaba con saberlo a salvo y lo más lejos posible de esas calles que, paradójicamente, no dejaba de asegurar que ahora eran más seguras que nunca.

Así pasaron dos años casi, entre rendir materias por libre para no atrasarse demasiado y sentirse libre entre textos prohibidos. Y cuando tuvo que volver para cursar el quinto año, «que ya estás hecho un hombre y un día vas a tener que hacerte cargo de la Empresa», *papá siempre la pronuncia con la «E» más grande posible, para que se sepa que la empresa son muchas empresas*, cuando ya el peligro parecía haber pasado, Julito llegó al secundario de clase media acomodada, privado y libre de sospechas ideológicas, y se encontró el peligro de cara, *decí la verdad, de culo, lo primero que le miraste a Marcela fue el culo, pero no solamente la forma, sino la forma de moverlo, como si bailara un baile secreto*, mientras la cara seguía muy seria y las manos subrayaban palabras que casi nadie se atrevía a decir: «dictadura», «Derechos Humanos», «desaparecidos».

Ya no puede silenciar la palabra, rebota contra las paredes de la celda y en las de su cabeza, crece cada vez que choca con un argumento que intenta frenarla, es inmune a sus tres apellidos porque Julio sabe, aunque no digan nada los diarios, la radio o la tele, que cientos, miles de jóvenes son secuestrados a plena luz del día, sin explicaciones ni garantías, sin órdenes judiciales ni lugar al que ir a preguntar por ellos. Lo sabía incluso cuando apenas salía del caserón familiar para ir al piso interminable de la abuela, no sabe cómo, pero lo sabía, y lo supo más cuando del culo de Marcela sus ojos subieron a su cara, *severa y tan linda que daba miedo*, a sus labios que seguían hablando de los que ya no estaban, de los diseminados por campos ilegales de tortura, sin derechos porque lo que no existe no tiene derecho a nada, gente que, de la mañana a la noche, ya no estaba.

«Desaparecidos».

Esa palabra también estaba prohibida, pero ella la mordía al pronunciarla, la masticaba y la escupía en la cara del miedo de los otros.

Aquella primera vez que vio a Marcela pudo más la prudencia aprendida que el deseo por aprender y se alejó sabiendo que no podría estar lejos de ella, mientras repetía en su mente la palabra negada: «desaparecidos». Y ahora que él mismo, contra todo pronóstico, es un desaparecido más, se avergüenza de esta blanda certeza de que *esto habrá sido un error, y cuando sepan quién soy nos sueltan enseguida*. Porque entre todo lo que no habría querido saber y supo para estar cerca de Marcela, sabe de la competencia entre el Ejército, la Marina y la Fuerza Aérea, que, además de disputarse el poder, tienen sus propias listas de candidatos a desaparecer, sus propios «chupaderos» y sus prisioneros sin registro. El país es un caos disfrazado de lógica marcial, así que no hay mantras ilustres que garanticen nada.

Del otro lado de la pared llegan tres golpes acompasados.

Julio repite en voz alta sus tres apellidos, cada vez más rápido, mientras se acuna solo en el catre del calabozo.

Pero cuanto más los pronuncia, más ajenos le suenan.

Más lejanos.

Como si estuvieran desapareciendo.

2

El calabozo es un calabozo. Impersonal, salvo por el olor del miedo de ocupantes anteriores. Estrecho. Desprovisto. No muy limpio. Pero calabozo. No es uno de esos dormitorios reconvertidos en celdas de los que hablaban, en voz bajita, los amigos mayores de Marcela. Es decir que no está en una casa transformada en chupadero, sino en un cuartel o algo por el estilo.

El pibe asustado no sabe si eso es mejor o es peor, y por si acaso elige la primera opción. Un cuartel, según suele decir su padre, es «un lugar de orden en un país desordenado», antes de que su madre suelte una risa sarcástica, «de actriz aficionada», bromeaba el marido, y antes se reían juntos de la broma privada, pero hace mucho que se ríen menos y casi nunca juntos.

Ahora el padre, la madre y la gran casa en la que pasó la infancia quedan muy lejos, como si nunca hubieran existido.

El pibe tiene miedo.

Y cuando tiene miedo no puede dejar de hablar, aunque hable solo.

Es alto para sus dieciocho años que ahora parecen menos y tiene las manos juntas al frente, unidas por esposas en las muñecas.

—¿Qué hora será? Como si eso importara... Acá, lo único que importa es cuándo te van a volver a torturar... Aunque a mí, la verdad, no me hicieron casi nada, todavía. Pero a los otros chicos... ¿Por qué será? Alguna paliza de Rovira, al principio, sí ligué, pero desde que apareció el otro, Morales, no volvió a tocarme. Creo que Morales no quiere que me pegue. Y a Rovira, Morales lo llama «sargento». ¡Es un sargento de mierda, nada más! Mientras que a Morales lo llaman «mayor», creo. Sí: «mayor», como el amigo de papá. Aunque la mayoría de los amigos de papá son coroneles...

Se frena para escuchar un quejido remoto desde el pasillo, al otro de la puerta.

—¿Otra vez? ¿Es que nunca duermen estos hijos de puta?, ¿nunca se cansan de torturar pibes? Cuando los que gritan son varones no es tan jodido, porque puede ser cualquiera; pero cuando es una mujer siempre pienso que es Marcela. ¿Qué le estarán haciendo?

Se oye un alarido de mujer que es un «no» desgarrado.

—¿Marcela? Marcela, ¿sos vos?, ¿qué te están haciendo ahora esos hijos de puta? ¿Marcela? ¡No los dejés, no los dejés!

Hunde la cabeza entre sus rodillas y llora, los gritos se apagan.

Levanta la cabeza y espera.

—Ya pasó, parece que ya pasó. Igual no era Marcela, con ella no se atreverían... Pero ¿qué pelotudez estoy diciendo? Estos se atreven con todo. ¿Qué hora será?

Se levanta y camina por la celda. Cuatro pasos de ida y otros cuatro de vuelta.

—¿Quién será? Por los gritos, le estaban dando picana, eso es lo que más me asusta: la corriente en el cuerpo, por todo el cuerpo, explotando, te quema, dicen que te quema por adentro y que te la ponen en las pelotas, en la planta de los pies, en cualquier parte porque la electricidad te recorre entero...

Se detiene.

Ha oído un golpe sordo en la pared. Se acerca y escucha.

Son golpes rítmicos, como una clave o un mensaje en morse.

—Otra vez los golpes, ¿qué mierda querrán decir? Seguro que es Marcela, a ella siempre se le ocurren cosas. Pero no entiendo la clave, yo nunca supe de claves, yo me metí en la protesta para estar cerca de ella... A ver...

Suenan tres golpes espaciados regularmente.

Después de una pausa, se repite la secuencia.

—Te-quie-ro. ¡Te quiero! ¡Seguro que es Marcela!

Julio busca la misma zona de la pared y golpea tres veces, con las manos unidas.

—Yo-tam-bién. ¡Seguro que lo entiende, debe ser ella! ¿Y cómo supo que estoy en la celda de al lado? Con Marcela no me extraña: ella siempre fue más inteligente que nosotros, más viva, mayor, aunque tenga la misma edad. Pero ¿cuál será la clave? ¡En las películas, dos golpes son un «sí» y un golpe un «no»! ¿O era al revés? Sí, era al revés: un golpe es «sí» y dos golpes quiere decir «no», porque es más difícil decir que no. Como yo con Marcela. ¿A mí qué me importaba protestar contra Palmetti, el de Historia, si me había aprobado? Pero ella que no, que el tipo es un hijo de puta, que en la universidad denunció a compañeros que después desaparecieron, que es un nazi... ¿Y cómo le iba a decir que no, si me miraba con esos ojos que arden, como arde todo lo demás con ella? ¿Cómo íbamos a imaginar que por unas protestas, por unas firmas y unos cantitos pelotudos nos iban a traer acá? Bueno, el viejo me avisó, la verdad. «Julito», me decía, «no te metás en líos y cuidado con las compañías, que la cosa está jodida». Pero yo, nada. Y acá estoy, sea donde sea, acá estamos. ¿Qué pasa, ya no golpea, Marcela?

Hace ademán de golpear la pared.

Se frena.

—No, mejor no, si no golpea será porque hay algún milico en su calabozo y no puede. Y si golpeo yo, igual lo pagan con ella. O vienen y me cagan a patadas. ¡O me meten picana eléctrica! —Se encoge de hombros—. Que golpee ella, cuando pueda. Aunque tendría que mandarle un mensaje, algo que la tranquilice... Si es ella. Porque igual es otro preso sin nombre, otro secuestrado como nosotros, uno de los del grupo del colegio, que golpea en la pared para comunicarse... No, ese mensaje dice «te-quie-ro», eso está claro. Aunque... también puede decir «me-mue-ro»... No, no, es «te-quie-ro», tiene ese ritmo. Y tiene que ser Marcela, nadie más se atrevería acá, donde solamente están permitidos los gritos.

Suenan otra vez los tres golpes en la pared.

—¿Ves? Es «te-quie-ro» y es ella. ¿Qué le contesto? ¡Ya sé! —Golpea mientras pronuncia las sílabas—: To-do-va-a-sa-lir-bien.

Espera. Le responde un golpe.

—¡Sí! ¡Contesta que sí! Aunque... también puede ser un «no». ¿Qué le digo? Lo único que tengo seguro es que la quiero.

Julio golpea la secuencia de tres golpes, recibe lo mismo.

Vuelve a golpear mientras repite «te-quie-ro».

Con cada repetición la voz es más baja, hasta que solo se oyen los golpes de uno y otro lado de la pared.

3

Julio abre los ojos y cree que se quedó ciego.

Después se acuerda de que lleva en la cabeza la capucha que Rovira le puso para asustarlo más, como si se pudiera.

El cerrojo resuena al abrirse y Julio se sienta en el catre. Rovira abre la puerta y cede el paso al mayor Morales. Hay algo de burla tímida en la manera en que el sargento trata a su superior. Morales finge no advertirlo y se dirige al muchacho.

—Acá estamos de nuevo, Julio, a ver si esta vez colaborás un poco y puedo ayudarte. —Su tono es paternal, casi protector—. Dale, dame un nombre, un par de nombres, pibe, lo suficiente para cumplir el expediente y dejarte ir, que vos no tenés nada que ver con estos aprendices de guerrilleros. Tu viejo es un industrial serio, tiene buenos amigos, yo no sé qué hacés mezclado con estos vagos subversivos, pibe. Dejáme ayudarte: dame algunos nombres y te vas, te vas con tu noviecita, porque la flaquita esa es tu novia, ¿no? Pregunta por vos y repite que no tenés nada que ver, dice tu nombre hasta dormida; «Julio, Julio, pobre Julito, en qué quilombo lo metí», eso dice todo el rato, pibe. Y vos la podés salvar si querés, le podés hacer el regalo más grande: la libertad, Julio.

Julio piensa que Morales habla como si quisiera convencerse a sí mismo.

El mayor sigue, con tono paciente y paternal.

—¿Sabés lo que es la libertad? La libertad es saber que nadie te va a tirar la puerta abajo, porque estás del lado correcto de la vida, del lado que gana porque es el orden, y todo lo contrario, Julio, es el caos que tus compañeritos quieren traer sin saber, los pobres pelotudos, lo que eso significa.

—¡No sé nada, le digo! —Contiene un sollozo—. ¿Qué hacemos acá? Esto no es una comisaría, cuando nos detuvieron dijeron que nos llevaban a comisaría. ¡No hicimos nada, déjenos ir!

—¡Qué más quisiera yo, Julito, qué más quisiera! ¿Vos te creés que me gusta encerrar pendejos boludos? ¡Yo soy un guerrero, Julio, un soldado! Me entrené para defender a la Patria, no para encerrar nenes. Pero las órdenes son las órdenes y... ustedes juegan con fuego, ¿viste?, se dejan usar por los comunistas, por los enemigos de la nación, los que quieren romperlo todo... ¿Y si ganaran (que no van a ganar), si ganaran tus amigos, Julito, vos qué ibas a ser?, ¿maestro, o profesor de literatura en una villa miseria? ¿Sabés lo que te digo? Que no me lo creo, Julito, no me puedo explicar que vos, el hijo de un importante industrial, la nueva aristocracia del país, sea tan tonto. Vos tenés que vivir, estudiar en el extranjero y, cuando vuelvas, hacer una Argentina mejor y, ¿por qué no?, más justa. Pero con bombas, no, Julito.

—Pero ¿de qué bombas me habla? ¡Juntábamos firmas contra el profesor Palmetti, que es un hijo de puta!

Rovira le pega un golpe que lo manda contra la pared.

El gesto de Morales desaprueba el castigo, pero no lo impide a tiempo.

—¡Cuidá la lengua, mocoso de mierda! —grita el sargento—. ¡El profesor Palmetti será un reverendo hijo de la gran puta, pero tiene un hermano coronel! ¿Entendés, boludito? ¡Un coronel!

—¡Sargento!

Rovira da un paso atrás.

—No creo que el coronel Palmetti esté muy de acuerdo con esa apreciación sobre su madre. Déjeme a mí, que usted ya hizo bastante hoy. —Lo aparta y habla en voz baja—: ¿Cómo se le ocurrió meterle máquina al rubiecito de la 22? ¡Lo dejó hecho mierda! ¿Qué se cree, que ese flaquito es el Che Guevara? Son estudiantes, Rovira, son pibes...

—Con su permiso, mayor, no sé por qué tiene tanta paciencia con estos nenes de papá. Yo a este lo pasaba por la máquina y cantaba más que Gardel, cantaba...

Morales se envara y parece más alto cuando da órdenes:

—¡Pero acá mando yo, sargento! Y sabe lo que pienso de eso. Esto es una guerra, no una pelea entre malandrines. A veces pienso que disfruta tortu..., interrogando a los prisioneros. A partir de hoy queda terminantemente prohibido tomar ninguna decisión drástica en los interrogatorios sin mi consentimiento...

—¿Con todos, señor? —Rovira sonríe, burlón.

Morales duda.

—Bueno, por lo menos con este... —Gira hacia Julio—. ¿Ves, pibe, como no es para tanto? Necesito que me des un nombre, cualquiera, dale...

Rovira sale y deja la puerta abierta. Se queda de espaldas, custodiando la entrada.

Morales insiste.

—Alguien al que le tengas rabia, alguno que te haya querido levantar a la flaquita, un exnovio, lo que sea. Total, si no está metido en algo raro no le va a pasar nada. —Señala hacia la puerta y murmura. Su tono se vuelve urgente—. ¿Qué querés, que tenga que dejarte en manos de estos animales?

Le quita a Julio la capucha de la cabeza.

El chico apenas abre los ojos, deslumbrado.

—¿Por qué me quitan la capucha? —Desvía la mirada—. ¡No! ¡No! ¡No!... ¡No quiero mirarlo!, yo no lo vi, no vi su cara, se lo juro, ¡no le vi la cara!

Morales ríe.

—No seas pelotudo y miráme, Julio.

Lo obliga a girar la cabeza, sin violencia.

—¡No! Si le veo la cara me van a matar. Es eso, ¿no es cierto? ¿Me van a matar, ahora que le vi la cara?

—Pibe, vos vas a salir de acá si me hacés caso, pero no sos tan importante como para gastar una bala que necesitamos para ganar esta guerra. ¡Abrí los ojos! ¿Ves esta cara? Grabátela bien, porque es la cara del tipo que te va a salvar la vida...

—¿Por qué?

—¡Y yo qué sé! A lo mejor porque me caés bien. Me imagino que te metiste en esto por la flaquita, que es una fiera... Ah, las mujeres, Julito, son el desorden, pero no podemos vivir sin ellas.

Se sienta a su lado en el catre.

—Además, si mi hijo no hubiera muerto tendría tu edad, ¿sabés? Se llamaba Julio, como mi viejo..., como vos. Tiene gracia. Sería como vos: buenas notas en los estudios, un soñador, un poco ingenuo... —Baja la voz—. Nunca se lo contés a nadie, pero si hubiera vivido mi hijo, no sería militar. Estoy seguro, pibe. Murió a los siete años, era chico, pero yo sabía que no sería militar...

—Le da asco ser militar, a usted...

Morales levanta la mano para darle una cachetada, pero pierde rabia y la baja.

—Y... Un poco sí, a veces. Es que a mí me educaron para defender el país del enemigo y no me dijeron que el enemigo eran pibes con cuatro pelos en las bolas o estudiantes soñadores, como sería mi Julio... ¿Sabés que con cinco años ya escribía poesías? Y no le enseñó nadie, ¿eh? Ni mi mujer ni yo: él lo hacía solito. Sobre el campo, sobre la bandera…, esa la hizo para mí, pensando que me iba a gustar, pero la que más me gustaba era una que hablaba de los pájaros y las formas que tienen de volar… ¿Entendés? ¡Con siete años ya sabía que hay diferentes formas de volar! Estuve meses con ese papel en el bolsillo del uniforme, ¿sabés? Lo sacaba cuando estaba de guardia y lo leía, lo leía, con su letra redonda y trabajosa, y pensaba que, a lo mejor, era hora de cumplir con mi proyecto de dedicarme a la actividad civil. Soy profesor de historia, ¿sabés?

—Como Palmetti…

Morales está a punto de recomponer el gesto marcial, pero sonríe.

—No, como Palmetti no.

Lo estudia, le ofrece un cigarrillo que Julio acepta.

—Sos bastante vivo, vos, Julio. A veces siento que me querés hacer enojar, volverme como ellos. Pero yo soy diferente, nadie mejor que vos para darse cuenta. ¿Sabés cuánto tiempo llevás acá? Una semana. Esto no te lo tendría que decir, porque los especialistas yanquis insisten en que a los detenidos hay que hacerles perder la noción del tiempo, así… Dejálo, no importa. El caso es que no soy como Palmetti. Me gustaba la historia, pero tenía que contentar a mi viejo, hice las dos carreras, pensando en dejar esto… Después murió el pibe y nos hundimos, me refugié en el cuartel y en la precisión que tiene la vida militar. Y salimos a flote. Tenemos una nena. Tiene tres años y es preciosa. Se llama María Luisa, como mi mamá.

Se levanta y camina hacia la puerta.

—Así es la vida, Julio. Nunca se sabe cuándo se termina, ni cuándo vuelve a empezar. Pensá un nombre y decímelo, que tu viejo se está moviendo mucho y preguntando por vos. Conoce a gente importante, tu viejo. Pero ahora no hay ninguna garantía, puede terminar molestando a alguien más importante que sus amigos y meterse en un lío...

—¿De qué murió su hijo?

Morales se acerca y le deja el paquete de tabaco y una caja de fósforos sobre el catre.

—Un descuido. Qué ironía, una ironía de mierda, ¿no? Le gustaba asomarse por el balcón y mirar el cielo. Pero yo creo, Julio, que mi Julio, en realidad, quiso imitar a uno de los pájaros de su poema. —Suspira y señala el tabaco—. Escondé eso, que si te lo encuentra Rovira...

Luego sale del calabozo con la cabeza gacha.

Como si llevara sobre ella una capucha pesada e invisible.

4

El cerrojo del calabozo resuena, la puerta se abre y entra Rovira.

El sargento sacude a Julio, intenta despertarlo.

—¿Pibe? ¿Pibe? ¡Dale, reaccioná, que no fue para tanto! Fue un chiste, boludo, para asustarte un poco, la corriente al mínimo y unos segundos, nomás. Reaccioná, pibe, que comparado con lo que les está tocando a los otros, vos estás de vacaciones acá...

Julio, con la cabeza cubierta por la capucha, despierta y se incorpora, espantado al reconocer la voz de Rovira.

—Por fin, che... Me habías asustado. A lo mejor salís pronto, ¿sabés? Tu viejo debe tener amigos muy importantes, porque ya preguntaron por vos. Pero claro, como desde el punto de vista oficial no estás detenido..., hubo que decir que acá no te tenemos. Y eso que el Lobo Morales ya no sabe qué hacer para soltarte, pero ya no tienen tanta palanca como antes con el alto mando. Mejor no le digás nada de lo de anoche, que si se entera me va a querer sancionar y hay mucha gente que le tiene ganas, al Lobo. Y si le sale el tiro por la culata, cae él y entonces olvidáte de salir, pibe.

Rovira mira por la pequeña abertura enrejada de la puerta, se tranquiliza y sigue:

—Como se descuide termina en el calabozo de al lado, Morales.

Enciende un cigarrillo y le tira el humo a Julio.

—El Lobo Morales, con todas sus medallas de mierda, sus modales de santito y sus escrúpulos. ¡No era bravo ni nada, cuando estaba en el monte, en Tucumán, peleando contra los subversivos! Dicen que era el primero en entrar en combate... No sé, no tiene nada que ver con el que es ahora. Siempre se está quejando de que lo que hacemos no está bien..., como si eso le importara a alguien, como si eso sirviera para algo. ¿Qué quiere, que digamos que no? Yo tengo familia, ¿sabés? Mi mujer y tres pibes preciosos. No te muestro las fotos porque las tengo en la cartera.

Parece recordar algo, busca en los bolsillos y saca un puñadito de tela roja.

—¡Ah! Te traje un regalito.

Lo acerca adonde estará la nariz de Julio bajo la gruesa tela.

—Este perfume es in-con-fun-di-ble... —se burla—. Aunque, a lo mejor, la flaquita todavía no te dejó verle la cara a Dios...

Le saca la capucha.

—¿La reconocés ahora, o es que tu novia nunca te mostró la bombachita?

Julio hace el ademán de saltar sobre Rovira, pero no salta:

—¿Marcela? ¿Qué le hiciste, hijo de puta? ¡A ella no! ¡Marcela no!

—¿Marcela, se llama? Es una fiera, la piba... ¡Y cómo se mueve! Al principio no quería, pero sabés cómo son, siempre dicen «no», «no», pero en cuanto la tienen adentro... ¡Una fiera! Hubo que agarrarla entre cuatro, pero como éramos tantos...

Consulta el reloj.

—Me tengo que ir a lavarla, para que el Lobo no se avive. Y como no soy egoísta te desato y te dejo la bombachita, que una pajita siempre relaja, ¿viste?

Le pone la prenda en la cabeza, como si fuera una capucha insuficiente.

Antes de salir, le sonríe.

—Pensálo, pibe: si no le contás a Morales que se me fue la mano con vos, yo te hago un favor y me reservo tu piba para mí solo. Eso es mejor a que se la pase todo el cuartel, ¿no? Después de todo, hay confianza...

Sale soltando una carcajada.

El eco del cerrojo al cerrarse sigue sonando un rato largo.

El tiempo pasa como si no pasara.

Suenan los tres golpes al otro lado de la pared.

Julio no contesta.

5

En su calabozo, Julio habla en voz baja.

O piensa en voz alta. Nunca lo sabrá.

—¿Se puede arrepentir, un torturador? ¿Puede amar? ¿Puede sentir ternura, ansiedad, ausencia? ¿Cómo serán los sentimientos del Lobo Morales? Cuando habla de su hijo muerto parece que hablara de sí mismo, como si fuera él el que se cayó desde ese balcón por imitar a un pájaro... ¿Cómo puede alguien que destruye vidas amar otras vidas? ¿Dormirá de noche, tendrá pesadillas, o se quita la culpa cuando llega a casa y la deja colgada en el placard, como si fuera un uniforme?

Se oyen pasos cerca de la puerta y calla.

Cuando se alejan, sigue hablando por dentro.

Necesita oírse para creer que tiene algo que decir, que no han podido quitarle todavía la capacidad de pensar en algo que no sea el miedo.

Teme y espera las visitas de Morales. De alguna manera, es el mayor el que impide que le peguen más o lo torturen. Al principio pensó que no lo hacían *porque se habían dado cuenta de que no sé una mierda, de que soy un nene agrandado que se metió en algo que le quedaba grande, que los amigos de papá, los apellidos de papá, la plata de papá...*

Pero no.

Rovira, que como todo ignorante necesita mandarse la parte de que sabe más que nadie, le dejó bien clarito que es Morales el que lo protege, «Andá a saber, a lo mejor al

Lobo ahora le gustan los pendejitos, acá se ve cada cosa..., si yo te contara, pibe», pero lo único que le contó *fue que papá está preguntando demasiado por mí, pero que sus mejores contactos los tiene en la Marina y no en el Ejército,* «así que, a lo mejor, de tanto tocar timbres pidiendo por vos, tu viejo termina tocando el equivocado y se le cae la puerta encima, ¿viste?».

Es raro, pero atrás del sadismo de entrecasa de Rovira, de la saña con que se burla de él, asoma algo parecido al cariño, como si disfrutara asustándolo, como si fuera su retorcida manera de tranquilizarlo.

Julio no consigue odiar del todo a Rovira, aunque si la décima parte de lo que le cuenta es cierto, el sargento es un monstruo.

—Pero un monstruo simple, un engranaje que no piensa porque no quiere, no sabe pensar. Morales sí que sabe y decide, disfruta del poder. Rovira casi me vuelve loco haciéndome creer que habían violado a Marcela, pero después me vio tan mal cuando me dio el ataque que me juraba por sus hijos que fue una broma, que no le hicieron nada todavía. Y le creí porque lo decía en serio. Es un reverendo hijo de puta, claro. Pero no existiría si gente como Morales o papá no tuvieran Roviras para hacer el trabajo sucio del sistema.

Por un momento, Julio siente que habla como Marcela y eso le da miedo.

Pero más miedo le da *que un día Morales se canse de jugar al milico bueno o se dé cuenta de que solamente me parezco a su hijo muerto en el nombre, deje de venir, levante la veda y me entregue a las fieras.*

El odio hacia el mayor lo mantiene entero, le impide suplicar *o mandar al frente a cualquier pelotudo del colegio*; hace dos días, ¿o fueron tres?, casi le dijo el nombre del flaco López, que siempre le tuvo ganas a Marcela y lo miraba como a un nene... Pero cuando abrió la boca para nombrarlo no pudo, porque el flaco ni siquiera participó en la protesta *y, además, hubiera sido darle el gusto a Morales, que la juega de militar y caballero, pero por algo le habrán puesto de sobrenombre el Lobo.*

Se duerme odiando a Morales y odiándolo se despierta.

—Él tiene que saber de Marcela, de todos los otros, él decide quién vive y quién no, pero después se va a su casa, con su hija, con su mujer y con su vida, a lo mejor lee un libro de historia y sueña con que pasa esta tormenta y puede dar clases. A lo mejor, él cree que todo esto se puede cerrar como si fuera un libro. Pero quedan las hojas marcadas, las vidas marcadas, las muertes que asoman por los rincones.

Se queda pensando sin hablar ni por dentro ni por fuera. Algo le rueda adentro, chiquito y pesado como una bolita de metal que a medida que se acerca se hace más grande.

Toma una decisión que le va a marcar la vida, *si es que salgo con vida de acá.*

—No sé si un torturador se puede arrepentir —dice en voz alta, casi grita—, pero un día, cuando tenga al Lobo Morales a mi merced, se lo voy a preguntar. Y después lo voy a matar.

Tres golpes suenan, débiles, desde el otro lado de la pared.

Julio no contesta.

6

Rovira entra en el calabozo. Se sienta en la punta de la estrecha cama con una delicadeza rara en él, mientras Julio sigue durmiendo. Lo observa.

Parece un pibe, cuando duerme, se dice. *Y es que es un pibe, casi un nene y ya metido en quilombos.*

Se da cuenta de que los suyos, cuando se quiera dar cuenta, van a estar como este de grandes. Pero los suyos no se van a meter en líos. *Antes los cago a palos.*

Enciende un cigarrillo y fuma. Es cierto que es severo con sus hijos... y con la madre. *¡Pero tienen que aprender a no hacer preguntas!*

Mira a Julio preocupado, hasta que comprueba que ronca levemente y se relaja.

El otro día, Carlitos, el que tiene siete años, mientras estaban comiendo, le preguntó: «Papá, ¿vos torturás?». *Y se me fue la mano, se me fue. Después me arrepentí un poco, no tanto por el golpe, que a esa edad los pibes son de goma... ¡No me habrá pegado palizas, mi viejo, y acá estoy, enterito y sin complejos y todo eso que se inventan ahora!*

Observa cómo el humo busca la salida de la ventanita enrejada.

Lo raro es que Carlitos casi no lloró, me miraba, nomás.

Estuvo a punto de darle otra, por mirarlo así... Pero se dio cuenta de que no lo miraba con rabia, como él a su padre cuando le daba al vino y se desquitaba con el hijo de lo que le pasaba en el trabajo. No...

Carlitos lo miraba con lástima.

Expulsa el humo sobre Julio, y luego lo despeja con las manos, quiere que siga durmiendo para poder hablar con alguien que no le conteste.

—No sé, igual son cosas mías, que este trabajo es jodido, ¿eh? Porque igual un día vuelven los políticos y los jueces y tenemos que salir corriendo... Porque los jefes no van a dar la cara, esos se salvan siempre... Pero nosotros..., ¿a quién le importa un sargento? A ver, ¿a quién? Cuando vuelva a casa me voy a enterar de dónde saca Carlitos esas ideas, seguro que de algún compañero de colegio con padres comunistas...

Julio gira en el catre y la raída manta militar cae al suelo.

Rovira la recoge y lo arropa, sin dejar de hablar en voz baja.

—Por eso pasa lo que pasa: porque la gente quiere pensar por su cuenta, los muy boludos, se creen que todo se arregla leyendo libros y repitiendo lo que leen. ¡No entienden nada! Porque, vamos a ver..., ¿soy un mal tipo, yo? ¿Acaso no llevo el sueldo a casa, no cuido de mi familia, no obedezco las órdenes? ¿Creés que me gusta torturar a pibes como vos?

Saca del paquete seis cigarrillos y los deja, alineados, junto a la cabeza de Julio.

—Y sí, a veces se me va un poco la mano, pero es que cuando están ahí, atados, y tengo la picana, pienso en los generales, ¿sabés? Esos que están siempre de fiesta en fiesta, de discurso en discurso. O pienso en el Lobo, que me mira como si yo oliera a mierda, ¡y me da una rabia! Lo que más me saca de quicio es cuando los prisioneros se hacen los valientes y no quieren contestar, cuando me miran con ese odio y ese miedo que se parece a la lástima de Carlitos... ¡Entonces les meto máquina y siento ese poder, es como si la electricidad que los sacude a ellos, a mí me hiciera invencible! Más gritan y más rabia me da tener que hacerlo, y más les doy, para que aprendan, para que aprendan a..., a..., no sé a qué... ¡Para que aprendan a no mirarme así!

Se calma.

Enciende un cigarrillo con el extremo del que está a punto de consumirse.

—Después, a veces, me dan un poco de pena, porque muchos, como vos, son pobres pelotuditos que se creen que van a cambiar algo protestando... Y no se cambia nada: el general va a seguir siendo general y con las manos limpias; tu papá va a seguir siendo un tipo con plata y coches caros y muchos libros... Y yo..., yo me voy a seguir conformando con lo que sobre, con lo que me digan, con lo que ordenen.

Se queda un rato observando al muchacho.

Cuando lo ve dormir así y piensa en Carlitos, *se me hace un nudo acá que solamente puedo desatar a trompadas...* Él no es un mal tipo y cualquiera de los que lo juzgan sin decirlo haría lo mismo que él: *si tuvieran que elegir entre ser torturador o ser torturado, elegían como yo. ¿O no? Este pibe también. Y todo el mundo.*

¿Quién no tuvo ganas de romperle la cara a su jefe, o reventarle la boca al taxista que lo trató mal, o al empleado de la ventanilla del banco que lo desprecia?

Pero no lo hacen, por miedo a las represalias. Por eso se desquitan con su mujer, con los pibes, o con los que en el trabajo están más abajo. *Pero nosotros no pensamos en las represalias, porque no va a quedar nadie que tome represalias*, se convence. Y los que queden, a lo mejor siguen pensando, pero pensando bajito, en la oscuridad, donde no se note, donde nadie pueda señalarlos...

Busca otro cigarrillo y descubre que el paquete está vacío.

Lo estruja y mira los seis cigarrillos alineados junto a la cabeza de Julio.

Toma uno y lo enciende. Como siempre, se repite que, aunque lo disimule con los demás, para que no le tomen el pelo, él tiene su corazoncito. Por eso anoche, cuando a Julio le dio otra crisis nerviosa, *en lugar de cagarlo a palos hasta que se le pasara, como habría hecho con otro*, le puso ese calmante tan fuerte en la comida.

Duda: ¿y si se le fue la mano con la dosis y el pibe no se despierta nunca?

Estira el brazo para sacudir a Julio, pero cambia de idea. Acerca su oreja a la cabeza del chico hasta que oye su respiración y se tranquiliza.

Un poco, la culpa del ataque que le dio al pibe, es suya. *Le dije que nos habíamos cogido a su noviecita. Pero era joda. ¡Ojalá! Pero es sobrina de un general, así que ni tocarla.* Pero a él le contó una película, para entretenerse. *Pero se puso tan mal que tuve que jurarle por mis pibes que era joda, que se lo dije en broma. Y aunque al final me creyó porque se dio cuenta de que le decía la verdad, por si acaso mejor doparlo un poquito cada día, para que no tenga otro ataque.*

Se levanta y camina los pasos que permite el largo del calabozo.

Vuelve a mirar al chico dormido. Le da tanta pena que todos los días se mete en el calabozo de al lado y da golpecitos a la pared, para que él crea que es uno de los suyos que le habla. *¡Y el boludo me contesta! No sé qué me dice con sus golpes, será una clave o algo así. Seguro que piensa que la que golpea es la morochita...*

Rovira reivindica ante sí mismo que no lo hace para burlarse del chico, sino para entretenerse, y además, cuando entra en este calabozo un rato después, lo ve menos triste.

—Lo malo —murmura—, lo malo es que a veces me parece que tus golpes dicen algo, siempre son tres golpecitos, los mismos que yo te contesto.

Golpea, al ritmo, con un puño en la palma de la otra mano:

—Tac-tac-tac. Yo creo que decimos lo mismo. —Repite el gesto—: Ma-ña-na, ma-ña-na. Que mañana vas a salir, no sé, darte esa esperanza, aunque... de acá no sale casi nadie. En cambio, cuando vos me contestás «ma-ña-na», me da miedo, como si mañana me fuera a tocar a mí estar en tu lugar y vos, o cualquier otro, tuviera el poder y la picana y yo estuviera atado y desnudo. Como si mañana fuera una amenaza. Mañana cuando crezca Carlitos y sea más fuerte que yo, mañana cuando vuelvan los políticos y pidan las cuentas, cuando me quede solo con los gritos que oigo a veces mientras duermo. Serán tonterías mías. ¿No me estaré ablandando?

Mira su reloj. Es mejor que se vaya, tiene un interrogatorio y, como no llegue a tiempo, siempre hay un vivo que empieza sin él.

Se acerca, le vuelve a acomodar la manta y va hacia la puerta.

Frena y vuelve.

Agarra los cigarrillos que había dejado al lado de Julio.

—Total, sin encendedor, a vos no te van a servir de nada. Además, ya sabes lo que dicen por la tele, pibe. Fumar mata.

7

Julio despierta y no. Se siente en un sueño de muñeca rusa, hecho por sueños sucesivos y cada vez más chicos, o más grandes, según de qué lado se mire, pero vacíos de todo lo que no sea otro sueño.

No puede ver nada, pero ya no se asusta, hace tantos días que despierta encapuchado que a veces, cuando abre los ojos en la oscuridad del calabozo, le costaría distinguir la diferencia, si no fuera por la proximidad de su propia respiración viciada y prisionera de la tela áspera, suavizada a fuerza de suspiros, rezos y algún vómito que empuja el miedo.

Pero esta vez no.

Esta vez huele a limpio y a sucio al mismo tiempo.

No es su capucha de los últimos días, sino otra nueva, lavada seguramente por otro prisionero. Reconoce el olor contradictorio del desinfectante que usan para lavar los calabozos y a ellos mismos desde que, según sus cálculos, hace dos meses los sacan una vez por semana, los limpian con una cruel manguera a presión sin importar la temperatura y los hacen frotarse unos a otros con esponjas que raspan, impregnadas en ese mismo olor que ahora respira despacio, mientras intenta recordar la marca de ese desinfectante industrial, pero lo suyo nunca fueron las cosas prácticas, a lo mejor el olor le vuelve *de cuando era más chico, de la primera vez que mamá se empeñó en que fuera a un colegio público, hasta que papá impuso su voluntad y al año siguiente volvió a anotarme a uno privado y con uniforme, en el que yo me sentía un impostor que podía repetir los gestos, pero no los pensamientos de esos pichones de clase dominante del futuro*; sí, ya pasaron dos meses, está casi seguro, dos meses desde que empezaron a sacarlos al patio una vez por semana, *entonces, en total serían tres desde que nos secuestraron, aunque andá a saber si se sigue llamando «secuestro» cuando lo practican los que gobiernan o existe otro nombre técnico y legal; seguro que papá lo conocerá, pero jamás lo pronunciaría; seguro que Marcela también lo sabe, pero mejor no pensar en Marcela.*

Tres meses en los que Julio aprendió mucho.

Dos desde que Morales dejó de visitarlo y Rovira prácticamente no lo molesta más que para soplarle el humo del cigarrillo por la ventanita del calabozo o intentar alguna broma sexual referida a Marcela que el militar lanza sin ganas, como si ya no le hiciera gracia su miedo, *o ya no existiera una Marcela de la que hablar, y esta gente es capaz de cualquier brutalidad, pero también son muy católicos y Rovira no haría chistes sobre una muerta. O a lo mejor sí. Ahora todo me importa una mierda*, se miente Julio.

Una vez por semana los sacan al patio, los desnudan de los pocos harapos que les quedan y los obligan a lavarse mutuamente con ese olor que ahora respira, pero mucho más concentrado, y cuando están secos de sol, o por frotarse con toallas transparentes de tan usadas, les toca limpiar los calabozos de los otros, manguerearlos como si los lavaran de las ideas que los llevaron ahí; fue un teniente el que tuvo la jocosa iniciativa:

—Ya que son tan socialistas, van a limpiar la mierda de sus camaradas y ellos la de ustedes, seguro que Lenin dijo algo parecido.

En cada salida, Julio aprende un poco más sobre las artimañas del prisionero, y en cada resquicio de la orden de silencio impuesto captura un nuevo conocimiento.

Por ejemplo, que ese ritual de limpieza bestial suele ocurrir los miércoles, porque es el día de limpieza general de los cuarteles.

—Le dicen Orden Cerrado —le explicó el tucumano, que no parecía mucho más grande que él pero sí llevar más tiempo ahí.

Fue el único que se animó a hablarle, despacito, casi entre murmullos, y lo primero que Julio le preguntó fue por Marcela y los chicos, y el otro no sabía «porque acá casi nadie tiene nombre, o a lo mejor está en otra área del cuartel, a veces separan a los miembros de las células para poder exprimirlos mejor», le dijo, y Julio se sintió un limón o una mandarina sin nada que exprimir, de plástico, falsificado, *y Marcela y los chicos también, apenas éramos pibes pidiendo una boludez bastante justa y no sé por qué pienso en nosotros en pasado o como si ya no tuviéramos futuro, creo que le di pena al tucumano y me adoptó y me tranquilizaba diciendo que si Marcela es de buena familia no le habrá pasado demasiado, como a mí, que la tendrán en otro cuartel,* aunque también le contó de los centros de detención más duros, donde la tortura es sistemática y a los que no se rompen o se mueren, los drogan, los suben a un avión y los tiran maniatados y encapuchados al mar; o fingen liberarlos de madrugada en una calle cualquiera, para aplicarles la Ley de Fuga, que de ley no tiene nada y de trampa todo, casi una diversión para ellos; todo se lo decía con frases cortas, rápidas como disparos de realidad que entre tanto horror siempre le regalaban alguna esperanza, la suficiente como para que Julio limpiara obediente los calabozos ajenos, intercambiara un par de palabras con sus compañeros y esperase con impaciencia el próximo miércoles para aprender un poco más sobre esa vida en la que no sabía cuánto tiempo tendría que seguir, *si es que voy a tener alguna vida.*

Dejó de hablar con el tucumano cuando otro detenido, que no tendría más de veinte años pero una vejez dolorosa en la mirada, le dijo en voz baja:

—Cuidado con el Tucu, yo creo que es un servicio.

Y Julio, estúpidamente, pensó en su papá cuando se refería a la mucama, a las otras chicas que trabajaban en casa o al jardinero como al «servicio», pero de inmediato le volvieron a la memoria las historias que, cuando Marcela se las contaba, parecían legendarias, sobre militares jóvenes infiltrados en las filas estudiantiles para buscar supuestos subversivos y señalar gente a la que desaparecer, una especie de servicio secreto que no lo era tanto si todo el mundo en la universidad sabía quiénes eran, *y si estos brutos son capaces de ir a clase a la facultad para sonsacarnos, qué no harán acá, donde todos estamos impacientes por hablar con alguien que no sea un torturador*.

Entonces, la fugaz mirada a los ojos vencidos pero todavía jóvenes y *me hice grande en un momento*, casi tan viejo como el otro cuando le preguntó:

—¿Y quién me asegura que el servicio no sos vos?

Y desde entonces, no hablar con ninguno, no contestar a ninguno, solo esperar el despiadado baño en el patio y la limpieza de calabozos como una ocasión sin esperanzas de cruzarse con Marcela; pero no preguntar más, harto de preguntar por ella y por los otros y no tener respuesta, desconfiar de los que quizás están corriendo su misma suerte y la contradicción de extrañar las visitas de Morales, aunque cada vez que piensa en él lo odia un poco más y vuelve a decretar su muerte, *y por qué no podrá ser como Rovira, una bestia sin razón ni coartadas, un enemigo fácil de odiar y ojalá de destruir, aunque a quién voy a destruir yo, pobre pendejo rico, que cada noche me duermo deseando que mañana los amigos de papá nos salven a mí, a Marcela y a los demás chicos, si pueden*, todo es raro y vaporoso pero no es un sueño, porque si estuviera soñando estaría Marcela, desnuda y con el pelo revuelto, como está siempre en sus sueños, o agitando el aire con ese mismo pelo en las asambleas, para despertar conciencias de compañeros tímidos, *al principio yo siempre del otro lado, mirándola, pero un día di el paso al frente para tenerla más cerca y ella me miró y hablamos y gracias, gracias, gracias, abuela, por los libros prohibidos que me dieron tema de conversación y me volvieron interesante para ella,* pero Marcela no está en este sueño que no es un sueño, *porque tampoco está mamá mirándome desde arriba cuando íbamos a ver las obras de teatro de vanguardia y ella sonreía suave ante cada frase inteligente y yo la imitaba para dar a entender que entendía lo mismo que ella y* alimentar la sonrisa suave rezando para que no se transformara en la carcajada cortante y metálica, la lucecita dorada y demente al fondo de los ojos, *como aquella vez que tuvo que venir la ambulancia y papá la metió en una clínica* y Julio solo podía llorar porque se sentía culpable de algo y no sabía de qué; *no es un sueño porque entonces aparecería, como en una película descolorida, aquella otra vez, yo era tan chiquito que hablaban delante de mí como si no entendiera, cuando papá, muy serio, nos contó que la fábrica que heredó del abuelo estaba a punto de cerrar y yo pensé que eso no era tan grave, todos los negocios cerraban a la noche y a la mañana abrían de nuevo, creo que lo pensé en voz alta, porque ellos rieron sin ganas, sobre todo papá,* que aclaró que quizá no lo perderían todo, pero tendrían que empezar de nuevo, mudarse a una casa más chica, y mamá, extrañamente tranquila, diciéndole que juntos podían con todo *y papá, días después, anunciando que todavía le quedaba un recurso, un viejo compañero de la facultad y decir un nombre, y que mamá arrugara la nariz perfecta para pedirle que no se metiera con esa gente, pero papá esquivándole la mirada mientras decía que haría cualquier cosa para levantar la fábrica* que ya entonces empezó a pronunciar con una «F» mayúscula, como después hizo con la Empresa, aunque cuando Julio fue la primera vez le pareció chiquita y después creció tanto y tanto que se multiplicó por muchas, como los amigos elegantes que venían a cenar y ante los que mamá no arrugaba la nariz sino que directamente se sentía indispuesta y se iba a su dormitorio, porque de repente había tantos dormitorios que el padre dormía en uno y ella en otro, a medida que la casa se hacía más grande y ellos estaban cada vez más lejos *y no, no puede ser un sueño esta sensación blanda, ni estoy en mi calabozo*, se dice Julio, la cabeza despejada del todo.

Gira el cuerpo, con las manos atadas al frente, y toca la superficie blanda y reconoce el cuero o la cuerina del tapizado.

Estoy en un coche, se dice.

En el asiento de atrás de un coche.

Y no era un sueño, me drogaron.

Para tirarme al mar desde un avión o fusilarme en un simulacro de fuga.

De pronto está completamente despierto.

Tanto que, al girar la cabeza, percibe a través de la tela de la capucha una leve claridad, *estará por amanecer*, se dice.

Estas cosas deben hacerlas temprano, se dice.

Y no se dice nada más, porque las pisadas de varios pares de botas militares resuenan sobre el empedrado, mientras se acercan al coche.

8

Los pasos resuenan por el suelo del cuartel y Julio cuenta tres pares, seis botas militares, diferentes intensidades en la forma de pisar, le parece que uno de ellos es más liviano que los demás y que el otro pisa de manera nerviosa. El par de pasos restantes corresponde a Rovira, demasiadas noches oyéndolo pasar delante de su calabozo antes de parar a decirle alguna tontería, a veces casi tierna, o alguna mentira terrible, porque quizá fuera verdad, sobre Marcela.

Las puertas se abren con sincronía marcial y unas manos toscas lo sientan en el asiento. Reconoce el olor inconfundible de Rovira, que empieza a hablar, pero alguien lo hace callar con un chistido y es Morales, juraría que es Morales, porque ese breve sonido tiene la autoridad culposa que ha llegado a detectar en el mayor.

El otro está a la izquierda y adelante de Julio, *tiene que ser el chofer, un soldado más o un oficial joven*, alguien con tanto miedo que hará todo lo que le ordenen.

El coche se mueve y avanza hacia la salida.

Del otro lado de la ventanilla del coche llega un sordo «¡atención!» cuando pasan, si no es Morales será otro oficial el que viaja en este coche y ha recibido el saludo militar del centinela.

Julito podría, como en las películas, intentar contar cada esquina que doblan y adivinar el sentido en que van, diferenciar sonidos de la calle, pero es imposible y es innecesario, además tiene la sensación de que están dando vueltas en círculos, nunca tuvo un gran sentido de la orientación *y si me llevan para subirme a un avión y tirarme al mar, de qué mierda me va a servir identificar el recorrido...*

Aunque según le dijo el tucumano una vez en el patio del cuartel —y antes un amigo mayor de Marcela después de una reunión—, cuando hacen los «traslados», como llaman a esos vuelos de la muerte, los llevan a todos juntos en un camión, dormidos y maniatados como si fueran paquetes que transportan a la nada...

Pasa un buen rato, el mareo vuelve y se va despejando, pero todo es muy lento, los ojos se le cansan de estar abiertos para no ver nada, *y si me tiran al mar, mejor dormido del todo*, se deja ir, cierra los ojos y empieza a soñar con Marcela, aunque las voces se cuelan en su sueño:

—Se durmió —dice Rovira—. Este pelotudo se durmió.

—¿No se le habrá ido la mano con el anestésico? —pregunta Morales.

—No, no, mayor, quédese tranquilo. —La voz de Rovira suena exasperada y falsamente respetuosa—. Yo creo que podríamos hacerlo por acá. Es una ruta transitada, pero no hay muchas casas cerca...

—Un poco más cerca del centro —más que ordenar, pide el mayor—. No queremos que lo atropelle un camión...

Julio está fuera del sueño y de Marcela, fuera de lo que no sea este mareo lúcido que analiza cada palabra de los otros y le busca un sentido, *dijo un camión y no un avión, o sea que esto no es un traslado... ¿Y si me están tomando el pelo, si saben que estoy despierto y juegan conmigo para divertirse antes de...?*

Porque la alternativa al avión con el fondo del Río de la Plata o el mar cercano como destino final es casi peor. *La Ley de Fuga, la Ley de Fuga no*, se dice Julio, que a fuerza de imaginarse muertes en estos tres meses ha establecido sus prioridades y sabe que no tendrá la entereza de intentar huir si ponen en escena la farsa de una liberación de madrugada en algún lugar de las afueras, aflojarle las ataduras de las manos, sacarle la capucha y ordenarle correr hacia la libertad, para después jugar a ver quién le acierta el primer tiro a la carrera y más tarde, en el comentario marginal de algún informativo, identificarlo con nombre y apellido como a un subversivo que atacó a las Fuerzas Armadas y fue abatido mientras huía.

Suena a chiste y no tiene gracia, *un subversivo yo, como llaman a los que no piensan como ellos, y yo no pensé nada, yo era un nene bien que quiso creer en lo que creyera Marcela para que ella me quisiera un ratito y ahora soy un chiste malo encapuchado en el asiento de atrás de un coche que será un Falcon verde, porque esta gente es mortal, pero de original tienen poquito, siempre los mismos coches y del mismo color para sembrar el miedo en la ciudad, secuestrar gente y desaparecerla mientras todos, mi viejo el primero, miran para otro lado.*

El silencio de los otros lo aflige un poco más. Intuye que falta poco para el final.

El amanecer se filtra por la capucha como una luz barata, insuficiente.

Julio piensa que se lo llevaron en otoño, *así que me van a matar en invierno. No sé si hoy es 30 de junio o primero de julio*, más que confiar en la exactitud de sus cálculos, se basa en el «fervor popular por el deporte patrio», como diría un locutor empalagoso de la radio. Hace una semana, más o menos, que Argentina ganó el Mundial de Fútbol celebrado a domicilio. Todavía se acuerda del primer sobresalto, después supo que fue el 18 de junio, cuando desde el calabozo escuchó un rugido desconocido, algo entre eufórico y rabioso, que descifró cuando un Rovira borracho y exaltado se asomó a su calabozo, le convidó un cigarrillo y hasta le pasó la botella de vino por la ventanita mientras le decía: «¡Empatamos con los brasucas, pibe, cero a cero, ya pasó lo peor, falta poquito, ya vas a ver, este año Argentina campeón!», y él fue consciente, por primera vez, de que afuera, a unos pocos metros, *la vida sigue, la gente va al trabajo o a buscar trabajo, los chicos a la escuela y estará todo lleno de banderas, los balcones, los coches, los trenes, gente celebrando que empatamos con Brasil y sin saber, sin querer saber nada de los que desaparecen a la fuerza, no vaya a ser contagioso.*

El siguiente rugido, cuatro días más tarde, ya no lo sorprendió y solamente tuvo que esperar la visita de un Rovira en éxtasis para saber que le habían ganado a Perú por 6-0 y que el domingo jugaban la final.

El coche se detiene y unas manos impacientes lo hacen bajar del coche.

El suelo es irregular y Julio trata en vano de imaginar el escenario de su muerte.

—Con cuidado —dice Morales detrás de ellos.

—Usted tranquilo —pide Rovira con insolencia, y susurra con rencor—: ¿Justo tenemos que hacerlo en mi barrio? Seguro que el Lobo lo hace para hincharme las pelotas...

Avanzan por una vereda de baldosas flojas y pasan a un terreno con piedras.

Hará frío y Julio lo sabe. Pero no lo siente.

Los brazos de Rovira lo sostienen y Julio lo agradece, quiere morir con cierta dignidad, sabe que no será capaz de lanzar un grito desafiante antes de recibir el balazo, en secreto ruega que no le saquen la capucha y, en lugar de un fusilamiento o un simulacro de fuga a ninguna parte, le concedan un rápido tiro en la nuca.

No tendrá esa suerte. Rovira lo suelta y comprueba que puede mantenerse en pie.

Las botas se alejan, *será fusilamiento, nomás, y yo sin última frase memorable que pronunciar, salvo que mi Patria fue el sexo de Marcela*, pero oye un par de botas que se acercan y una presencia detrás.

Al final, tiro en la nuca, piensa casi con gratitud.

Unas manos le aflojan las ligaduras de las muñecas.

—Contá hasta trescientos y te sacás la capucha —le dice Morales mientras le mete algo en el bolsillo de atrás de los vaqueros—. Con esto tenés de sobra para un taxi y acá cerca está la avenida. Andáte del país, Julito. O por lo menos, no te metás en más líos, porque la próxima vez no voy a estar yo para salvarte.

Julio lo odia más que nunca, da igual que le esté contando la mentira más cruel antes de pegarle un tiro o le anuncie el final de su cautiverio.

—Cuidáte —pide Morales, y se aleja—. Y acordáte: contá hasta trescientos.

Julio cuenta hasta tres mil y la bala no llega.

Lo desorienta un sonido coral y discreto, de arrullo de palomas.

Se siente más absurdo que feliz y suelta las ataduras de sus muñecas y se quita lentamente la capucha, mientras mete la mano en el bolsillo del vaquero que no es suyo y le queda grande, está limpio y huele a desinfectante. Mira los billetes y son demasiados, más que suficientes para llegar a casa, no importa en qué parte de Buenos Aires esté el baldío lleno de yuyos, botellas rotas, el esqueleto de un coche oxidado, un lavarropas tirado mirando al cielo como si le pidiera una respuesta y, entre el surtido de cosas rotas o muertas, cuatro rosales que solo se pueden ver desde acá, casi al fondo del terreno. Y palomas, docenas, a lo mejor cientos de palomas en calma.

Julio se dice que todavía está mareado y respira despacio.

Mira al cielo.

Amanece del todo, se dice, y se pregunta cómo se podría amanecer a medias.

El efecto de la droga que sea que le inyectaron —ahora nota el leve vestigio de dolor en el brazo derecho— todavía no se disipa del todo.

El primer impulso es esconderse, el segundo saltar el paredón del fondo y huir, a lo mejor todo fue una broma pesada y Morales y los suyos esperan en la calle.

Pero sabe que no. Ni están ni van a volver.

Morales quiso ser Dios y le perdonó la vida para demostrarle que podía, *y por eso, cuando vuelva a encontrarlo, lo voy a matar, para demostrarle que puedo.*

A un costado del baldío, un montón de chapas y cartones hacen algo parecido a una montaña y después de un rato comprende que es una casilla, la recorre con la mirada hasta que se topa con los ojos apagados del hombre que antes no había distinguido, camuflado en el gris.

—Volviste a nacer, pibe —le dice.

Julio le estudia la pupila y en el fondo ve brillar la demencia escondida, como brillaba a ratos detrás de los ojos perfectos de su madre.

Y eso, de alguna manera, lo hace sentir a salvo por primera vez desde que se lo llevaron.

—Tiene razón. Volví a nacer.

9

El loco señala el informe montón de cartones, chapas y maderas.

—Mucho no tengo, pero si querés pasar a mi palacio te hago unos mates, así te despejás la cabeza, yo creo que te metieron una buena pichicata...

Julio se toca el brazo dolorido por la inyección y asiente.

—Sí, gracias. —Su propia voz le suena ajena, más adulta y dolorosamente parecida a la de su padre.

Camina hacia la casucha y las palomas no se espantan ni levantan el vuelo, les dejan paso y lo miran con pena o desinterés.

Adentro los olores se reconcentran, *pero es mejor que los calabozos, porque no huele a miedo,* y hay una estufa de querosene que calienta el aire y el sabor del mate, que solo tomaba a escondidas con mamá, *porque papá decía que era bebida de pobres,* lo reconforta y trata de rehacer en su mente el trayecto desde el cuartel y se ríe de sus veleidades de prisionero experto, *te creés el conde de Montecristo, Julito, y apenas sos un chico mimado al que le dieron tres palizas y dos sustos en tres meses.*

El loco ríe con él y Julio toma conciencia de que es libre y tiene un hambre atroz.

Ante la mirada plácida del otro, cuenta los billetes que le dejó Morales.

Le pregunta al loco dónde están y no es tan lejos del centro, *tengo plata como para veinte taxis y pocas ganas de volver a una casa donde mamá no está.*

—No le pregunté su nombre, señor…

—Juan. Me llaman Juan.

—Yo me llamo Julio. ¿Se ofendería si lo invito a desayunar en la mejor confitería de la avenida, señor Juan?

Con unos modales inesperados, contesta:

—Al contrario, amigo Julio. Será un honor… Si nos dejan entrar.

Julio sacude los billetes, ilustrados con los rostros de diferentes próceres.

—Nos van a dejar, señor Juan. La mayoría de estos tipos también eran militares.

Es casi mediodía cuando vuelven al baldío trastabillando. Como predijo Juan, les pusieron mala cara en el bar, hasta que vieron los billetes, y el desayuno mezcló café con leche con whisky del caro, para acompañar una pila de sándwiches. Desayunaron mucho y hablaron poco, y Julio supo que a partir de ese día su amistad con ese hombre sería así, un pacto de pocas palabras pero imprescindibles.

Al volver, pasaron por un minisupermercado atendido por un coreano al que Juan llamó Federico. Compraron tres botellas de vino barato por consejo del loco:

—«Si querés vivir mucho, guardá un poco de vino rancio y un amigo viejo».

—Buen consejo. ¿Es suyo?

—No. De Pitágoras de Samos. Y es una boludez, pero algo hay que decir, ¿no?

Julio amontonó alimentos sobre el mostrador y preguntó si hacía falta algo más.

—Mejor guarda un poco de plata para volver a su casa, Julio. —De pronto recordó—: Pero un poco más de pan se lo acepto encantado. Para las bonitas…

Al entrar en el territorio en ruinas, las palomas no se

alborotan ni cuando Juan pellizca el pan, y más que tirarles las migas, se las ofrece.

Julio calla. Su padre odia a las palomas, las llamaba «ratas con alas» cuando las veía amontonar paciencia en una plaza. Su madre agregaba: «Pero vuelan».

Y él, ahora que ya se siente un ser independiente de ellos, alguien aparte y no necesariamente mejor, mira a las palomas y por primera vez las ve.

—Son... Son todas diferentes —se sorprende—. No hay una igual a la otra, cada cual tiene su propio dibujo en el plumaje.

Un minúsculo pajarito aparece y se lanza sobre una miga de pan. Parece un pedacito de nada comparado con el tamaño de las palomas y Julio teme lo peor, pero no pasa nada y se da cuenta de que no compiten por la comida, no hay disputa.

Juan recita:

—«¿Cómo sugerir, por ejemplo, una ciudad sin palomas, sin árboles y sin jardines, donde no pueden haber aleteos ni susurros de hojas, un lugar neutro, en una palabra?».

—Qué lindo. No lo había pensado, Juan. ¿Tampoco es suyo?

—De Albert Camus, *La peste.*

Julio sonríe. No ha leído el libro, pero es uno de los que tenía en la pila de pendientes entre los que traía escondidos de casa de su abuela.

—Un gran escritor, Camus —dice por decir algo.

—Un gran pelotudo —define Juan.

Las palomas comen y el pan va desapareciendo. Julio señala los rosales, simétricos y bellos, incongruentes y a la vez coherentes entre tanta ruina.

—¿Por qué? —pregunta.

—¿Por qué no? Yo no elegí vivir rodeado de toda esta basura y fealdad, pero puedo decidir agregarle un poco de belleza, don Julio.

—Me trata de usted y apenas soy un chico.

—Creo que se llevaron a un pibe, pero sin querer soltaron a un hombre, don Julio.

Toman mucho y comen poco.

Julio detecta cientos de libros apilados en las paredes de la precaria construcción.

El loco lo mismo dice algo sin sentido que recita de memoria fragmentos en francés, en alemán, en griego y en latín, hasta que se da cuenta, se insulta a sí mismo y vuelve al soliloquio.

Julio sabe que tendrá que irse pronto. Es probable que su padre ya sepa que lo soltaron y estará esperándolo en una casa que el hijo ya no siente suya. No piensa darle las gracias por sus gestiones para liberarlo, ni el otro las esperará. La enfermedad de la mujer que ambos aman y la ferocidad de los negocios han hecho del padre un hombre remoto, *como si cualquier emoción fuera un peligro*, se dice Julio, que lo comprende y no.

—Tiene razón, don Juan. Nací de nuevo. Y no sé si me gusta.

—En ese caso, habrá que bautizarlo, amigo Julio.

—Ya tengo un nombre.

El loco lo mira con su mirada concéntrica y baja la voz:

—El de antes. Pero ya no le alcanza, se le quedó sin pilas, ese nombre. Me refiero al nombre secreto. —Le pasa la botella de vino y Julio da un trago corto—. Hay un nombre con el que los demás nos piensan y otro con el que nos llamamos. A mí todos me dicen el loco Juan, pero cuando me hablo a mí mismo, ¿sabe cómo me llamo?

—¿Cómo?

—Maximiliano.

—Suena importante. ¿Puedo llamarlo así?

—Usted sí —concede con tono majestuoso; vacía la botella y seca la boca con la manga de la camisa raída—. ¿Vio esos rosales, allá afuera? Los plantó Maximiliano, son su jardín. —Con un gesto recorre la casucha miserable—. Y este es su palacio.

Julio se queda pensativo y pide con humildad:

—¿Usted me haría el honor...?

—Encantado.

Vuelca la botella sobre la palma de su mano y las gotas de vino forman un charquito rojo. Deja la botella en la mesa y le indica a Julio que se ponga de pie.

Hunde las yemas de dos dedos en la mancha de vino y traza una cruz sobre la frente del muchacho:

—Te bautizo con el nombre con el que vas a llamarte en los momentos felices y también en los terribles. A partir de hoy, tu nombre secreto será:

—Jorge Luis. Usted puede llamarme Jorge Luis.

10

Buenos Aires, 1980

Hace doce años que Jun Ji-hyun llegó a la Argentina desde su Corea natal para trabajar en el campo y diez desde que se cansó de ese mismo campo, se vino a Buenos Aires y abrió el mercadito que no cierra casi nunca y que, a pesar del rezongo sin ganas de las clientas porque los precios son más caros que en los supermercados grandes, ya es parte del barrio.

Ha visto madurar a algunas y envejecer a otras, y ellas le llevan la cuenta de las canas desde que detectaron la primera.

Se sabe el nombre de cada una y también el apellido de las que prefieren que las llamen «señora de» para imitar a las mujeres finas de las revistas, y a veces —más de las que le gusta reconocer— les vende al fiado a las que pasan apuros económicos, desmintiendo el cartel que preside la caja desde el día que abrió el negocio:

«Hoy NO SE FÍA, mañana sí».

Jun Ji-hyun aprendió que *para vivir en la Argentina tenés que volverte un poquito argentino*, por eso tuvo que elegir entre ser de Boca o ser de River y eligió River porque la camiseta blanca y roja le recordaba en parte a la bandera coreana. Ahora, sin saber por qué, se deprime un poco cada vez que pierden «los millonarios».

Las clientas siguen viniendo, aunque no muy lejos abrió

un supermercado grande. Y después de tantos años de compartir mañanas, pronuncian con exquisito acento nativo el nombre de Jun Ji-hyun.

Pero cada vez que Juan el loco y el chico alto de ojos serios entran a su negocio un sábado por la mañana, sabe que para ellos se va a llamar Federico.

El nombre se lo puso Juan, que no habla casi nunca o habla demasiado y mira con esos ojos chiquitos de fondo gris que cuando se abren alucinados o inteligentes se vuelven grandes y casi celestes, y le dijo un día, hace años, cuando vino a comprar vino malo con esos billetes que saca de un rollo apretado:

—Tu nombre secreto es Federico, es nombre de pianista, de poeta o de archiduque.

Viene poco por el negocio y solo le dice Federico cuando no hay otros clientes.

Es un loco raro, nuestro loco, piensa, y se da cuenta de que Juan, como él, forma parte del paisaje del barrio. Es bastante querido, *no roba, ni pide, ni hincha las bolas, y si se pone en pedo se queda piola en su casilla*; a Jun Ji-hyun le gusta pensar en argentino, pero no lo hace en voz alta y menos en casa, delante de su mujer y su hijo, *aunque seguro que el pibe, con doce años, ya sabe más insultos que yo.*

Nadie se acuerda de cuándo llegó el loco al barrio, hace mucho que los vecinos no tiran basura en el baldío donde vive, y cuando alguno cambia los muebles, deposita los viejos en su vereda a la noche y a la mañana ya no están.

Hace dos años vinieron por el mercadito dos militares mal disfrazados de civiles, mostrando una foto y preguntando por un tal Maximiliano Galarza.

El negocio estaba lleno. Las clientas se pasaron la foto y todas dijeron que no conocían a ese hombre. Incluso la señora de Rovira, que dudó, pero sacudió la cabeza diciendo que nunca lo había visto y que parecía demasiado fino para el barrio, y las otras señoras, que a veces se callan cuando está ella, porque es mujer de un militar del que se dicen cosas feas y también porque les da un poco de pena —hasta en verano se pone blusas de manga larga y pañuelos en el cuello para que no se vean los moretones—, le hicieron coro.

—Ojalá vinieran por acá hombres tan buen mozos —dijo con picardía doña Ofelia, la más vieja, mientras clavaba los ojos en Jun Ji-hyun.

Los preguntones le preguntaron y le dieron la foto y él lo reconoció enseguida, sin el pelo tan gris y largo, sin la barba enmarañada y con los ojos más grandes y parecidos a los que se le ponen antes de alucinar, el señor de la foto, *con pinta de profesor de algo, a lo mejor de diputado o juez, fue Juan el loco, pero ya no es* y no le dio miedo mentir, porque decía la verdad y no sabía quién era ese hombre, y doña Julia, que tiene una hermana a la que le desaparecieron la hija, el nieto y el yerno y los jueves se pone el pañuelo blanco en la cabeza y va a reclamar por ellos a la plaza de Mayo, preguntó que por qué lo buscaban y los militares mal disfrazados de civiles dijeron que era un subversivo peligroso, pero nadie les creyó. Después recorrieron con la mirada las estanterías hasta localizar el whisky más caro y le dijeron a Jun Ji-hyun que les bajara las dos únicas botellas, que por supuesto se fueron sin pagar.

Las clientas cambiaron de tema como si no hubiera pasado nada, pagaron y se fueron, y Jun Ji-hyun, por primera y única vez en una década desde que abrió su negocio, hizo algo inédito: cerrar antes de hora.

Se asomó a la puerta, miró a los dos lados para ver si había algún coche verde y peligroso, cerró el negocio y corrió dando la vuelta a la manzana hasta el baldío donde vive Juan el loco, para avisarle que lo estaban buscando.

Al llegar a la esquina se frenó de repente y tardó un segundo en reconocer a la señora de Rovira, que le estaba diciendo algo a Juan el loco, que de pronto perdió la silueta encorvada y, a pesar de la ropa, los pelos revueltos y la miseria aparente, Jun Ji-hyun lo vio ser otra vez ese profesor, diputado o lo que fuera que fue cuando se llamaba de otra forma, darle las gracias a la señora de Rovira y besarle la mano con absurda elegancia.

Al levantar la mirada, el comerciante se encontró con otra igual de sorprendida que la suya, que desde la otra esquina contemplaba la escena.

Doña Julia había tenido la misma idea que él. Sus ojos se entendieron y retrocedieron despacito, ni la señora de Rovira ni el noble loco los vieron.

En todo esto piensa Jun Ji-hyun y también en cuánto ha crecido el chico de la mirada seria desde que vino por primera vez con Juan, hará un año y medio, *creo que estaban un poco borrachos*, y desde entonces todos los sábados compran muchas latas de conservas y cosas de calidad que el pibe mete en bolsas con rapidez.

Y Federico —porque cuando están ellos se asume Federico— le pide al loco que le alcance algo que esté lejos, para que el muchacho —al que Juan a veces llama Julio y otras Jorge Luis— pueda pagar aprovechando que no lo ve.

Nunca se preguntó el porqué de esa amistad entre dos personas tan diferentes pero que parecen comunicarse por telepatía. Una de las vecinas, que vive al lado del baldío, dice que los sábados le llega un olor a asado que da envidia.

Pero hay algo que intriga al comerciante y hoy la curiosidad puede más que la costumbre y le pregunta al loco que por qué siempre le compran el vino más barato y malo que tiene y hasta le encargan botellas de las peores marcas.

—Les vendo un vino mejor... ¡Y se los dejo a precio de costo!

Juan lo mira con gratitud de ojitos grises que se vuelven celestes y grandes al contarle que hace mucho tuvo un amigo que había heredado de su padre tres docenas de botellas del vino más caro, añejadas durante décadas. El padre le encargó que las cuidara como él, mimando la luz y la temperatura, y que no las abriera hasta el año 2000, cuando alcanzarían la perfección de sabor y *bouquet*.

—¿Y le hizo caso? —pregunta Federico.

El loco parece no escucharlo:

—El hijo se volvió padre y un día lo perdió todo, incluido a su propio hijo. Perdió todo menos las botellas y decidió suicidarse tomándoselas todas.

—¿Las treinta y seis? —dice Jun Ji-hyun, y se siente estúpido.

—Esa era la idea. Las abrió todas y llenó una copa y lo probó...

Julio solo lo mira. Federico está expectante.

—¿Era..., era sublime?

—Estaba picado. Todas las botellas que él y su padre habían cuidado más que a sus familias estaban llenas del vinagre más caro del mundo. Era imposible tomar un sorbo sin vomitar. El mejor de los vinos, tarde o temprano, se estropea.

—Por lo menos, su amigo no se suicidó...

—Hay muchas formas de matarse, querido Federico.

El loco y el muchacho cargan las bolsas y se van.

Jun Ji-hyun se queda pensando y se sorprende cuando Julio vuelve a entrar, lo mira con esos ojos terribles y le dice que tiene que proponerle un negocio.

Julio y Juan comparan el contenido de las botellas de vino malo. Coinciden en elegir como el mejor de los peores a lo que el loco definió como «un caldo con refinada acidez, ligeros toques metalizados y retrogusto a plástico de buena calidad». Julio brinda y Juan lo estudia.

Desde hace casi un año y medio, de sábado en sábado, ha visto al chico asustado convertirse en un joven alto y fuerte, con una mirada que por momentos asusta y por momentos vuelve a llenarse de miedo.

Nunca hablan de sus vidas, no recuerda si fue un pacto tácito, *a lo mejor hasta lo propuse yo mismo*, piensa, y llena otro vasito de vino.

La casilla ya le queda chica al muchacho, *seguro que además de la genética familiar y la buena alimentación pasa muchas horas en el gimnasio*. Los hombros se le han ensanchado, los antebrazos son sólidos y fuertes, el cuello es más grueso y le sombrea las mejillas una barba de esas que nunca terminan de dejarse afeitar del todo. *Pero el pibe parece no darse cuenta de la mirada de las chicas cuando vamos juntos al mercadito de Federico, varias de ellas ya saben la hora y esperan para verlo pasar, pero él está en otro lado. Qué suerte que tiene de poder estar en otro lado.*

—¿Cuándo te vas? —Lo tutea por primera vez desde que se conocen.

—¿Quién le dijo que me voy a ir? —Julio se sonroja.

—Desde que te sacaste la capucha, esa mañana, te estás yendo, Jorge Luis.

—Pero no me fui, Maximiliano. Aunque ahora sí me voy a ir, pero por un tiempo.

—Hacés bien. Yo no sé lo que buscás, pero seguro que está en cualquier otra parte menos acá. Acá no hay nada que encontrar, salvo muerte y disimulo.

—Tiene razón. Me voy a California para perfeccionarme en informática, parece que tengo un don para eso y habrá que aprovecharlo. Lo que sea menos hacerme cargo de los negocios sucios de mi viejo...

—Me temo que no hay negocios limpios, amigo Jorge Luis. Hace mucho conocí a un tipo que creía saberlo todo, hablaba un montón de idiomas, tenía familia y creía que podía cambiar el mundo sin lastimar a nadie. Decía que el conocimiento curaba mejor que cualquier remedio y que para la humanidad había sido más importante la invención del lápiz que la de la penicilina.

—Un sabio, su amigo. —Sonríe—. ¿Era el mismo de las botellas de vino vinagre?

—Era un pelotudo, Jorge Luis. Los pelotudos hablan de más, o delante de quien no deberían y entonces un día los echan de la universidad por pelotudos, la familia los abandona por pelotudos, tienen que cambiar de identidad y esconderse para que no los maten por pelotudos, y, sin embargo, como son pelotudos, a veces siguen pensando que la solución de todo está en los libros...

—Por lo menos, el pelotudo de su amigo creía en algo. Yo también tengo un amigo, ¿sabe, Maximiliano? Un chico que se quiere sentir víctima porque estuvo tres meses encerrado y cagado de miedo. Pero casi no le tocaron un pelo, mientras alrededor morían y siguen muriendo un montón de pibes y pibas que soñaron un país mejor y salieron a exigirlo a la calle. El pelotudo se llamaba Julito y cuando lo soltaron ni siquiera fue capaz de ir a preguntar por sus amigos, porque sabía que no tuvieron su misma suerte, y tiene vergüenza cada día que se levanta y ve que los diarios no dicen nada y las radios no dicen nada de lo que está pasando, y él se siente más pelotudo que nunca, vivo y a salvo. Y culpable.

Toma un trago largo de vino malo antes de seguir.

—¿Y sabe lo más raro, Maximiliano? Que el nene pelotudo ya no tiene miedo, tiene rabia homicida y la promesa de una estúpida venganza que alguna vez tendrá que cumplir, porque se toma demasiado en serio a sí mismo y casi siempre se olvida de que es un pelotudo. Por eso me voy. Para llevarme a ese pelotudo lejos un tiempo, a ver si crece y por lo menos se vuelve un pelotudo más ilustrado.

Brindan en silencio.

—Me voy por unos meses —dice Julio—. No se ofenda, pero arreglé con Federico para poder mandarle cartas desde allá y que usted, si quiere, me las pueda contestar. —Baja la mirada—. Y también le va a traer un pedido todas las semanas...

—No me ofendo, Jorge Luis. Lo de las cartas te lo agradezco, las voy a leer los sábados, no importa qué día lleguen. Y por los víveres, hablo con el coreano para que haya, sobre todo, pan, así lo comparto con las bonitas.

Como si se dieran por aludidas, las palomas, afuera, arrullan aprobadoras.

Maximiliano levanta el vasito.

—Y brindo por la pelotudez de nuestros amigos, que llevamos con nosotros.

—Le prometo que vuelvo pronto.

—No prometas, Jorge Luis. Sospecho que sos uno de esos hombres que, cuando se promete algo, terminan por cumplirlo aunque no quieran. Y en tus ojos hay hambre de venganza. ¿Sabés lo que dijo Confucio?: «Antes de empezar un viaje de venganza, cava dos tumbas».

—Un sabio, Confucio.

—Seguro que también era un pelotudo.

La vecina que vive al lado del baldío contará en el mercadito de Jun Ji-hyun, dentro de unos días, cuando se pregunten por qué ya no viene el muchacho a visitar al loco Juan, que el último sábado los escuchó reír sin parar hasta muy tarde.

11

La luz del atardecer vuelve translúcida la belleza de la mujer y Julio está tan cerca que le parece que puede ver a través de ella —como en un cuadro impresionista y en borrones difusos, los macizos de flores, los setos verdes, el camino de piedras rojas y al fondo el cielo azul— todo lo que intenta en vano que este lugar parezca una idílica villa de descanso y no un sanatorio para enfermos mentales adinerados.

También se mantiene a distancia del abrazo de su madre —aunque nunca se concreta, desde que lo soltaron no sabe qué hacer con los brazos como no sea entrenarse y golpear objetos inanimados— para poder captar algunas de las pocas frases que la mujer susurra.

Algunas veces lo confunde con el padre y lo llama Roberto y lo mira con rencor; otras, la mayoría, con ternura de adolescente enamorada y, muy de vez en cuando, con una lujuria que al Julio de antes lo hubiera horrorizado y al de ahora le regala por lo menos el consuelo de saber que su madre llegó a ser feliz de distintas maneras antes de perderse en los laberintos de su propia mente.

Julio, tan serio que se parece odiosamente a su padre en los espejos, sabe que es lógico que la mujer los asocie, aunque por momentos, como ahora, lo mira con la ternura infinita que se reserva para quienes se quiere sin más razón que el amor mismo; levanta la mano transparente, acaricia la cara del hijo como si estuviera tallada en humo y le dice:

—¡Qué lindo, mi nene! Mi nene va a ser artista, ¿a que sí?

Y Julio le miente que sí.

Al atardecer del día en que Morales lo soltó en el baldío del único amigo que tendrá en la vida, Julio volvió a casa borracho. El padre no se decidió al abrazo y el hijo no lo necesitaba y solo dijo «Estoy bien, papá» y el otro contestó «Me alegro mucho, hijo», y Julio le preguntó por ella y él le contó que otra vez el sanatorio y sin posibilidad de regreso cercano y los dos aguantando lágrimas y, después de eso, esquivarse en las cenas y las comidas, tan fácil en una casa tan grande que ella llenaba de alegría cuando estaba. Así que fue casi natural que, unos meses más tarde, Julio dijera que se iba a vivir a la casa de la abuela, el amplio departamento en un barrio tan noble como ese y vacío desde que la mujer falleció.

El padre no suspiró aliviado, pero a lo mejor lo hizo por dentro.

Pese al parecido físico entre ambos, la mirada del hijo le dolía tanto como la de la madre y, como cuando era chico, le buscó en el fondo de los ojos esa chispa filosa de locura que asomaba en los de la mujer que amaba.

No la encontró.

—Me parece bien, ya sos grande y tenés que hacer tu vida, por la plata no te preocupés. ¿Necesitás algo más?

Y Julio, que nunca pedía nada, le pidió carísimos equipos de computación y libros técnicos en inglés que llenaron una habitación del piso de su abuela.

Así que en el futuro será cualquier cosa menos artista, pero cómo explicarle a la madre loca y mágica que su único arte es dialogar con unos y con ceros, establecer relaciones seguras en las que nada pueda fallar, cómo desilusionarla cuando ella vuelve a confundirlo con el chiquito de ojos enormes que fue y le pregunta por las clases de violín o cuándo le va a mostrar una de esas acuarelas tan lindas que pinta y él le dice que sí, que la próxima vez vendrá con un cuadro muy grande, de ella vestida con el vestido verde que tanto le gusta, o que otro día va a traer el violín y tocará, para ella y para todos sus amigos, un concierto; total, en pocos segundos la mujer volverá a caer en un silencio hondo del que escapan palabras inconexas, aunque de pronto recobra la lucidez y le pregunta cómo está papá y cómo se arreglan los dos en casa.

—Bien, aunque yo ahora vivo en la casa de la abuela, ¿te acordás?

—¿Y cómo está la abuela?, ¿por qué no viene a verme?

—Mamá, la abuela murió hace un año...

—¡Qué vieja hija de puta! —dice con rencor inesperado. Después ríe con malicia de nena o de anciana que buscan en vano escandalizar y se lanza a llorar desconsolada—. Mi mamá se murió, Julito. Tenés que ser fuerte, Roberto, cuidámelo al nene, él va a ser artista y no como vos. —Vuelve a mirarlo como si no lo conociera—: ¿Sabe que usted es el enfermero más buen mozo de este loquero?

—Yo...

—¿De quién es el cumpleaños? —pregunta ilusionada al advertir la decoración navideña que engalana el exterior y el interior del sanatorio.

Algunas enfermeras llevan gorritos de Papá Noel y Julio comprende que ya es casi de noche y tiene que irse.

—Tuyo, mamá. Todos los días son tu cumpleaños.

Ella ha vuelto a exiliarse dentro de sí misma.

La abraza y se aleja con culpa por no contarle su decisión.

Apura el paso en busca de la salida. Nunca viene tan tarde para no cruzarse con el padre, que llega cada día antes del crepúsculo y se queda hasta las diez de la noche, cuando los internos se van a dormir. *Es decir que cena con ella y a lo mejor hasta la tapa y le da un beso de buenas noches, va contra el reglamento de la clínica, pero él compra y vende reglamentos cuando quiere.*

Julio lo sabe porque todos los días lo espía desde la esquina, con ternura de púas en el estómago, *a lo mejor los atardeceres fueron algo especial para ellos al principio,* se dice.

Al salir a la calle, casi choca con su padre.

Parece avejentado, aunque en las fotos de los periódicos, en las que sale cada vez menos, su figura sigue emanando poder.

Julio se preguntará durante años si no prolongó la visita para cruzarse con él.

Se miran como dos lados de un espejo desigual.

Llevan meses sin verse. El padre tiene que levantar la mirada para verle los ojos y se siente orgulloso y triste de que ese chico convertido en hombre no lo mire como cuando apenas le llegaba a la rodilla y él era su héroe.

Abre un poco los brazos y Julio hace lo mismo, pero el gesto queda a medias.

—Estás más..., grande, hijo.

—Gracias.

—¿Te arreglás bien en la casa de la abuela? Ya sabés que es tuya por herencia, como sus otras propiedades, solamente hay que hacer los papeles... ¿Necesitás que te mande alguien para que limpie y te cocine? Aquello es enorme...

—No, gracias, papá. No hace falta.

Lo único que ocupa, además de la habitación para las computadoras, es el cuarto de servicio en el que duerme, apenas más grande que el calabozo que ocupó en el cuartel de Morales.

El padre intenta prolongar el momento.

—¿Cómo está? —pregunta, señalando al edificio.

—No está, como siempre. Aunque a veces vuelve por un ratito.

—Quería llevarla a Estados Unidos, Alemania... Pero el viaje podría ser malo para ella, así que traje a los mejores médicos y coinciden en que no hay nada que hacer. ¿Te das cuenta, Julio? Yo, que puedo tantas cosas, no puedo hacer que la curen.

El hijo se encoge de hombros para acomodarse en la coraza que improvisa, no quiere que lo roce siquiera un atisbo de compasión.

—¿Te acordás que me propusiste que me fuera del país una temporada?

—Me quedaría más tranquilo, hijo. —Baja la voz, aunque están solos—. Las cosas están tan raras acá, yo creía que los militares eran gente seria, pero... ¿Vas a París? A ella le encantaría que le mandaras postales desde Montmartre...

—No. Quiero estudiar en el MIT de Massachusetts, se están especializando en informática y ya sabés que eso siempre me gustó...

La decepción del padre es tenue y la reemplaza el orgullo del empresario que anhela que su hijo herede el imperio que él construyó.

—Bien pensado, Julio. La informática te será muy útil cuando...

La mirada del hijo corta la frase que ya de por sí era blanda.

—No quiero robarte más tiempo, papá. Llamo a Graciela y ella se ocupa de todo.

Graciela es su secretaria, tan antigua como la fábrica. Cuando era chico, Julio creía que tenía tres abuelas. Graciela es más eficaz que cualquier computadora.

—Claro, claro. ¿Querés que comamos juntos el 25...? O el 31, que es tu cumpleaños...

—Gracias, papá, pero ya tengo compromiso.

La espalda del otro se encorva un poco más.

Nuevo amago de abrazo con los brazos tan bajos que parece casi una justificación y terminan por darse la mano como personas que han cerrado un trato en el que ninguno gana porque solo quieren dejar de perder.

Cuando el hombre se adentra en el sanatorio, el joven lo detiene con la voz.

—Papá.

—Qué.

—Se acuerda mucho de vos, a veces nos confunde. Y sonríe cuando se confunde.

—Gracias, hijo —dice el hombre, y si cruzaran los dos pasos que los separan, el abrazo esta vez ocurriría.

Pero se quedan inmóviles, ajenos, equidistantes.

Julio se despide.

Tiene que llegar al piso de su abuela antes que los del restaurante, que traerán una lujosa cena para dos con la que podrían comer por lo menos cinco personas.

Por suerte, no tiene que cambiarse ni ponerse traje.

Bastante le costó convencer a Maximiliano para que viniera a pasar la Nochebuena en el enorme departamento, y con la condición de que el 31 lo celebraban en su «palacio».

Cuando el padre gira para entrar, el hijo repara por primera vez en el gran ramo de tulipanes que lleva en la mano, *las favoritas de ella.*

Y también se da cuenta de que ese hombre al que se parece a su pesar viste con demasiada elegancia, de etiqueta.

Como si fuera a una recepción en una embajada, *o a compartir la cena de Nochebuena con la mujer de su vida.*

12

Buenos Aires, 1983

El avión que lo trae desde París es también un curso acelerado para entender el país que encontrará después de casi tres años de ausencia: abrumadora —nunca mejor dicho— mayoría de pasajeros argentinos que vuelven para celebrar en familia el final del año y el de la dictadura, contra la que repiten, en tono festivo a lo largo de todo el avión, los cantitos que últimamente no solo se coreaban en las manifestaciones solidarias de las capitales europeas, sino también en las plazas de las ciudades más pobladas del país: «¡Se va a acabar, se va a acabar, la dictadura militar!».

Alguno incluso se da cuenta de que desde el 10 de diciembre ha vuelto la democracia, actualiza la letra y comienza con un rotundo «¡Se acabó, se acabó!...» y, ante la falta de una rima mejor, todo el pasaje corea: «¡La puta que los parió!».

En un rápido análisis, Julio distingue grupos en la felicidad general. Para una minoría esperanzada, este es el viaje de retorno definitivo, organizado en semanas, como si hubieran pasado todos estos años con las valijas preparadas en los lugares de exilio para volver en cuanto los militares se fueran.

Otros, la mayoría, se dejan llevar por la euforia común y comparten historias parecidas del pasado reciente, acaso para no pensar demasiado en el futuro.

Y un grupo reducido y prudente regresa con la sonrisa en los labios y la duda en los ojos, como si no creyeran que fuera tan fácil terminar con siete años de terror que a muchos les parecieron más largos que una vida y costaron tantas muertes.

Él se siente contento pero remoto, como si todo lo viera desde el otro lado de un vidrio muy grueso, como si esa alegría que también le corresponde fuera siempre una alegría ajena, le da vergüenza no cantar con la feroz algarabía de los demás y, cuando los imita para sentirse parte, no le sale como le salía al Julio de antes.

Desafina.

No ha dejado de desafinar desde que una madrugada el mayor Morales lo dejó en un baldío creyendo que le salvaba la vida y en realidad había matado la parte de él que creía en creer en algo.

Tan distante está del festejo general que el pasajero sentado a su derecha lo decide extranjero y le cuenta en francés las buenas nuevas y también sus viejas desventuras y las de sus familiares.

No deshace el error para no desilusionarlo, aunque no está dispuesto a mentir, solo a no decirle la verdad, y se pregunta dónde está la diferencia. Por suerte, el otro está necesitado de contarle todas sus peripecias y apenas le pregunta después de un rato si es la primera vez que viaja a la Argentina.

Julio responde que no con la cabeza y confiesa que ha estado en París de paso, porque vive habitualmente en Estados Unidos. Su compañero de viaje —se llama Tito y es de San Lorenzo de Almagro— tiene una empresa de publicidad en las afueras de Lyon y olvida por un momento las referencias anticapitalistas y suspira porque le envidia «la suerte de vivir en Yanquilandia, aquello sí que es un país como la gente», *lo mismo decía papá, siempre hablaba de gente como la gente y me pregunto si la otra gente no era gente, quién decide esas categorías, los Morales del mundo, seguro, los que no se manchan las manos o se las manchan poco, porque siempre hay Roviras dispuestos a salpicarse*, pero el vecino interrumpe el arroyito sucio y constante de la culpa que le gotea por adentro y le pregunta que si conoce Lyon, y Julio conoce, pero no va a privar a Tito del disfrute de explicarle y reivindicar la ciudad como «ordenada y discreta, mucho mejor que París, que es un quilombo», y se inhibe también de corregir las exageraciones del otro, *para qué, si solamente fui para comprar todas las postales posibles de Montmartre para ella, mamá siempre quiso ir a París y, a pesar de toda la plata de papá, nunca lo hicieron.*

Tito ya le pregunta si tiene amigos en Buenos Aires y con quién va a pasar las fiestas, y antes de que formule una invitación que no podrá aceptar, Julio miente aunque diga la verdad al calificar lo suyo como un viaje relámpago, y tras llamar a la azafata, con un gesto educado, una mirada seductora y un billete suculento entregado con discreción, consigue como por arte de magia que aparezcan dos benjamines de champán de los que llevaban agotados un buen rato.

Después del brindis por la democracia recién nacida, pretexta sueño atrasado y lo que empieza como una impostura termina siendo más y se duerme soñando con un calabozo estrecho con una ventana tan chiquita como la de ese avión y un cielo al revés que parece el interior de algo, y desde lejos, desde muy lejos, le llegan los ecos rugidos de un canto que comienza siendo la borrosa celebración de un gol y cuando afina la sintonía es un himno colectivo que promete: «Se acabó, se acabó, la puta que los parió».

Esta vez, el gol lo metimos nosotros, se dice dentro del sueño.

Pero incluso en ese territorio se siente un poco ajeno, *me desapareciste tan mal que no soy capaz de aparecer del todo*, le dice al mayor Morales, que le sonríe paternal mientras Julito le pega un tiro en la frente, y otro y otro más.

El sueño es el de siempre, tan repetido que ha dejado de ser solo un sueño y se superpone con las imágenes que durante estos años dejó de evitar, porque lo acechaban en todas partes, en la televisión y las fotos de prensa de Estados Unidos y de casi todos los países que visitó, en las conversaciones de sus pocos amigos cuando conocían su origen argentino y hasta en la tibia persistencia de Lucy por mantenerlo informado sobre la actividad de esas mujeres mayores, de rostro fiero, igualadas por la determinación y por los pañuelos blancos cubriéndoles las cabezas como un símbolo, marchando en círculos frente a la Casa Rosada, sede del Gobierno, sonrojada por el coraje de esas Madres de la Plaza de Mayo que desde 1977, cada jueves a las tres y media de la tarde, alzaban la voz en un país callado, y levantaban sus carteles, con las grandes fotos, en blanco y negro, de sus hijos e hijas desaparecidos por la dictadura. Algunas son ampliaciones gigantescas de fotos de carnet, con la forzada seriedad oficial, otras fragmentos de instantáneas familiares de grupos, recortadas para enfocar los rostros que sonríen, ignorantes de que pronto serían borrados de la realidad y de la vida.

En el sueño, Julio hace lo que no hizo en la realidad mientras vivió en la Argentina: se acerca un jueves a la marcha, para verla de lejos, intenta sumarse pero no puede, una barrera invisible lo deja del otro lado, las fotos ampliadas de las caras de los ausentes parecen de fantasmas que lo siguen con la mirada y le preguntan algo que no puede escuchar. Julio golpea la pared invisible, nota las uniones entre los grandes ladrillos de cristal que la forman y las usa para trepar, quiere llegar a lo más alto y saltar al otro lado, pero resbala. Las fotos quedan a la altura de sus ojos y ahora distingue los rostros de sus compañeros detenidos con él en el 78, se frena ante la imagen lívida de Marcela, que cobra vida y le sopla un beso, alcanza el borde de la pared y pasa una pierna del otro lado; las madres y las fotos se hacen más grandes y en una encuentra su cara, blanca y espantada, que se va difuminando mientras Julio se sienta en el filo y no se decide a saltar, su imagen en el cartel se borra y es un espejo gris que refleja el cielo nuboso de Buenos Aires.

Julio empieza a caer, pero despierta antes de saber de qué lado.

El aterrizaje del avión desata un aplauso general que no termina y vuelve a empezar, como si haber tocado suelo argentino multiplicara las emociones. Tito quiere prolongar el encuentro casual en amistad y le enumera lugares que tiene que visitar «sí o sí», mientras esperan que el avión se vaya vaciando de pasajeros.

Al salir, prometen llamarse y verse, si da tiempo, antes de su viaje de vuelta a Estados Unidos. Julio pretexta la necesidad urgente de ir al baño para deshacerse del otro y no coincidir en la cola para sellar el pasaporte. Al improvisar el viaje, tuvo que decidir entre volver con el flamante pasaporte español que su padre le tramitó hace un tiempo, *andá a saber con qué contactos, seguro que los mismos que evitaron que me hicieran volver para mandarme a las Malvinas a pelear en zapatillas contra los ingleses.* Pero decidió volver con el argentino, el mismo que usó estos años para viajar por medio mundo cada vez que hacía una pausa en sus estudios o le aburría lo fácil que resultaba todo, un pasaporte gastado y con una colección de sellos de muchos países, menos el de su país natal.

Mientras se lava la cara, se mira y no se reconoce, le pasa mucho.

Es decir que sí reconoce al que destacó en el MIT y, sin saber bien cómo, hizo más amigas pasajeras que amigos duraderos, después se fue a Los Ángeles para seguir desarrollando por su cuenta el idilio con las computadoras y, hace un año ya, de regreso de un viaje a la India, escala de un día en Nueva York y allá se quedó. El mismo joven, tan serio y alto que todos creen mayor de lo que es, que milagrosamente encontró enseguida casa en Greenwich Village, en una calle llena de árboles veteranos que le evocan Buenos Aires lo suficiente como para no haber vuelto en todo este tiempo; la misma casa, un amplio departamento con balcones en un tercero, por la que hace un mes, cuando volver no entraba en ningún plan, entregó una suculenta seña al propietario, a cuenta de una compra que tendrá que formalizar cuando vuelva, al departamento y a Lucy, que lo quiere tanto que no necesita que él la quiera de verdad, que lo llama Georgie y nunca pregunta por qué la mitad de sus pocas amistades lo conocen por ese nombre y la otra como Julio.

Le asusta este regreso a la Argentina, pero *hay cosas que tenés que hacer aunque no quieras, Julito*, piensa o se dice bajito al espejo, y al salir del baño se encuentra con Tito, que lo estaba esperando.

Aunque le lleva por lo menos quince años, mantiene el trato de «usted».

—Perdone que insista, pero me da no sé qué que pase solo las fiestas. Usted tiene que conocer la verdadera hospitalidad argentina, no esos *tours* de plástico que les preparan a los turistas. Así que no acepto una negativa: cancelamos su reserva de hotel y se viene a mi departamento durante los días que esté acá. Seguro que huele un poco a encierro, después de tanto tiempo, pero está bien ubicado, no crea. Le hago una copia de las llaves para que se dedique a hacer turismo por su cuenta, si quiere...

Julio no quiere mentir más.

—¿Sabe qué pasa, Tito? No le dije nada en el avión para no amargarle la alegría, pero yo también soy argentino, aunque es cierto que vivo afuera. Y no vuelvo para festejar la democracia... En realidad, nunca pensé en volver.

La mirada del otro desconfía, pero la curiosidad puede más:

—¿Para qué volviste? ¿Por... negocios? —lo tutea.

—Para enterrar a mi mamá. Murió anteayer.

Tito perdona el engaño y, con la misma energía con que lo invitaba a celebrar, le da el pésame con abrazo de oso.

—Hiciste bien en volver, cuando murió mi vieja yo no pude, no me atreví, y me pasé dos semanas emborrachándome con ese vino espeso que hacen en Lyon. —Se seca las lágrimas y lo mira—: ¿Y sabés qué? Dentro de un rato, cuando salga, voy a estar esperando encontrármela afuera. Hiciste bien.

Por suerte, en la ruleta rusa de la cinta de equipaje salen primero las valijas de Tito, que con un gesto le desea suerte, no se sabe si para que las suyas salgan pronto, o para que la vuelta al país no lo lastime demasiado.

Julio tampoco lo sabe y le devuelve el saludo, mientras de reojo ve como se acercan sus dos valijas, una de tamaño mediano y manejable, la otra casi un baúl, incongruente con un viaje tan corto para quien no conozca el contenido: adentro van, envueltas cuidadosamente y con su etiqueta de origen y fecha de compra —para calcular cuánto tiempo va a hacer falta para que se conviertan en vinagre—, un par de botellas del peor vino que ha encontrado en cada uno de los lugares del mundo que visitó. Es su manera de disculparse con Maximiliano, porque los seis meses se convirtieron en tres años y hace tiempo que no le escribe, aunque cada trimestre recibe desde Buenos Aires un sobre con la colección de boletas que Graciela le manda, escritas con la pulcra letra del coreano Federico, para dejar constancia de que los pedidos son entregados. Julio le ha dicho más de una vez a la mujer que no hace falta que le mande nada, pero ella desoye la orden con férrea dulzura de abuela prestada, porque no sabe qué significa todo eso, pero sí que significa algo para el muchacho.

El país brilla afuera del aeropuerto y la gente sonríe con una confianza recién estrenada. El taxista que lo lleva al piso de su abuela no votó a Alfonsín, pero insiste en que «lo importante es que tenga suerte, porque si tiene suerte él, tenemos suerte todos, ¿me entiende?».

Julio mira al cielo y sabe que en todos lados es el mismo, pero el cielo de Buenos Aires parece más contento, por una vez limpio de nubes. *Es un día ideal para un lindo asado regado con el peor vino del mundo y acompañado por el mejor amigo*, se dice, y le informa al taxista del cambio de recorrido, tiene tiempo de sobra para pasar a cambiarse después, el departamento de su abuela estará ventilado y limpio, sabe que Graciela se encargó todo este tiempo de que estuviera impecable, con la esperanza de que un día decidiera volver, *me parezco a los recién desexiliados del avión*, se dice.

Y se dice que faltan varias horas para el entierro de su madre, y aunque debiera no quiere pasarlas con el padre, que sonaba devastado por teléfono cuando le anunció la muerte de la mujer querida por ambos, la divina loca, la que era tantas y era única, *pero se ve que me dejé la compasión en Nueva York, porque no tengo ganas de verlo ni de consolarlo*, en estos años han cumplido rigurosamente con el requisito de una charla casi monosilábica mensual, aunque cada tanto el empresario intentaba cruzar el puente con alguna confidencia, le preguntaba por Lucy, que un par de veces le atendió el teléfono y se alegró al decidir por su cuenta que lo de su hijo con ella iba en serio, mientras Julio o Georgie, *andá a saber quién mierda soy*, llevaba la cuenta de los quince minutos de duración reglamentaria de la llamada que se había impuesto.

—Es acá —declara el taxista, molesto. Hace rato que no atiende a su monólogo.

—No. Acá no es.

—A lo mejor le dieron mal la dirección.

Pero Julio sabe que no y que es imposible. Niega, rotundo, con la cabeza, y ese movimiento lleva su mirada de derecha a izquierda y reconoce ambos edificios, un poco más gastados que como los recordaba.

Lo que falta es lo que debería estar entre esos edificios.

El baldío y el palacio secreto de Maximiliano.

En lugar del aparente desorden que protegía rosales, una explanada de cemento, varios coches ordenados en filas y, en la entrada, encima de una garita demasiado estrecha para contener al gordo anodino que la colma, un cartel que anuncia:

«Estacionamiento».

Ni una sola paloma a la vista.

13

Parece que el cuidadoso envoltorio de cada botella que realizó antes del viaje ayudado por Lucy —que no preguntó el porqué de esa ceremonia, Lucy nunca pregunta nada— no estaba preparado para el empedrado de Buenos Aires ni para la velocidad con la que Julio, más que arrastrar, hace flamear la valija grande mientras la chiquita ni siquiera toca el suelo, el traqueteo de vidrio se acentúa cuando él derrapa y da la vuelta a la esquina.

Atrás, el taxista todavía tiene cara de sorpresa por la feroz velocidad con la que el pasajero abrió el baúl del coche, sacó las dos valijas y le dio un billete de cien dólares para pagar el viaje, pero antes de que pudiera protestar por la falta de cambio, el muchacho de los ojos terribles le dijo:

—No se preocupe, en esta cuadra la costumbre es dejar plata de más.

Y salió corriendo por el medio de la calle.

Al llegar al mercadito, suelta las valijas y empuja la puerta casi hasta hacerla giratoria. La violencia del movimiento espanta a la clienta que estaba a punto de salir con sus bolsas, pero no a Jun Ji-hyun, que tarda un instante en reconocerlo antes de correr a fundirse con él en un abrazo.

Julio dispara media docena de preguntas simultáneas. El coreano pide paciencia, entra las valijas y, por segunda vez en toda su vida comercial, cierra el negocio antes de tiempo.

Hace una hora que llegó y durante los últimos cincuenta minutos no hicieron otra cosa que brindar y contener los lagrimones pesados que les llenan los ojos sin caer. El mostrador del mercadito es un muestrario de botellas de los peores vinos del planeta. Casi todas descorchadas. Han ido probando un poco de cada uno y brindando por Maximiliano también sin palabras.

Sobraron los diez primeros minutos para que Julio conociera la historia, tan simple como repetida: los que tuvieron el poder grande se esfumaron y los que disfrutaron del poder chico trataban de asegurarse algún botín durante la retirada, y ahora, que el miedo se deshace como un helado al sol, no falta quien diga que el sargento primero Rovira, *lo ascendieron y todo, al hijo de puta*, tuvo algo que ver en el asunto. De pronto, el terreno del loco, que no tenía dueño —aunque se dice que el propio loco era el dueño y por eso nadie había edificado ahí—, se volvió un territorio codiciado, dicen que Rovira y otro fueron a verlo, que le ofrecieron plata para que se fuera lejos, que lo amenazaron incluso, y que Juan se olvidó de parecer una ruina jorobada, se alzó en toda su estatura, rugió algo en latín con voz de estadista o de profesor «y los milicos se fueron, pero claro, ya sabe, Jorge Luis, esos siempre tienen que volver. Así que hace dos meses, cuando la campaña electoral llenaba todo de esperanza y de banderas como si hubiéramos ganado otro Mundial, ¿se acuerda?», un Falcon se paró de madrugada frente al baldío, dos tipos de verde, tres bombas molotov y todo ardió como pasto reseco. Hay quien dice que Maximiliano no salió porque le habían trabado la puerta con un palo, y otros que prefirió quemarse vivo antes que darles el gusto a los incendiarios. Julio sabe equivocadas las dos versiones, *se quedó para que sus libros no se quemaran solos.*

La mayoría de sus testigos —Federico se pregunta «no sé cómo de pronto la gente ve tantas cosas, después de tantos años de no ver nada»— certificó la presencia robusta de un Rovira coloreado por las llamas, que «vaya uno a saber si fue por eso o porque estaba cansada de golpes, pero al otro día del incendio su señora se fue con los tres nenes y él se quedó más solo y más borracho que nunca, y solamente viene a comprar vino a última hora, cuando no se va a cruzar con ningún vecino».

Julio consulta el reloj y sabe que tiene que irse, aunque le encantaría quedarse a consolar a Federico. No queda tiempo, pero sí preguntas:

—¿Rovira participó en esa barbaridad pero no se quedó con el terreno?

—Yo creo que no, seguro que lo cagó el otro, que tendría más rango. Anda todo rotoso y hasta le puso una lata arriba al coche, para ver si lo vende.

Vuelven a brindar por el ausente y Julio se siente casi un hereje, porque la pena por la muerte de su amigo le pesa igual que la de la madre que va a enterrar en unas horas. *No fue tu culpa*, se dice, pero se siente culpable de no haber estado en Buenos Aires para que no le prendieran fuego al palacio de Maximiliano y para despedirse de su madre que a lo mejor ni siquiera lo hubiera reconocido.

Siempre dándote importancia, Julito, le dice Georgie, *siempre estás en otro lado cuando le pasan cosas a la gente que decís querer. Sos mufa, sos yeta, traés mala suerte a los demás, pero a vos nunca te afecta del todo.*

Para alejarlo del dolor, Federico abre la última botella de un pésimo vino griego que delata la falta de calidad ya desde la etiqueta, llena dos vasos y comienzan a evocar anécdotas reales e inventadas sobre Maximiliano, alias *Juan el loco*.

—Era un sabio —declara Jun Ji-hyun.

—Así es —ratifica Jorge Luis—. Y, como todos los sabios, era un tremendo pelotudo.

14

El cementerio de la Recoleta es lo que parece: un monumento a la muerte cara, casi un recordatorio de que incluso en el final hay clases *y también una falta de respeto a la voluntad de mamá, que nunca quiso que la metieran en el mausoleo, sino sus cenizas al viento a la orilla del Sena*, piensa Julio. Aunque a ella no le hubiera importado demasiado, porque según lo que le contó el padre en las llamadas mensuales —y Graciela completaba en las semanales suyas—, ella se había exiliado del todo en su mundo interior, ese mundo pendular en el que se hamacaba entre la alegría infantil y la euforia violenta, sin detenerse ya en intermedios de lucidez.

Su padre está mucho más viejo que los años que tiene, es como si en lugar de tres hubieran pasado quince desde la última vez que se vieron. Hay poca gente en el funeral, si compara esa discreta comitiva con las pequeñas multitudes selectas que venían a las fiestas en el caserón cuando era chico, aunque todos los asistentes han querido dejar constancia de su dolor con el tamaño de las coronas mortuorias, *a mamá nunca le gustaron las flores cortadas, aunque imagino que cuando era joven se fumó más de una.*

El padre parece otro y parece el mismo, una de las dos caras que siempre tuvo ha prevalecido sobre la otra, habla y se mueve como cuando salía en la televisión y le consultaban sobre el futuro de la economía y del país, recibe condolencias como si fuera un tributo y escudriña entre el pequeño grupo en busca de caras que no encuentra, hay otras que parece que le dan lo mismo.

Todavía no ha visto al hijo y el hijo lo observa como en una película.

No se ven desde que él se fue del país, aunque el padre le avisó media docena de veces que «casualmente» iría a Nueva York en viajes de negocios y «casualmente» Georgie estaría en ese momento fuera del país, de vacaciones o haciendo algún curso de perfeccionamiento. *Esto fue un juego de dos*, se dice Julio, *y los dos lo sabemos*. Al padre le hubiera bastado con llegar sin avisar para encontrarlo, a Georgie no le hubiera costado tanto, *no me hubiera costado nada, en realidad*, quedar a comer con él y hacerle de guía experto por la ciudad, *pero Julio no me dejó y yo tampoco insistí*.

Hay algo raro en el padre, incluso dentro de su traje hecho a medida *parece más chiquito, le falta la parte que siempre mostraba a mamá, la que enamoró a esa mujer tan diferente, la parte humana de mi padre murió con ella y solo queda la máquina calculadora un poco desvencijada, el robot pasado de moda que tiene miedo de que lo reemplacen por un modelo nuevo*.

La cabeza, antes majestuosa, de águila imperial, ahora parece de un ave menos soberbia, gira, lo ve y por un momento vuelve el otro, *¿es que todos somos dos y solo mamá fue muchas?*, abre los ojos y viene corriendo hacia él, se tropieza, casi se cae, así que lo que Julio le ofrece es mitad abrazo y mitad apoyo para que no termine de derrumbarse delante de su corte menguante. Eso es al principio, después solo es el abrazo inconsolable de dos hombres enamorados de una ausencia.

El hombre mayor no tiene casi lágrimas, las fue gastando noche tras noche al salir de la clínica, después de ser galante y optimista con la mujer amada.

Julio ha llorado muy poco desde que recibió la llamada telefónica y Georgie no sabe llorar.

En las horas anteriores aguantaron las lágrimas por el amigo calcinado, ahora salen todas juntas y con causas cambiantes, como si un ojo llorase por la madre y el otro por Maximiliano y se fueran turnando para no dejar de llorar, *lloro como un nene y me dejo abrazar por papá*, hasta que lo nota incómodo, *andá a saber cuánta es la duración establecida para el llanto elegante en este cementerio para ricos.*

Se recompone y se planta a su lado para recibir condolencias.

Pasado el llanto, que ablanda cualquier máscara, el hijo vuelve a ser un hombre joven que aparenta más edad por su extrema seriedad, su estatura y ese cuerpo que sería demasiado grande si no hubiera heredado de la madre ese don de sangre que los estilizaba desde adentro.

El padre le presenta a algunas amistades selectas, ponderando sus logros en informática, *parece que me estuviera vendiendo o que hablara de un pura sangre que acaba de comprar*, se dice Julio en defensa propia, y se corrige: *habla de mí como de un pura sangre al que quiere de verdad*, acaso ahora que no está la madre busca recuperar con él esa parte humana que le impedía convertirse en una máquina más de la Fábrica, *pero yo no puedo ni quiero y nunca supe si mamá quería, pero está claro que tampoco pudo.*

Pasada la ceremonia, el grupo se retira caminando con solemnidad protocolaria.

El padre se retrasa con el hijo y lo toma del brazo. Está indignado:

—¿A vos te parece, tan poca gente, con lo que nosotros fuimos?

—Tené en cuenta que los últimos años a ella casi no la vio nadie...

—Pero a mí sí. ¿Sabés cuántas de las familias más poderosas de la Argentina me deben favores? Ahora se avergüenzan de haber intentado hacer un país más serio… La mayoría de los industriales importantes están afuera y los que no pudieron irse tratan de que no se los vea con gente como yo. Y los que no tienen más remedio compran una corona cara y vienen acá como si estuvieran yendo a la escuela porque pasan lista.

Ya están cerca de la puerta principal cuando se oyen las sirenas de patrulleros.

La elegante comitiva se dispersa, algunos corren buscando salidas alternativas, otros no saben qué hacer. Las sirenas pasan de largo y se oye un selecto muestrario de suspiros aliviados. Solo Julio y su padre han permanecido impasibles.

—¿Ves? —muerde las palabras Roberto—: Los que no están cagados de miedo en un hotel de lujo de Ginebra o París se cagan encima en cuanto oyen una sirena.

Julio tiene mil respuestas para dar, Georgie le recuerda que no vale la pena: ni el empresario va a entender, ni él se va a sentir mejor al recordarle que su versión de la historia deja afuera a miles de personas que ya no están.

—Y vos, ¿qué tal? ¿Seguís con… Lucy? ¿Es de… allá?

—Nació en Washington.

—Pero habla muy bien el castellano, se ve que le enseñaste a fondo —dice con intención pícara que Julio tarda en captar, ni siquiera durante su adolescencia tuvieron esa complicidad masculina y machista.

Los asistentes que quedaban se despiden en la puerta principal, solo quedan el viudo y el huérfano. El hombre lo mira, busca en el fondo de sus ojos y asiente:

—Cada día te parecés más a tu madre.

¿Querés decir que cada día estoy más loco?, pregunta Julio para sí mismo.

—En el espejo me parezco más a vos —dice.

—Puede ser, pero por adentro no. Tenés la estatura de mi suegro y ese carácter vasco tan idealista que no le impidió hacer una fortuna en el campo, a costa de sus peones... Pero hablemos del presente. Haré lo necesario para que cuanto antes entres en posesión de la herencia de mamá.

—¿No te hará falta esa plata para seguir con tus negocios, ahora que...?

El padre vuelve a llenar el traje, como si algo lo hubiera inflado, *quizás el orgullo, lo único que le queda es el orgullo y el apellido doble con guion.*

—¡Para eso me sigo arreglando yo solito, hijo! Aunque me encantaría que vos...

—No sirvo para esto, papá. —*Ni quiero servir*, piensa.

—Tenía que probar. Supongo que te instalarás definitivamente en Nueva York y hacés bien: este país no es serio. Lo de la herencia...

—No te preocupes, eso lo arreglo todo con Graciela.

Lo mira con gravedad.

—¿No sabías?, ¿no te contó?

—¿No me contó qué?

—Cáncer. Terminal. Hace dos semanas que está internada... —Vuelve a menguar, sin las dos mujeres que entendieron sus dos mundos—. La saqué del hospital y la metí en el Italiano, pero no hay nada que hacer... Se lo calló hasta el final.

Es Georgie quien toma las riendas, antes de que Julio llore otra vez, y le pide al padre el número de habitación y también un favor.

—Necesito que me hagas una gestión y me descontés lo que corresponda...

—Claro, lo que quieras.

—Dame una tarjeta de visita tuya.

Escribe unas palabras y se la devuelve. El padre lee.

—Es una dirección...

—Sí. Quiero que compres este terreno. Ahora hay una playa de estacionamiento. No importa el precio. Pagá lo que pidan, por favor.

—No va a hacer falta. Estoy viejo pero sigo siendo el mejor negociando. No es mala zona y en el futuro se va a revalorizar mucho... ¿Pensás construir?

—Más o menos. Quiero que rompan el cemento y pongan tierra buena y césped. Ah, y flores, las que quieras, pero que planten cuatro rosales y levanten un refugio para palomas. Que haya unos cuantos bancos, cómodos, para que los vecinos se puedan sentar a leer. Y un jardinero para atender las flores y un cuidador que se encargue de cerrar por la noche y abrir temprano a la mañana...

—No entiendo, hijo. ¿Qué negocio es ese?

—Ninguno. Una plaza privada para uso público. Y a la entrada que pongan un cartel discreto con el nombre que está en la tarjeta: «Plaza Maximiliano Galarza».

El padre parece desorientado, pero acepta.

—Te doy el teléfono de Olga y arreglás con ella. Yo me encargo de que se dispongan los fondos y...

—¿Quién es Olga?

El padre lo mira extrañado:

—¿Quién va a ser? ¡La hija de Graciela, que ahora ocupa su lugar! Hace veinte años que trabaja en la Empresa. ¿No sabías?

—Sí, sí. —Julio miente y suma una culpa más a su mochila: Graciela se ocupó de él desde siempre y él nunca imaginó que tuviera una vida afuera de la oficina.

—¿Cenamos juntos, hijo?

—Mejor mañana o pasado, si podés. Quiero pasar la noche con Graciela.

El padre entiende y no fijan fecha ni hora para una cena que no ocurrirá, pero dice que llamará al gerente del hospital para que le den todas las facilidades.

Se despiden en la puerta del cementerio como hace años en la puerta del sanatorio: los brazos abiertos, indecisos, *dale un abrazo, pelotudo, que es tu viejo y nos parecemos a él, te guste o no,* dice en su mente Georgie. Julio no dice nada.

El padre gira y se aleja en una dirección. El hijo en la contraria.

Uno camina lento, esperando entre cada paso una palabra que lo detenga.

El otro casi corre en busca de un taxi mientras asume las decisiones que ha tomado casi sin darse cuenta. Se quedará hasta que muera Graciela, luego volará a Nueva York, anulará la compra del departamento y se volverá a Buenos Aires, *si me quedo allá nunca voy a hacer lo que tengo que hacer, siempre voy a encontrar una excusa. Y yo tengo que matar a Morales, no importa cuándo sea, pero tengo que matarlo.*

El taxi se para, dócil, a su lado y sube.

—Al hospital Italiano, por favor.

A ver cómo le explicás a Lucy que..., empieza a decir Georgie, hasta que se da cuenta de que le va a tocar a él hacerlo.

Y será lo último que haga.

Porque Georgie no va a volver a la Argentina.

Solamente Julio.

15

Buenos Aires, 1986

Desde diciembre del 83 el país ha cambiado mucho y Julio casi nada. La Argentina archivó en algún cajón la urgencia de justicia, o la cambió por la necesidad de comer y sobrevivir a una inflación galopante. Él sigue viviendo en casa de su abuela, que es suya desde hace tiempo, sigue pasando buena parte del día frente a las computadoras, y ya ha inventado varios antivirus que le reportan grandes ganancias (*de las que también te sentís culpable, cómo no*). Quizá por eso hace cuantiosas donaciones anónimas a las organizaciones que luchan por los Derechos Humanos y a otras que intentan en vano pelear contra una pobreza que no es nueva pero que cuando mandaban los militares no salía en los diarios.

Otra parte del tiempo la pasa en el gimnasio que se instaló en el salón de su abuela (*si nos viera le daba un ataque, pero de risa, la abuela sabía reírse de todo*), para que los instructores dejen de preguntarle para qué entrena tanto; él tiene miedo de responder y responderse esa pregunta.

No fue nunca a la plaza de Maximiliano, lo hubiera sentido como un acto de soberbia, la búsqueda de un reconocimiento que no merece *y porque también es lo que habría hecho papá.*

Sí acude, un sábado al mes, después del mediodía, al mercadito de Federico, con una botella del mejor vino de la bodega de su abuela, *que una cosa es recordar al amigo y otra estropearnos el hígado.* Beben y comparan anécdotas, la leyenda de Juan el loco crece a medida que ellos se la escriben en los vapores del vino, pero ni antes ni después de esas visitas Julio da la vuelta a la manzana para ver la plaza, y cada vez que el otro intenta contarle algo dice que necesita ir al baño.

Georgie se quedó en Nueva York, rondando el departamento en el que le hubiera gustado vivir una vida de verdad con Lucy y olvidarse de venganzas desganadas, pero Julio no consigue ser solamente Julio tampoco acá en Buenos Aires, *a lo mejor estoy medio hueco por adentro y por eso necesito otra voz para llenarme los vacíos.*

Ya no solamente es Jorge Luis cuando va a visitar al coreano, también se pone ese nombre cuando algunas noches sale a cazar o ser cazado por bares como este, *tiene gancho con las mujeres, el caradura de Jorge Luis,* piensa Julio con resentimiento, porque él no sirve para alentar esas relaciones fugaces, simpáticas y sexuales que hacen menos largas las noches, y, además, cuando duerme acompañado no sueña que asesina al mayor Morales, *que a este paso se va a morir de viejo,* piensa mientras saborea despacio su copa.

Disfruta criticando a su crédulo inquilino, que confió en la promesa del presidente Alfonsín de que todos los responsables de la represión, la desaparición de personas y la tortura durante la dictadura iban a ser enjuiciados, *así que ya le va a tocar a Morales,* dijo Jorge Luis. *Y si no le toca, lo matamos,* planteó Julio, irrefutable.

Juntos siguieron hace un año cada sesión del juicio a las tres primeras juntas militares de la dictadura, uno con escepticismo, el otro con un entusiasmo sincero que no se quebró cuando el fallo condenó solo a cinco de los nueve jefes imputados, *pero el punto 30, Julito, el punto 30,* repitió una y otra vez Jorge Luis, bastante borracho esa noche del 9 de diciembre de 1985.

El punto 30 ordenaba enjuiciar *a todas* las personas que tuvieron responsabilidad operativa en las acciones criminales probadas en el juicio, *¿te das cuenta, Julito? ¡El punto 30 dibuja enterito a Morales!*

—Ja —se burla Julio un año después, brindando con el pálido Jorge Luis, que apenas asoma atrás de las botellas en el espejo de la barra.

El bar se parece a los demás a los que se deja llevar por él: elegantes pero discretos, nunca una discoteca ni tampoco un bar de borrachos, es uno de esos reductos eternos de los barrios caros, con mucha madera noble en el suelo, el techo y las paredes, un botellero bien surtido, luz tenue para no molestar a los que no quieren verse las caras con nitidez, los reservados discretos para mentirse intimidad, y una barra lustrosa y confiable como el puente de un barco, capaz de resistir cualquier tormenta.

Tardó en entender por qué Jorge Luis elegía este tipo de locales, elegantes pero casi nunca llenos, si las pocas veces que fueron a un local de moda tuvieron un éxito inmediato. *Por eso*, le contestó. *No querés triunfos fáciles y tampoco acostarte con todas las nenas lindas de alta sociedad que se van a hacer pis encima de alegría en cuanto escuchen tus apellidos. Somos solitarios en busca de solitaria, Julio. Barcos que se cruzan en la oscuridad del mar, se acompañan un tramo de la travesía y, después, chau, cada uno pone rumbo a su propio puerto.*

Julio recuerda cada palabra, porque el otro no suele hablar demasiado y porque se sigue burlando de sus palabras, *que parecen sacadas de una telenovela colombiana*, le dice. *Y porque tenías razón*, reconoce sin muchas ganas.

Hay poca gente en el bar, es 24 de diciembre y la mayoría estará cenando en familia, cruzando los dedos para que el año que viene la economía mejore un poquito y los militares descontentos se conformen con la Ley de Punto Final que acaba de promulgar el presidente *y que se limpia el culo con tu querido punto 30, Jorge Luis,* porque marca un máximo de dos meses para imputar a los torturadores y al final de ese plazo, por más pruebas que se presenten, no serán enjuiciados.

¿Cómo era el refrán que decía siempre la abuela, Jorge Luis?

El odiado copiloto no contesta, pero no era una pregunta.

Ah, sí: «La vida son tres días y uno llueve», ¿te acordás? Esto es lo mismo: mañana empieza la feria judicial y los juzgados cierran un mes, así que, con unos pocos días en febrero y la justicia a paso de tortuga, se salvan todos, Morales el primero, ya vas a ver.

—Ahora me toca a mí —dice en voz alta.

¿Y qué vas a hacer? Si ni siquiera averiguaste si Morales sigue en el país...

—Porque te hice caso y creí que iban a hacer justicia, pero ahora ya sabemos que la justicia hay que hacerla uno mismo —murmura, y después de brindar con el espejo levanta la voz—: Feliz Navidad, Jorge Luis.

—Feliz Navidad —dice desde una punta de la barra, en penumbras, una voz chiquita de mujer, tan honda como dulce.

Se inclina y entra en el cono de luz una muchacha pequeña, un poco rubia, un poco triste, con un par de grandes ojos celestes *un poco en guerra y un poco en paz*; nunca van a saber si se acercaron ellos o fue ella, pero sí que hablaron sin coqueteos ni preguntas estúpidas; el recuerdo decretará que fluyeron hasta el centro de la barra como náufragos en busca de un tablón para mantenerse a flote. *Nada de barcos, Jorge Luis. Tablones. Jodéte.*

Por una vez es Julio el que lleva la voz cantante y también por primera vez se siente del otro lado del vidrio y no desafina. Se maravilla del nombre de ella, Alba, y empieza a decir cursiladas que, en lugar de espantarla, la acercan.

Jorge Luis apenas puede con el vendaval de frases y sensaciones que Julio genera y los inundan a los tres, mientras él se queda con los datos imprescindibles sobre la chica. Tiene tres años, casi cuatro más que Julio y Jorge Luis, pero a ninguno de los dos le importa. Vive muy cerca, en un caserón que les suena de vista y que sería capaz de albergar a una gran familia, estudió Periodismo pero dejó la facultad durante la dictadura y volvió hace poco, se siente la abuela de los estudiantes más nuevos, y tiene cero idea de informática, aunque ahora todo el mundo habla de eso.

Por primera vez en su corta vida juntos, Julio y Jorge Luis trabajan de acuerdo, y mientras uno llena de poesía lo que sería estrictamente una sucesión de unos y ceros, el otro ofrece detalles de un futuro en el que todo el mundo estará conectado y podrá compartir información y conocimientos al instante, borrando las distancias. No son conscientes de cuánto se parecen sus respectivos entusiasmos, hasta que ella sonríe como si llevara mucho tiempo sin hacerlo, sorprendida de su propia risa ríe otra vez y les toca la mano y les dice que gracias por tanta vida como desprenden. En realidad, lo dice en singular y a Julio, que es al que ve, pero Jorge Luis sabe que también le corresponde un poco de esa atención que de repente les resulta tan importante.

La noche sigue hasta que los echan del bar y dudan elegantemente entre buscar alguno que cierre más tarde, separarse o ir a uno de los dos domicilios que están tan cerca, solo a unas decenas de metros, y ella insiste, casi suplica que vayan a su casa, porque hace mucho que no se escuchan risas ahí.

Y van los tres, aunque parezcan dos, y beben un vino misterioso de una bodega recóndita escondida en las entrañas de la enorme casa y ponen música y charlan y ni Jorge Luis ni Julio preguntan por qué esa vivienda tan grande y tan vacía, meticulosamente limpia, ni rastro de polvo y, sin embargo, tanta sensación de olvido en los rincones.

En algún momento, Alba le atrapa esas preguntas en la mirada y la felicidad se le empaña un poco, así que Julio empieza a hacer malabarismos con las palabras y hasta rescata de su memoria una canción que había compuesto mucho antes, canta y se olvida de la letra en cada estrofa, así que terminan completándola con rimas absurdas y se vuelven a reír tanto que lloran.

Jorge Luis, en una esquina sin luz de Julio, detecta en ambos una tristeza común no enunciada que los iguala. Pero es Julio el que besa a Alba y se siguen besando hasta que el amanecer le roba el nombre a ella, pero no la sonrisa que todavía la sorprende.

Casi al mediodía, cuando vuelva a nacer en su propio departamento, Jorge Luis se dará cuenta de que en todas esas horas no pensaron ni siquiera una vez en Marcela.

Julio no dice nada.

Solo se siente culpable y feliz al mismo tiempo.

16

—«Plaza Maximiliano Galarza». ¿Quién habrá sido?

—Mejor no preguntar, mirá si al final fue un mal tipo...

—Seguro que no. Un mal tipo no provoca tanta belleza inesperada. ¿Cómo te enteraste de que existía esta plaza?

—No sé, algo que leí en una revista.

«Mentira blanca no es mentira», decía la abuela de Julio cuando era chico, así que por una vez no se siente culpable. Cuando decidió traerla a la plaza, se impuso la condición de no ceder al impulso de vanagloriarse, aunque se moría de ganas de contarle quién fue Maximiliano para él, pero para eso tendría que contarle quién fue él y le gusta más el que es ahora, desde hace dos meses, con ella. Jorge Luis intuye que a Alba le pasa lo mismo, así que se convencen de que lo hacen por ella, y por ella están dispuestos a todo.

El cambio de Julio desde Nochebuena es evidente y, en lugar de someterlo a examen, Jorge Luis se mantiene a un costado y vigila y se distrae, porque son tan tiernos que toda prevención se diluye. Ella y él han creado un animal inédito, con tres brazos, uno de cada uno y un tercero común y doble que acaba en manos que no se sueltan ni un segundo, como si temieran perder al otro o, peor todavía, perderse juntos la contemplación de algún prodigio.

Como esta «Plaza privada de uso público» que mejora el hueco entre dos edificios *que tampoco parecen los de antes, los habrán pintado cuando se hizo la plaza, no descuidó ningún detalle, el viejo*, se dice agradecido con su padre, y no tiene costumbre. No recuerda haberle dado tantas precisiones a Olga, y las dos veces que le preguntó por el proyecto, en ese tiempo, ella dijo que eso lo llevaba Roberto personalmente. *Andá a saber*, objeta Julio, al que el amor ha cambiado pero no tanto, *lo más probable es que le haya pasado el encargo a algún arquitecto paisajista, total, pagamos nosotros.*

Pero no hay tiempo para viejos rencores en ese lugar, que supera en todos los sentidos el encargo improvisado que le hizo a su padre hace tres años en la puerta del cementerio. El baldío —que recordaba mucho más chico, se agranda con las diferentes tonalidades de verde y el multicolor de las flores— desmiente la fugaz condición de planicie de cemento que tuvo con leves ondulaciones que invitan a tumbarse a leer en el césped (como sugiere un letrero), y organiza al azar caminitos sinuosos sembrados de bancos que llaman a sentarse, *esa señora me suena, la del pañuelo blanco, Maximiliano me habló de ella, ¿cómo se llamaba?*, se pregunta Julio después de saludarla, *doña Julia, creo, es clienta de Federico*, auxilia Jorge Luis, también absorto en lo que ve.

Y la transformación no se limita al suelo; se extiende y trepa por las paredes de los edificios laterales en un diseño que prolonga la realidad del parque y se fusiona con las enredaderas que van creciendo. *Y los árboles, no pensé en los árboles, pero eran imprescindibles*, proporcionan una sombra suave que completa el cuadro. Hasta las altas verjas que cierran el lugar por la noche se ven tan delicadas y llenas de arabescos que parecen una planta más de ese jardín imposible.

El que diseñó esta plaza fue más allá del simple homenaje inicial, *plantó una semilla de esperanza en el barrio, algo lindo después de unos años tan feos, qué importa si fue papá o fue Olga*, a la que claro que conocía desde chico y que no solo ha ocupado el puesto de su madre en la empresa, también en el afecto de Julio y de su padre, *lo importante es que Maximiliano estaría orgulloso de ver en qué se convirtió su palacio.*

En el centro, cuatro rosales rojos brillan como racimos de joyas y a Julio se le escapa una lágrima que ella alcanza a ver y se la besa, lo cree conmovido por la belleza del lugar y acierta, por lo menos a medias.

—¡Esto es hermoso y misterioso! —proclama Alba.

—¿Querés que averigüe? —Sin mucho entusiasmo, señala con la cabeza a la casita de troncos, que se integra tan bien con el conjunto que cuesta distinguirla. Ahí se guardarán las herramientas y también hace de garita para el vigilante, que no vigila demasiado porque acá los propios vecinos se encargarán de que este sueño chiquito se mantenga, y además no levanta la mirada del libro. Julio no puede estar seguro, *pero juraría que es el mismo gordo que trabajaba en la playa de estacionamiento.*

—No preguntés nada —dice ella—. Prefiero lo hermoso. Lo misterioso casi siempre esconde un secreto oscuro. ¡Mirá, mirá!

En un rincón, más protegida que escondida, una placa de bronce plantada en un recuadro de cemento a nivel del suelo, todo es rústico y auténtico, hasta la inscripción: «A la memoria de Juan el loco, un hombre bueno en un país de hombres malos».

—¿Qué hubiera opinado de esto Maximiliano Galarza? —duda Alba.

—Creo que hubiera estado de acuerdo. ¿Vamos a comer? ¡Me muero de hambre!

Y ella acepta entusiasmada.

Desde que recordó cómo reír, tiene todos los apetitos despiertos.

En un par de meses todo volvió a cambiar en el país y en la vida de Julio con Jorge Luis de pasajero en su cuerpo, ambos habitantes frecuentes y felices del cuerpo de Alba, los dos buscando diferentes maneras de mantenerla alegre y soplar la llamita feliz, porque siempre, al fondo, está el miedo de que se apague, la tristeza agazapada, la pena por la que no deben preguntar porque la vez que Julio lo intentó tímidamente ella le tapó los labios con los dedos y le pidió por favor que no siguiera, así que él hizo otra acrobacia física o verbal y Jorge Luis por una vez lo secundó, era urgente distraerla de esa melancolía que intuían infinita y quizá mortal.

Además está el miedo, nunca enunciado y siempre presente, porque en los ojos, atrás de esa pesadumbre, siempre el destello intangible y dorado de una pequeña chispa irracional como las que a Julio lo asustaban de los ojos de su madre un segundo antes de que la risa tierna pasara a carcajada estridente.

Por eso no indagaron sobre Alba y se conforman con el milagro de amanecer con ella casi todas las noches y compartir muchos días, respetaron su petición de no hacer planes y se rieron con ganas en su cara cuando dijo que «Esto se está poniendo muy serio..., y soy bastante más grande que vos», y volvieron a reírse y la alzaron en brazos y hasta le hicieron cosquillas mientras la desnudaban otra vez y se desnudaban y volvían a liarse en ese lío de dos cuerpos que eran más que todos sus temores.

Jorge Luis, atento a la realidad, disfrutó con el fracaso de la Ley de Punto Final. Las organizaciones de Derechos Humanos se movilizaron y, cuando volvieron a abrir los juzgados, fiscales y empleados judiciales se contagiaron de esa reivindicación febril con jornadas interminables para registrar denuncias contra torturadores reconocidos. El resultado fue que, en poco más de tres semanas, en lugar de un manojo de causas con las que el Gobierno quería calmar a los militares, se sumaron cuatrocientas contra otros tantos oficiales y suboficiales.

Morales no está entre ellos.

Rovira sí.

Y Jorge Luis se aferra a eso, *porque si cae el gordo, seguro que se lleva al Lobo con él*, para prevenir un rebrote vengativo en un Julio que, en realidad, está más ocupado en ser feliz. Desde que duerme con Alba no ha vuelto a tener el sueño de las fotos gigantes en blanco y negro de los desaparecidos que lo llaman como si su lugar estuviera con ellos y con ellas en la nada.

Tiene que hacer esfuerzos para acordarse de la cara de Marcela.

Y hasta a veces, sin previo aviso, aprovechando que Alba está en clase o estudiando para algún parcial, va a visitar a su padre al despacho. Olga le contó que la salud del hombre es delicada, «nada grave, es como si después de pelear mucho ya no tuviera ganas de seguir en el ring». A Olga le encanta el boxeo y Julio le regala entradas cada vez que hay una pelea importante, *no me va a pasar como con su madre, que creí que era eterna y por eso no le dije que la quería hasta que se estaba muriendo.*

Aparte de la salud, su padre está bien. *O eso dice.* Contra todo pronóstico, incluido *el mío*, tras la retirada de los militares, la Empresa no se vio implicada en ninguno de los pocos casos de corrupción que fueron a juicio, y aunque pasó ciertos apuros financieros, terminó saliendo a flote. No tiene pareja y tampoco amantes, *o no tenía mientras lo vigilábamos desde que volviste de Nueva York, ahora por suerte dedicamos las noches a cosas más interesantes.* Julio no entra a la provocación. Es feliz y no quiere ensuciarse la sensación discutiendo con esa aburrida voz en su cabeza. Además, después de muchas sacudidas, la democracia sigue en pie y la gente no se rinde. En la calle se respira una mezcla del aire eufórico del 83 con un temor a la reacción de los militares que recuerda los años anteriores.

Julio nunca habla de estos temas con Alba, porque no les alcanza el tiempo y siempre quiere dejar lo más triste para después. Además, lo suyo en el cuartel de Morales y Rovira fue una anécdota, comparado con lo que se supo después que ocurrió en el país. Se habla de treinta mil desaparecidos, una cifra tan desmesurada que cuesta imaginarla.

Pero hasta Alba, que casi siempre está con un pie en la realidad y otro no se sabe adónde, esta noche parece cien veces más ligera, como si algo hubiera dejado de pesarle.

Julio elige no preguntar.

Jorge Luis acepta con tal de verlo bien, pero piensa que es un error.

Al amanecer, ella le susurra, casi dormida:

—Antes creía que todo esto era un recreo equivocado, un premio que no me merecía...

—¿Y ahora?

—Ahora lo quiero todo —dice ella, y se duerme.

Julio piensa que también lo quiere todo y, antes de dormirse, Jorge Luis se pregunta *¿antes de qué?*

17

Ninguno de los dos sabe qué hacer. Ni Jorge Luis con su racionalidad, ni Julio, que desde que conoció a Alba es más Julio que nunca, el mismo de antes de, pero con más experiencia.

Ni lógica ni poemas funcionan. Algo se rompió y no saben qué es o si lo rompieron ellos, la vieja costumbre de la culpa.

De repente, en cualquier momento, ella cae en un pozo muy profundo dentro de sí misma, trata de salir, se agarra fuerte de la mano que un instante antes la acariciaba y asoma, pero solo en apariencia, la sonrisa de Alba, se queda al fondo y lo que trae es una imitación dibujada con buena voluntad y apuro para no preocuparlo, un trazo inexacto, mal calcado; él sabe que ella sigue allá abajo, donde su brazo no podría alzarla aunque en estos meses haya seguido entrenando como antes.

Pregunta. Claro que pregunta.

Y Alba contesta que no le pasa nada. O que no tiene nada que ver con él.

Que no tiene que ver con nada. Que en un par de días se le pasa.

Y que, cuando se pone así, lo mejor es dejarla sola.

Pero están los ojos, la lucecita dorada, la alarma, *no podemos dejarla sola así, porque entonces se cae del todo,* y es ahora cuando se arrepienten, sobre todo Jorge Luis, de no haberle sonsacado los datos suficientes para protegerla.

¿Cuándo empezó?, ¿por qué no lo vieron venir?

Alba duerme en la enorme cama después de tomarse un somnífero y él, por si acaso, se llevó el frasco y ahora camina por la casona en calzoncillos y recorre las habitaciones en penumbras; la calefacción está al máximo porque cuando se aíslan del mundo, que es casi siempre, ella lo desnuda y esconde las prendas «para que no tengás la tentación de irte», como si él fuera capaz de alejarse más que la breve distancia que separa sus casas, *pero sí que tenés ganas de escaparte desde que empezó a caer, reconocélo*, lo acusa Jorge Luis, *ganas de agarrar el primer avión y no bajarte hasta estar tan lejos que no sepas volver.*

Y Julio, en calzoncillos, que es lo único que pudo encontrar, camina por la casa a oscuras, con el frasco de somníferos en la mano, *¿por qué no harán calzoncillos con bolsillos?, y no quiero escapar, o sí, o yo qué sé. Pero me siento inútil, no me sirve de nada ni la plata que se multiplica sola ni los músculos que fabrico en el gimnasio, la veo así, la miro cayendo y...*

Se frena en el umbral de una de las tantas habitaciones a las que no ha entrado nunca. Aunque todas se parecen —los muebles tapados con telas gruesas blancas y ni rastro de polvo por ninguna parte, *seguro que alguien viene a limpiar cuando ella duerme en mi casa*, se dice absurdamente Jorge Luis, que necesita explicárselo todo—, decide que es un salón, mucho más chico que el monumental que usan para comer desnudos, uno a cada extremo de una mesa kilométrica y aplicando exagerado acento francés a cada frase. Y es más grande que el otro salón, el del tercer piso, que tiene un mirador por el que entra el sol desde la mañana hasta el atardecer.

Además de eso, solamente conoce la cocina, el dormitorio de Alba y el baño que incluye. Y la bodega. El resto de las habitaciones —¿cuántas serán?, *ocho... o nueve, no más de diez, creo*, propone Jorge Luis— son territorios desconocidos, cordilleras nevadas de mantas que esconden lo que queda de la vida anterior de esa casa, y a lo mejor el mapa del pozo en el que Alba no deja de caerse.

Nunca le prohibió entrar a esas habitaciones.

Tampoco habla de ellas.

Adelanta un pie descalzo y cruza el umbral, pero no se decide a romper el pacto tácito, *ella nunca preguntó por qué de la casa de la abuela solo uso el dormitorio de servicio y el cuarto de las computadoras.*

Retrocede un paso.

¿Querés respetar el pacto o tenés miedo de enterarte de algo que no puedas aceptar?, más que burlarse advierte Jorge Luis.

Lo que los asusta, aunque les cueste admitirlo y se sientan miserables y otra vez nenes insuficientes tratando de frenar lo irremediable, es la luz dorada de la locura en el fondo de los ojos de Alba, *igual a la de mamá, pero ella no se pone violenta, solo se va apagando de a poquito, se hace cada vez más chiquita, como si de verdad estuviera cayendo a una zanja que la lleva al centro de la Tierra, y también desde ahí veo los ojos, pero no soy capaz de sacarla.*

Se asoma al dormitorio y ella respira profundamente.

Duerme con las manos apretadas a los bordes de la sábana, como si fuera lo único que le impide caer del todo.

Ya pasaron unas horas y Julio todavía camina por la casa como un fantasma en calzoncillos, con un frasco de somníferos en una mano y en la otra un vaso de vino. Un vaso grande que encontró en la cocina. Él solo toma los sábados que visita al coreano Federico o las veces intermitentes en que Alba trae una botella de la bodega, *pero casi siempre tomamos agua, será por alguna medicación de la que tampoco nos habla*, rompe la imagen Jorge Luis.

Pero esta noche él necesita vino, no sabe si para olvidar o para acordarse de todo, para decidirse a entrar a las habitaciones desconocidas y al pasado de la mujer que dice querer pero no se atreve a amar del todo porque lo asusta lo que pueda encontrar en sus ojos.

Antes de bajar a la bodega, donde la calefacción no impone sus reglas, se envolvió en una bata gruesa que rescató del baño. Subió con una botella del vino que le parecía menos caro, *no seas rata, podés pagarla, cueste lo que cueste*, se burló Jorge Luis. La descorchó en la cocina y se sentó en el mirador del último piso, rodeado de estrellas y de nubes del cielo de Buenos Aires, de luces como preguntas que no podía contestar y a lo mejor la respuesta estaba en el fondo de otra botella, así que bajó otra vez, ya sin bata, y se descubrió *con el frasco de somníferos en la mano, como un pelotudo, no lo solté en todo este rato.*

Después de la segunda botella sabe que hubo una tercera, bueno, a lo mejor lo soñó, como también soñó la cuarta antes de acostarse en un diván, como ahora se sueña caminando por pasillos llenos de telarañas y sombras que acechan, ve una sucesión de puertas de calabozos como el que conoció por adentro, como los que limpiaba con desinfectante y manguerazos en otra vida, recorre el castillo de un Drácula sediento de sangre, de la sangre de Alba y por eso se enoja, y avanza levantando el frasco de somníferos como si fuera una cruz y desemboca, no sabe cómo —*porque los sueños es lo que tienen, que nunca sabés cómo pasás de un lugar a otro, los sueños no necesitan explicaciones, la vida sí*, dice un poco borracho Jorge Luis—, en las habitaciones vedadas pero con las puertas abiertas, recorre con la palma de la mano libre la orografía de esas montañas de tela, adivinando una silla, un piano, un sofá, a lo mejor un sillón con respaldo muy alto, y se teletransporta de una a otra habitación, hasta quedar frente a una que no había visto nunca, la única con la puerta cerrada, aunque no está con llave, solamente cerrada, como para evitarle la tentación a la propia Alba y no a su visitante en calzoncillos, que entra y es un despacho con estanterías del suelo al techo, llenas de libros, casi todos encuadernados con cuero de distintos colores, *¿y de dónde sacarán las vacas verdes o las vacas rojas?*, pregunta Julio, y Jorge Luis, borracho del todo también, le dice que *las verdes no sé, pero las rojas seguro que eran comunistas, a lo mejor son vacas rusas*, y se ríen como se ríen los borrachos también en los sueños, donde nada puede lastimarte de verdad, y tiran de la tela que cubría un escritorio enorme y lustroso, lleno de cajoncitos, tan parecido al que tenía el abuelo, *¿adónde habrá ido a parar ese escritorio de viejo terrateniente?*, se preguntan, *seguro que hizo que lo enterraran con él*, propone Jorge Luis, y se ríen otra vez y se siguen riendo porque empiezan a abrir cada uno de los cajones como quien toca las teclas de un instrumento secreto y aparecen objetos de otro tiempo: sellos, lacre rojo sangre, manojos de cartas atadas con cintas de colores, una colección de plumas con las puntas resecas de tinta y un cajón lleno de recortes y papeles, tan distinto al orden de lo demás, todo está amarillo casi ocre, y Julio saca el montón y lo desparrama encima de la mesa, total, cuando se despierte habrá olvidado todo y quiere disfrutar por una vez de un sueño que no es el de siempre, el que lo perseguía y ya casi no viene a visitarlo, así que revisa los papeles, trata de enfocar la vista y los va dando vuelta con una mano porque sigue sin soltar el frasco de somníferos, hasta que se detiene en el recorte de diario y la foto enorme, está viviendo un sueño adentro de otro, porque ahí, en primer plano, están las Madres de la Plaza de Mayo, con los pañuelos blancos y el gesto inquebrantable, sosteniendo palos que sostienen las fotos grandes, ampliadas en blanco y negro espectral, de los hijos que les arrancaron, y la cabeza le da vueltas, por eso tarda un poco más en fijar los ojos en la mujer chiquita y con lentes, que le recuerda a alguien y no sabe a quién, hasta que sube la mirada y ve el cartel de la hija por la que pide, la desaparecida que la extirparon en vida, y por una vez la cara que lo asusta en el sueño con fotos no es la de Marcela, sino la nítida, delicada y sensible cara de Alba.

Deja caer el frasco de somníferos, que le pega en el pie antes de chocar con el suelo, y no se rompe pero hace un ruido terrible que lo saca del sueño que no era un sueño, ahora lo sabe Julio y lo sabe Jorge Luis.

El frío de la ventana que abrió en algún momento le eriza la piel, palpa el recorte y lo acerca a sus ojos como si quisiera besar esa cara que no entiende qué hace ahí, en lugar de estar durmiendo al borde de un pozo en su dormitorio, y cuando baja el recorte, en el umbral de la puerta, está Alba, desnuda y mirándolo con los ojos llenos de luces doradas y dementes.

18

Jorge Luis calcula, que es lo suyo, *que deberían notarse los casi diez años de diferencia* entre la veinteañera fantasmal de la foto del recorte y la joven mujer que lo mira sin verlo desde la puerta, *pero es imposible, está igualita, hasta el mismo peinado, y siempre me pregunto cómo hace para no despeinarse cuando nos revolcamos en la cama*, objeta Julio, que es más dado a interrogarse sobre lo absurdo.

Pero ahí está, un poco en puntas de pie y atravesándolo con los ojos, como si en lugar de mirarlo a él estuviera eligiendo algún tomo de literatura clásica encuadernado en cuero de vaca verde, roja o dorada.

Él se queda inmóvil, de chico vio en una película que despertar a un sonámbulo puede causarle la muerte, pero ella parpadea, baja la vista hasta su pie y señala:

—¿Te lastimaste?

Antes de que él pueda decir que no, vuelve a alzar la cabeza y empieza a hablar con el tono lento de quien sabe que tiene mucho que decir:

—Todo es tan simple que parece una de esas películas norteamericanas donde una pareja muy linda vive en una casa enorme con escaleras de mármol y les sobra la plata, porque son hijos de respectivas familias de inmigrantes que se rompieron el culo plantando frutales en la Patagonia o vides en La Rioja, y cuando los padres hicieron fortuna siguieron trabajando los hijos y los hijos de los hijos, hasta que uno dijo basta y se vino a la ciudad. Tan parecidos los dos, descendientes de italianos laburantes, nunca se avergonzaron del origen humilde y, con la misma naturalidad, se asumieron privilegiados sin culpa ni vanidad. Eran conservadores, claro, porque tenían mucho que conservar. Y para desquitarse de la ausencia de libros en las chacras originarias, llenaron la gran casa de tomos lujosos y creo que hasta intentaron leerlos.

Julio advierte un leve movimiento de vaivén, de izquierda a derecha, *y es la espiguita de trigo más linda que vi en mi vida.*

—Esa pareja tuvo dos nenas. Gemelas, rubias y preciosas, como en las películas. A la mayor le pusieron Alba, porque nació al amanecer, y a la otra, que salió unos minutos después, la llamaron Rocío.

Parece una nena recitando de memoria una poesía en la escuela.

—Eran igualitas. Pero por afuera. Al crecer, empezaron las diferencias. En la escuela, Alba siempre andaba distraída, pero caía simpática a las maestras. Si le preguntaban, aunque acertara por casualidad, le ponían notas por encima de lo que merecía. Rocío, que era más inteligente y aplicada, hacía unos exámenes perfectos y le ponían notas más bajas. Pero no le importaba, porque esa era la gran diferencia: Rocío era buena de verdad y Alba una simpática hija de puta.

Él avanza, ella lo frena con un gesto. Para no sentirse ridículo, Julio se agacha, levanta el frasco de somníferos y vuelve a su lugar. Alba sigue con su discurso:

—Rocío leía sin parar y la biblioteca del segundo piso se la leyó enterita antes de los dieciocho. No es que Alba no leyera, iba picoteando de acá y de allá, soltaba alguna frase y siempre se llevaba el aplauso de las amigas, el elogio de los profesores y los chicos más lindos. ¿Te pensás que Rocío se quejaba? Ni una palabra, Julio. Como se decía entonces, yo creo que, de tan buena, Rocío era buenuda. Le dije por qué no pedía que la cambiaran de colegio y contestó que tenía que estar cerca, por si yo la necesitaba, ¿te das cuenta? Casi sin querer me eligieron delegada de curso, aunque se lo merecía mi hermana, y después supe que había hecho campaña por mí.

Julio siente que el cuerpo de ella es un parlante que le trae su voz desde lejos.

—Con los pibes fue peor. Éramos idénticas, pero a mí me perseguían y a ella casi ni la miraban. Y es cierto que yo era más atrevida, pero de palabra, nada más. Había un pibe, Julián, qué lindo que era Julián. Desde el primer día se volvió loco por Rocío, pero ella no se daba cuenta y pasó primero, segundo, tercero y cuarto año. Las chicas estaban loquitas por Julián, pero él solo miraba a mi hermana, así que quise ayudarla, me dio pena y ya te imaginás lo que pasó...

—Te lo cogiste vos.

—Fue el primer hombre con el que estuve y ni siquiera me gustaba, no sé por qué lo hice, o lo hice porque era una hija de puta. Ella no se enteró, en ese tiempo entró en un grupo de estudiantes católicos con ideas progresistas pero nada alarmantes, creía que el mundo se podía arreglar hablando con la gente y haciendo que leyera...

—Tuve un amigo que pensaba igual. —Julio nunca sabrá si ella lo escucha.

—En quinto año yo me escapaba para ir a los boliches y ella iba a alfabetizar y enseñar ballet en la villa miseria. ¿Te das cuenta? Se llevaba el grabador y los casetes y le mostraba cómo hacer el *relevé* a pibitas en alpargatas. —Sin darse cuenta, levanta los talones y gira en puntas de pie—. Por primera vez le tuve envidia; mientras yo boludeaba, ella hacía algo para cambiar el país. Cuando entré a la facultad, participé en todas las reivindicaciones, y cuando vino la dictadura, papá, mamá y hasta mis compañeros me pidieron que fuera más prudente, pero yo seguía haciendo ruido y ella seguía enseñando a leer en las villas con la Biblia y los libros de Paulo Freire y a bailar *El lago de los cisnes* en suelo de tierra...

Parpadea, parece que se sorprende de estar ahí, luego recuerda y sigue:

—Pasó lo que tenía que pasar: alguien se cansó de que la tanita cheta hiciera quilombo en la facultad, pero como mis viejos tenían plata no me podían llevar así no más. ¿Sabías que los milicos tenían un espía en casi todas las agrupaciones? También en un grupo clandestino en el que yo estaba y que tenía una relación más poética que directa con una organización armada. Sabían cuándo yo iría a llevar unos documentos que guardaba en casa, porque acá no iban a venir a allanar...

Tiembla, pero no llega a llorar.

La voz es más cercana y doliente:

—Esa mañana yo no podía parar de vomitar y me asusté creyendo que me había quedado embarazada de un boludo. Pero no iba a renunciar a mi imagen de militante ejemplar y le pedí a Rocío que llevara ella los documentos...

Se detiene y Julio casi puede oír las palabras que se le amontonan adentro y salen.

—Papá se volvió loco, habló con empresarios, con militares, con el embajador de Italia, porque nosotras teníamos la doble nacionalidad, pero no hubo caso. Tres meses después de que se la llevaran de aquella reunión creyendo que era yo, alguien le contó (después de cobrarle un montón de plata) que hacía más de dos semanas que la habían tirado desde un avión al Río de la Plata y que fue lo mejor que le podía pasar, porque un hijo de puta resentido se la agarró con ella y no paraba de violarla y meterle picana.

Se balancea. Parece que va a caer, pero no. Julio piensa en esos muñecos con contrapeso en el fondo, que por más que se inclinen vuelven a recuperar la vertical.

Los ojos de Alba van acortando la mirada, vuelven a verlo poco a poco porque la historia se acerca al final:

—Papá murió de un infarto el día que le contaron eso. De mamá dijeron que murió de tristeza, pero es muy de novela romántica. El certificado de defunción hablaba de un error de automedicación, porque en ciertos círculos sociales el suicidio no resulta elegante. Y yo me quedé sola en esta casa gigantesca, después de haber asesinado a mi familia. El 24 de diciembre, cuando te conocí, igual no te acordás porque nunca hablamos de esas cosas, pero ese día se promulgó la Ley de Punto Final. El torturador y violador de mi hermana iba a quedar libre y yo estaba en ese bar para emborracharme lo suficiente como para que estos somníferos que tenés en la mano me garantizaran un viaje solamente de ida. Pero te vi, tan grandote y tan chico a la vez, fue como si adivinaras lo que yo estaba por hacer, te desesperabas diciendo boludeces para hacerme reír, y cuando me quise dar cuenta me estaba riendo y tenía ganas de vivir y te tenía ganas a vos y te traje acá, y desde que entraste en mí quise que te quedaras aunque no me lo merezca. Después, si te acordás, la gente se movilizó tanto que hubo cuatrocientos torturadores denunciados, entre ellos el que reventó a mi hermana. Eso cerraba el círculo, estaba dispuesta a convencerme de que yo no tenía toda la culpa si el monstruo pagaba por lo que hizo.

Baja la vista, cierra los ojos.

—Hace una semana, el presidente anunció otra ley con nombre de chiste, de Obediencia Debida, se llama, por la cual ninguno de esos hijos de puta va a ir a juicio por lo que hizo, porque supuestamente se lo ordenó un superior. Y yo volví a pensar en matar o en morir, porque si el culpable segundo no paga, tendrá que pagar la primera, que soy yo.

Suspira.

—Por eso te conviene irte: la gente que me quiere a mí se muere, Julio. Tu ropa la escondí abajo de mi colchón, ya ves que ni siquiera soy original para eso. Andáte y no vuelvas, no hace falta que te lleves el frasco de somníferos. Cuando me mate no voy a disimular como mamá. Andáte y salváte, por favor. Si me querés, andáte.

Julio es otra vez un nene de casi un metro noventa, esquiva los ojos que ama porque lo aterra lo que se asoma en ellos. Luego dirá que es Jorge Luis el que da el primer paso, el segundo y, el más difícil, el tercero al pasar al lado de ella sin tocarla, salir de ese estudio y de ese pozo del que no podrá sacarla sin caer con ella.

La estúpida dignidad de Julio le impide ir al dormitorio que todavía huele a ellos para buscar su ropa, *son las cinco de la mañana y no hay un alma en la calle*, apenas unos metros hasta su edificio, y si alguien lo sorprende en calzoncillos dirá que le robaron. Jorge Luis aprueba el argumento, *pero soltá los somníferos, boludo, y agarrá las llaves* que están en una bandeja de plata al lado de la puerta principal.

Abre, pero no siente el frío invernal de junio, no siente nada.

El portazo retumba en todo el caserón y Alba suspira.

Los pasos descalzos no hacen eco mientras trepan la escalera, ella sigue congelada en el mismo lugar cuando la abraza por la espalda y le dice que no la va a dejar, que si se caen, se caen los dos, y se deja llevar en brazos hasta una de las habitaciones desconocidas pero que es un dormitorio y destapa la cama, que como todo en esa casa es colosal, y la abraza y la acaricia hasta que se entran mutuamente y por fin ella llora y no deja de llorar mientras le pide que no pare, que no se vaya, que no salga de su vida ni de ella.

Es de mañana cuando los derriba suavemente el sueño, Jorge Luis lo sabe por la luz que entra por el ventanal, aunque no recuerda en qué momento abrieron los espesos cortinados.

Alba está otra vez en la superficie y él tiene un plan difuso. Pero es un plan.

—¿Te puedo preguntar sobre... eso?

—Podés —dice ella sin despegarse del abrazo, a punto de dormirse.

—Dijiste que conocías el nombre del tipo...

—¿Para qué lo querés saber? No te metás en líos, por favor.

—Te prometo que no. Pero decíme el nombre.

Ella se acurruca y Julio nunca la había sentido tan relajada y en paz.

—Rovira —murmura—. Exsargento primero Jesús Rovira.

Y empieza a roncar profundamente.

19

Desde que salió a flote tanto dolor encerrado, el pozo empieza a cerrarse y por si acaso lo tapan cada día con abrazos, sexo, bromas y paseos que exceden el radio limitado que hasta entonces se permitía Alba para alejarse del caserón. Jorge Luis vigila, aunque los ojos de la muchacha siguen limpios de luces sospechosas, abraza la vida como abraza a Julio y ya no hay intervalos opacos.

Lo primero que hacen es liberar cada habitación de la casa, amontonando en el vestíbulo las telas blancas como un glaciar que se empieza a licuar. Van pieza por pieza, destituyendo cortinados densos y gozando juntos en cada rincón, cada cama, sofá o mueble capaz de sobrevivir al intento, incluidos los balcones, pero de noche, para darle motivos de envidia a la Luna, Julio escribe poemas en la piel de Alba, ella danza sobre él al compás de una música sin partitura.

Cuando Julio le habla de las palomas, a ella le parece la mejor idea del mundo, así que los balcones de la mansión se llenan de migas de pan y arrullos agradecidos y ellos se reparten los balcones para cubrir más espacio, pero no son capaces de separarse y hasta esto hacen de la mano.

Fabrican tanto amor que necesitan compartirlo.

Cuando toca el timbre del caserón bajo la lluvia suave de esta noche de principios de octubre de 1987, el padre ignora que está inaugurando una tradición semanal que lo acercará a su hijo como nunca antes.

Recibió el llamado telefónico de Julio hace menos de cuatro horas, en el despacho, y sonaba contento cuando le preguntó si tenía algún plan para esa noche y que si lo tenía lo cancelara, porque lo invitaba a cenar para presentarle a la mujer de su vida.

Y acá está, temblando como un estudiante que espera a la primera novia en una esquina y con un ramo de tulipanes en la mano, *si es la mujer de su vida le tienen que gustar los tulipanes*, le dicta su lógica personal. Y acierta, porque la muchacha rubia y menuda declara, mientras le quita el ramo, que ama los tulipanes, mientras lo arrastra escaleras arriba, donde lo espera un Julio que no parece Julio y tiene una sonrisa que no le conocía.

Le ofrecen/imponen un *tour* por toda la mansión y apenas si pueden aguantar la risa cuando el hombre elogia los muebles de estilo que llenan las habitaciones, porque recuerdan lo que han hecho hace poco encima de ellos. El padre de Julio estará viejo y apocado, pero fue joven, enamorado y fogoso, así que capta la broma, descarta cualquier burla y los lleva al límite al señalar una silla Luis XV, roja y dorada y con una pata rota.

—Y yo que creía que estas sillas eran eternas… —comenta con falsa inocencia.

A pesar del salón vetusto y demasiado grande, la cena es íntima y cordial. Ocupan solo un extremo de la mesa interminable y le ofrecen la cabecera. Todo parece un juego de chicos, pero es un juego feliz. Roberto sorprende a su hijo con una conversación amena, culta y sencilla a la vez, Alba es la Alba de siempre y lo trata con afecto y con la misma delicadeza con que cuida a las palomas enfermas que llegan a sus balcones.

Cuando al final de la cena le elogia la habilidad para preparar esos manjares, ellos no pueden parar de reír y explican que el chef de la casa es Julio.

—Tu hijo se mueve por la cocina como una bailarina del Bolshoi. —Los ojos de la chica brillan cuando mira a su hijo y el empresario, ducho en negociaciones e imposturas, sabe que ella lo quiere de verdad—. Yo no soy capaz ni de hacer un huevo pasado por agua.

—Mentira —dice Julio con dulzura—: los postres te salen riquísimos.

Y sueltan una carcajada a dúo que Roberto solo comprenderá dentro de un rato, cuando, parodiando las costumbres británicas de los primeros propietarios de la casa, los hombres pasen al salón de fumar, aunque ninguno de los dos fume, mientras Alba, en su papel de anfitriona, prepara el café y sirve la torta.

—Es un jueguito que tenemos, pero si vas a venir seguido por acá, tenés que participar —le dice un Julio entusiasmado—. Resulta que el café de Alba es intomable, y cada vez que hace una torta le sale peor que la otra. Entonces, el primero que ponga cara de asco tiene que bajar a la confitería a subir cafés decentes y una torta que no nos lleve al hospital. ¿Entrás?

Le ofrece la mano y el viejo la aprieta con fuerza.

—Entro, hijo. Entro. Y me alegro mucho de verte feliz. Esta muchacha es fabulosa y creo que es lo que te hacía falta.

Julio lo mira, recuperada la severidad de siempre:

—Papá, ¿vos me querés?

—¡Vaya pregunta! Claro que te quiero, hijo.

—¿Cuánto me querés?

El hombre tarda en comprender, pero vuelve a sentirse en territorio conocido.

—La cantidad que quieras, Julio. ¿Tenés algún negocio en mente?

—No hablo de plata, sino de cuánto estarías dispuesto a hacer por mí.

—Lo que quieras y cuando quieras —contesta sin dudar.

Julio le da una tarjeta con algunas líneas escritas.

El hombre lee y no comprende mucho.

—Este tipo es un exmilitar, aunque de muy bajo rango. ¿Qué querés que haga?

—Meterlo preso. Y si no se puede, cagarle la vida.

—Contá conmigo. La verdad es que nunca hablamos de lo que te pasó...

—Tenés razón, papá. —El tono es cortante—. Nunca hablamos. Pero esto no es por mí, sino por Alba.

Y le ofrece la versión resumida y sin culpas para su novia.

—Ya sé que con estas leyes de mierda... Pero vos tenés contactos... Y la hermana de Alba tenía nacionalidad italiana, a lo mejor por ahí...

El hombre duda, pero asiente:

—Te prometo que lo voy a intentar, pero dame tiempo, porque no lo veo fácil. La parte legal, digo. Lo de cagarle la vida, me informo y te cuento.

Llega Alba haciendo equilibrio con una bandeja cargada. Roberto se adelanta, la recibe y la pone sobre la mesita Luis XVI. Estudia el contenido y se levanta con gesto implacable, busca el perchero, se pone la gabardina y vuelve:

—Alba, hasta hoy solo sabía de vos lo que me contaba Olga, a ver si se creen que habla solo con ustedes. Y me parecés una chica brillante, culta y, por si fuera poco, capaz de hacer feliz a este gigante triste que es mi hijo. Estas horas en tu casa hicieron que te sienta ya parte de mi familia. —Sonríe feroz y señala el bizcochuelo deforme en la bandeja—: Pero ni loco me pienso comer eso ni tomarme el jugo de paraguas que llamás café. ¿Dónde hay una buena confitería por acá?

La carcajada sana y une, tira abajo las últimas reservas de Julio.

—Vení, te acompaño, que, si no, a lo mejor aprovechás para escaparte.

Antes de salir, Roberto pregunta si tiene alguna preferencia respecto a la torta y Alba propone que elijan ellos.

Padre e hijo se miran y parecen preguntar, pero afirman:

—¿Selva Negra?

Cuando salen, ella se dice que no necesita ser adivina para saber que esa era la torta favorita de la mujer y la madre de esos hombres tan diferentes y tan parecidos.

20

Hasta Jorge Luis está pensando en tomarse unas vacaciones. Tan firme es la apuesta de Alba por pararse del lado de la felicidad que están planeando un viaje largo.

Julio propone París y Roma y ella le dice que tienen toda la vida para ir a ver ciudades de postal, que quiere ríos y quiere islas, así que él llega cada día con pilas de guías y de mapas, que estudian en el salón del tercer piso. Ya que a ella le gustan los deltas, le propone el del Nilo o el del Misisipí, ¿por qué no el del Ganges-Brahmaputra y de paso conoce la India?

Alba señala el delta del Amazonas, *es como si instintivamente no quisiera alejarse mucho de Buenos Aires y del recuerdo de su drama*, piensa Jorge Luis, que no por haber aprendido la paciencia ha dejado de estar en guardia.

Cada vez falta menos para las vacaciones y no hay nada decidido. Pero Julio ya sabe que los tiempos de Alba son diferentes.

Por eso no lo sorprende la excursión secreta que ella organiza para este fin de semana, y aunque siempre accede a los juegos que le propone, se niega casi con violencia a dejarse vendar los ojos, pero promete tenerlos cerrados todo el viaje mientras ella maneja rumbo al destino misterioso.

Alba acepta: Julio es incapaz de hacer trampas.

Ella va cantando todo el viaje y él la acompaña hamacando la cabeza a lo Stevie Wonder: juega a ser ciego para no pensar en otro viaje sin ver, hace casi diez años.

Algo cambia en el olor del aire cuando ella para el coche y le dice:

—Ya podés mirar.

Alba habla tanto con los ojos que no suele usar muchas palabras, salvo cuando un tema la apasiona. Y está claro que el Delta del Tigre es uno de esos temas.

Mientras Julio acarrea bolsos con equipaje suficiente para una semana aunque solo van a estar dos días, ella le explica el lugar como si fuera un turista que viene por primera vez a Buenos Aires, *imposible no pensar en Georgie*, y le cuenta que abarca un tramo del delta del Paraná, uno de los más grandes del planeta, formado durante miles de años por los sedimentos del río madre en su largo camino hacia el mar.

—Pero incluso siendo solo una parte, el Delta del Tigre lo forman más de trescientos cincuenta ríos y arroyos, miles de islas, ¿te imaginás?

Y mientras suben a la lancha taxi, Julio imagina.

Se imagina nene, con tres años o un poco más, corriendo descalzo y desnudo por la orilla de una isla como las que van dejando atrás, mientras saluda como a un amigo al río de agua marrón, que siempre corre más rápido. *Y no lo imagino, lo viví, veníamos acá todos los fines de semana, todos los veranos, mamá era feliz sin estridencias, papá iba a la fábrica como a una responsabilidad que asumía sin ganas, y la casa de madera sobre pilotes de cemento y los amigos de mamá, que entonces eran de los dos y tocaban la guitarra y compartían cigarrillos gruesos hechos a mano y papá cantaba feliz, yo lo escuchaba cantar desde lejos mientras corría con otros nenes por la islita que me parecía un continente.*

Jorge Luis data el recuerdo recobrado y lo dimensiona, *no fueron todos los fines de semana ni todos los veranos, a lo mejor cinco o seis veces nada más, y de repente papá con corbata, la Fábrica ya con la «F» y la discusión lenta, razonable,* mientras Julito se soñaba pirata el año que viene: «Ya sé que son buena gente, pero también son unos *hippies* con ideas peligrosas que se van a terminar metiendo en líos y eso puede ser perjudicial para la Fábrica».

—¡Qué boluda! —Alba lo trae de vuelta al presente—. ¡Yo dándote una conferencia sobre el Tigre y seguro que habrás venido mil veces...!

—De chico, alguna vez...

La llegada a la isla de destino le ahorra prolongar la mentira, no quiere contarle cosas tristes. La casa tiene muchos años, pero parece inmune al tiempo. Dos pisos, de ladrillo y madera y apoyada en un sólido entramado de vigas y pilares de cemento, no exhibe el deterioro revelador de los abandonos.

—No vengo desde... Desde hace mucho —dice Alba—. Pero Germán y Lucinda, que viven en una islita, acá cerca, siempre se ocuparon de cuidarla. Cuando era chica, creía que eran mis tíos del río.

Bajan los bolsos y Alba alborota la casa, abre puertas y ventanas, lo lleva de la mano por cada rincón donde se dejó un recuerdo de nena o un suspiro adolescente.

Todo está limpio, no estilo quirófano como el caserón del centro, que acá manda la naturaleza y se cuela por cualquier rendija, pero tiene ese aliento suspendido de las casas de fin de semana, que parecen esperar la llegada de sus habitantes para volver a la vida.

Poco tardan en aparecer Germán y Lucinda. Son casi ancianos y tienen los ojos pacientes de quien ve pasar el río todo el tiempo. Alba, menuda y frágil, por poco los descoyunta con abrazos de giganta. Ellos sonríen y agradecen a Julio con la mirada. Más que interrogarse sobre él, lo reconocen y aprueban, se ve que Alba ha estado en contacto con sus tíos del río. Les dan indicaciones sobre el funcionamiento de varios electrodomésticos nuevos y Jorge Luis empieza a calcular cuántos años hace que ella no viene por acá, *dejáte de joder*, ordena Julio, *está de vuelta y está contenta y eso es lo que nos importa*. Jorge Luis obedece, en su desacuerdo de dos ocupando el mismo cuerpo hay una intersección de coincidencia indestructible: ambos quieren verla feliz.

Los cuidadores proponen un asado para mañana, esta noche es para la pareja. Lucinda no puede contenerse y llora mientras Alba canturrea por toda la casa.

—Cuídela —le pide a Julio en un susurro—. Ha sufrido tanto...

Cuando se van, Alba lo toma de la mano y lo lleva por la escalera hasta una habitación cerrada. Abre como si le estuviera franqueando la entrada a la cueva de Alí Babá. En cuanto están adentro, cierra la puerta.

Del suelo al techo, cientos, miles de libros, casi ninguno encuadernado con pieles de vacas multicolores. Hay una chimenea y dos sillones de orejas. Detrás de cada uno se abre, sin ruido, un panel que deja al descubierto una amplia ventana.

Pero hay algo más y es Jorge Luis, cómo no, el que lo descubre:

—El aire... Es distinto acá.

—Todo el cuarto está aislado para que la humedad no afecte a los libros y el ruido de los visitantes de los fines de semana se quede afuera. Era el santuario de papá y mamá, acá solo pudimos entrar a los doce años, seguro que por mi culpa, porque Rocío se merecía esta biblioteca desde chiquita...

Los ojos siguen limpios. Alba recuerda y le cuenta. Nada más.

—Aunque tenían otras propiedades, esta casa del Delta era su favorita, nunca pregunté por qué, supongo que acá podían ser ellos mismos, o imaginarse que eran los protagonistas de los libros que leían. Cuando éramos chicas nos dejaban con Germán y Lucinda y se encerraban durante horas, como hicimos nosotras después. La regla era no llamar a la puerta, aunque fuera la hora de comer: acá el tiempo no existía.

Jorge Luis busca señales alarmantes, Julio propone desnudarla allí y hacerle el amor para hundir en su cuerpo cualquier pena que pugne por salir, *no sea bruto, nene*, le dice el otro, *mirá que sos básico; la chica comparte con vos un santuario y vos lo querés arreglar todo cogiendo.*

—¿Sabés lo que me gustaría, Julio?

—¿Qué?

—Inaugurar la casa acá, ahora. Este era mi sillón —propone ella mientras se saca el *short*—. ¿De qué te reís?

—De nada, mi amor. De nada —contesta, y empieza a desnudarse.

Anochece mientras cenan y oyen pasar el río.

Están en la terraza que se abre en el segundo piso, iluminados por velas «para no atraer a los mosquitos y escuchar mejor la noche», dispuso Alba.

Julio respira hondo y disfruta de la paz que le ha dado este día lleno de revelaciones, incluida la inesperada pericia de Alba para manejar la lancha veterana que escondía un cobertizo al lado de la casa. El nombre de la embarcación, *Géminis*, trazado con letra infantil a los dos lados de la barca, cada una de las nenas pintó el suyo y él no preguntó cuál era de cuál. Además, no tuvo tiempo, porque ya la pequeña capitana se adueñó del timón y empezaron a correr más que el río. Él sintió que las corrientes obedecían a Alba y a sus ojos, celestes como nunca.

No piensa alejarse de ella, pero desde hace años se siente un hombre de paso, siempre se sueña de espaldas, alejándose de algo o de alguien.

—Tierra llamando a Julio —dice Alba con voz robótica.

—Perdoná, disfrutaba del lugar. Habrás sido muy feliz acá, de chica.

—Soy feliz ahora, con treinta y uno, engrupiendo a un pibito de veintisiete...

Él ya le conoce el tono y le contesta en la misma sintonía.

—Seré un pibito, pero no me vas a engañar, mujer fatal y mayor. Yo cociné, así que a vos te toca el postre...

—¡Pero acá no hay ninguna confitería cerca! —protesta, hasta que entiende.

—Entonces, el postre vas a ser vos. —Julio apaga las velas y la desviste mientras la empuja suavemente sobre los almohadones.

Alba se adormece en sus brazos, hace un rato que él trajo varias mantas, pero se envolvieron en una sola. Falta poco para el verano y casi no hace frío. Jorge Luis propone que la despierte o cargue con ella hasta el dormitorio, Julio la mira dormir y no piensa alterar esa paz dichosa, así que estira el brazo, alcanza dos mantas y rodea ambos cuerpos desnudos hasta formar una cápsula protectora de cualquier cambio de temperatura.

Y se duerme feliz, a cielo abierto.

Él, que cuando puede elegir opta por el dormitorio más chico posible.

Pero esta noche no.

Esta noche todo el mundo es su hogar, porque Alba duerme confiada en su abrazo y nada los puede lastimar.

Más tarde se soñará.

De espaldas, como siempre.

Pero no alejándose por algún camino entre montañas.

Se sueña de espaldas.

En el fondo del río.

Ahogado.

21

Algo le pasa a su padre. Hace tres semanas que evita las cenas con excusas desganadas, y aunque últimamente están mucho más cerca, en lugar de ir a verlo al despacho para saber qué pasa, Julio llama a Olga.

—Yo también estoy preocupada —admite ella—. Está raro, muy reservado. Desaparece durante horas y cuando le pregunto me dice que estuvo reunido por asuntos de la empresa, pero yo le llevo la agenda y lo sabría. Eso sí, en cuanto a la salud, quedáte tranquilo, está mejor que nunca. Desde que empezó a cenar con ustedes, hasta los análisis le salen mejor. Pero no entiendo esas citas misteriosas...

Julio lo sospecha, pero no se lo puede decir y busca una excusa.

—No te preocupés, Olga. A lo mejor tiene una novia por ahí, el viejo...

—¡No, eso estoy segura de que no, porque...! —Se detiene y él casi puede ver cómo se sonroja al otro lado de la línea.

—¡Tenés razón, Olga! Era una broma. Hay una explicación —improvisa—. El mes pasado me contó que está pensando en vender la fábrica y retirarse, seguro que anda en eso, pero tiene que tantear el terreno y no te dijo nada porque apenas es un proyecto. Dejámelo a mí, que si me entero te cuento.

Cuelgan y sigue sorprendido. Nò imaginó que su padre y Olga... Aunque no tiene nada de raro, *él lleva casi cinco años viudo, sin contar los años de soledad con mamá in-*

ternada en la clínica y en su propio mundo. Y Olga hace tres que se divorció.

Lo comenta con Alba, que lo mira asombrada:

—¿No te habías dado cuenta de la cara que pone cuando dice su nombre?

—No. ¿Qué cara?

—Como la que se te pone a vos cuando me mirás. Cada vez la menciona más, se muere de ganas de blanquear la relación, pero tiene miedo de lo que opinés...

Él deja que se siga burlando de su inocencia, porque sospecha el verdadero motivo de las ausencias de su padre. Es lunes y decide que, si para el jueves no da señales de vida, va a ir a su oficina a verlo.

No hubo que agotar el plazo. Es miércoles al mediodía y mientras almuerzan en modo pícnic en la plaza de Maximiliano, Alba le cuenta que el padre la llamó a la mañana al caserón, *en lugar de llamarme a mí al departamento, donde sabía que me iba a encontrar.*

—Se disculpó por dejarnos plantados estas semanas y dijo que nos debe una invitación al mejor restaurante de Buenos Aires, pero que mejor cenábamos esta noche en mi casa, probablemente tenga que irse de viaje por unos días. —Alba ventea el aire, como olfateando inconsistencias—. Sonaba muy contento...

—Entonces está todo bien, ¿no? Me alegro por él.

Ella suspira con enamorada paciencia maternal y lo abarca en sus ojos inmensos.

—Te lo explico: tu papá lleva toda la vida cerrando tratos comerciales, lidiando con clientes, proveedores y bancos. Y siempre sale adelante. ¿Me entendés?

—Hasta ahora sí: mi viejo es un lince para los negocios, está enamorado de Olga y está contento. ¿Dónde está el drama?

Ella se pone en puntas de pie para besarle la frente, pero no llega. Julio quisiera enojarse, pero con ella no sabe. La levanta por la cadera hasta que ella cumple su objetivo y la vuelve a bajar con delicadeza.

—Vamos a ver: Roberto es capaz de venderte el Río de la Plata por un lado y el puente para cruzarlo después. Pero cara a cara, en persona, ¿entendés? Por teléfono pierde el superpoder y se le nota cuando miente o exagera, siempre se le nota...

—¿Y sabés todo eso por hablar con él cinco minutos esta mañana?

Ella lo mira con dulzura infinita, como si fuera un ciervo bello y torpe a la vez.

—Hablamos dos o tres veces por semana, a veces media hora, a veces más. Y sé cuándo está bien y cuándo exagera, como hoy.

No cometas el error de preguntarle de qué hablan, porque seguro que es de vos, le advierte a tiempo Jorge Luis.

—Me rindo. —La abraza contra él y la acaricia por abajo de la blusa—. Esta noche, cuando bajemos a comprar la torta, lo sonsaco y te cuento. Ahora vamos a casa, que no seré un hábil negociador como mi viejo, pero a lo mejor te convenzo de que hagamos una fusión nada empresarial...

—Probá, que seguro me convencés —dice ella risueña, y se van, casi corriendo y casi en broma, a tenerse seriamente.

La cena transcurrió como esas películas de enredos elegantes en las que los comensales tienen secretos que no pueden revelar y se cruzan miradas significativas y equívocas al mismo tiempo. Roberto parecía feliz y hasta se tomó con buen humor las bromas de su hijo sobre él y Olga. Pero Julio estaba prevenido y, como nunca había tenido que negociar nada con su padre, se supo inmune a la habilidad del empresario. Abajo de toda la energía que desplegaba, detectó el dolor de una derrota que se negaba a aceptar, y también un alivio sereno y triste.

Hablaron del viaje con Alba, que habían decidido aplazar unos meses.

Ella aprovecharía el verano para preparar las materias que le faltan «porque a este paso me van a dar el título y el carnet de jubilada el mismo día».

Se rieron con ganas y siguieron la corriente de su exageración durante un rato.

Vista desde fuera, fue una cena más de las suyas. Alba se había despreocupado y animó a Julio con un gesto a que hiciera lo mismo.

Llega la hora del café:

—Como al final siempre me toca bajar a mí a la confitería —declara Roberto, consultando su reloj—, encargué una Selva Negra del Tortoni, y un termo con el mejor café de Buenos Aires, que deberían traer... ahora.

El sonido del timbre los hace soltar una risa y Alba corre a recibir el pedido mientras ellos van a no fumar en el salón de fumar.

Padre e hijo se miran.

—No hace mucho, acá mismo, me preguntaste cuánto te quería, Julio.

—Es que a veces soy un poco dramático, seguro que lo saqué de mamá...

Roberto pasea la vista por los frescos del techo como si viajara en el tiempo:

—Nunca te contamos cómo nos conocimos, tu madre y yo...

—No.

—Fue en un teatrito pobre y vanguardista, una obra que solo tuvo una función antes de que la prohibieran. Era una adaptación de *La gaviota* de Chejov, pero en tono de sainete gauchesco postapocalíptico y futurista. Ocurría en el año 3955…

—Una adaptación bastante libre, por lo que veo…

Roberto sonríe y entorna los ojos.

—Más que libre, libertina, diría. Los personajes actuaban desnudos; bueno, con unas escafandras de plástico transparente en la cabeza, botas metalizadas… y nada más. Ahora que lo pienso, igual fue por eso que la clausuraron.

—Me imagino que mamá hacía de Nina, la ingenua, porque era muy joven para el papel de Irina Arkádina…

Sorpresa agradable al ver que Julio conoce bien la obra, pero Roberto niega:

—Mamá fue como espectadora. El que actuaba era yo, que también había hecho la adaptación y la dirigía. Hacía un Konstantín Tréplev que tomaba mate y trataba en vano de suicidarse todo el tiempo…

—Pero yo creía que ella…

—Pero era yo. El cachorro de una familia que estuvo a punto de llegar a lo más alto y se quedó a mitad del salto. Mi papá casi me mata cuando le dije que no quería dirigir la fábrica agonizante, que mi vocación era el teatro. Creo que por eso ella, la joya de una familia de fortuna y alcurnia desde la época de la colonia, se enamoró de mí y se metió en el teatro con la pasión desmesurada con que lo hacía todo…

Mira otra vez al fresco del techo, donde un angelote obeso aplasta una nube.

—Tu abuelo era rico, pero seguía siendo un vasco cabeza dura. Contrató a dos malandras para que me dieran un mensaje y una paliza. El mensaje era que pusiera un precio para dejar a su hija. La paliza me la iban a dar igual. En otra situación me hubiera cagado encima, pero me enojé tanto que al más alto le rompí la nariz contra la pared del callejón donde me emboscaron. Y al otro, más bajito pero ancho, que me tiró un tajo con su navaja, le pegué una patada en las bolas y, cuando se dobló por el dolor, un rodillazo en la cara que lo dejó nocaut. —Sonríe—. Si vieras la cara de tu abuelo cuando me presenté en su residencia y le clavé la navaja en el escritorio... Todavía está la marca. Si no llega a ser por tu abuela, que soltó una de esas risas cristalinas suyas, y por tu madre, que se me puso delante, hubiera sacado un revólver y me pega un tiro. Al final, aflojó: la única debilidad de ese hombre de hierro eran su mujer y su hija. Y las dos me adoraban. Cerrá la boca, o se te va a llenar de moscas...

—Perdoná, es que siempre creí que...

—Y yo creí que sería actor y que me había escapado de la cárcel de la fábrica. Pero papá tuvo un infarto y le prometí que me haría cargo unos meses, hasta que se restableciera, y después fue un año y después fue otro más y otro...

Calla y sigue recordando sin hablar. Después de un rato, dice:

—En tu casa dejé un sobre con una carpeta roja. Es un dosier completísimo sobre Rovira. —Lo mira con tristeza—. Lo siento mucho, pero es casi intocable, Julio.

—Pero si apenas es un exsargento...

—Al que no se puede imputar, por la Ley de Obediencia Debida. Y olvidáte de cagarle la vida o la economía: estuvo casi en la calle, pero ahora es testaferro de gente pesada que está volviendo a copar sectores de poder... No figuran, pero mandan. Ni siquiera yo puedo hacer nada frente a ellos.

—Dijiste que era «casi» intocable...

Roberto baja la voz y le apoya la mano en el brazo. Lo mira a los ojos fijamente.

—Si de que Rovira reciba su castigo depende la felicidad de esa muchacha que te ha devuelto la sonrisa, se hará lo que haya que hacer, hijo. Lo que haya que hacer.

—No entiendo —dice Julio. Pero entiende—: Sé que sos bravo en los negocios, pero no te imagino relacionado con matones...

Se escandaliza el padre:

—¡Por supuesto que no! —Los ojos de Roberto arden cuando susurra—: Si hay que matar a ese hijo de puta, lo mato yo. Te lo debo. Por tantos años de silencio.

Julio cree que va a soltar una carcajada, pero se pone a llorar como no lloraba desde la muerte de su madre. Sabe que el padre habla en serio y la desmesura de su propuesta lo supera. Se pone de pie y Roberto también, se abrazan como no lo hacían desde que Julio era un nene, pero por la diferencia de estatura el padre parece él.

—No lo hagás, por favor —dice sin soltarlo—. No me debés nada. O mejor dicho, sí: lo único que me debés es ser feliz, papá. Casáte con Olga, vendé la fábrica o mandála a la mierda y hacéte actor los años que te quedan, que yo voy a ir a aplaudirte. Olvidáte de Rovira. Acá cambia todo tan rápido que a lo mejor el Gobierno que viene anula las leyes y el tipo acaba en cana.

—¿Y si no lo hacen y ese asesino sigue libre?

—No te ofendás, papá, pero eso es asunto mío. Si hay que matar a Rovira para proteger a Alba, lo mato yo.

Los separa el tintineo de una cucharita de metal rebotando escalera abajo.

En la puerta del salón de fumar está Alba, con la bandeja un poco inclinada entre las manos y los ojos llovidos de emoción. Sonríe.

No escuchó nada, dice Jorge Luis, *hablábamos bajito, a esa distancia no pudo escucharnos y llora de emoción por vernos abrazados. Nada más.*

Durante un rato, Julio no dice nada. Después declara:

—Voy a buscar otra cucharita. ¡No sirvan el café todavía, que se enfría enseguida!

Y baja.

22

Jesús Rovira sale de su casa de siempre, que pronto va a dejar de serlo, *si me quedé acá hasta ahora en lugar de mudarme al chalet, fue para mantener perfil bajo y, de paso, para que los vecinos que antes me miraban con asco revienten de envidia.*

Por el mismo motivo, da un beso largo, apasionado y sexual a la chica rubia a la fuerza y demasiado maquillada para las nueve de la mañana, que adquirió junto con las acciones de la empresa de seguridad que preside en apariencia, aunque en realidad pone la cara y la firma a cambio de buena plata.

Se estudia de reojo en la vidriera de la *boutique* de al lado y reconoce que valió la pena el gasto en esos trajes de buena calidad y arreglados a su medida en la sastrería que le recomendó Garmendia, que sabe de estas cosas y le dijo varias veces algo de la mujer del césar, pero Rovira no supo de qué César le hablaba, aunque dijo que sí porque Garmendia ya antes era capitán, pero ahora, cuando habla, parece un general.

Se acuerda de cómo lo rescató de la casa llena de botellas y basura hace casi dos años, le pegó dos cachetadas y lo metió de prepo en un centro de rehabilitación para que dejara el alcohol porque tenía una misión para él.

Mientras se acerca a su flamante cupé Ford Sierra XR4 (edición limitada 75.° aniversario de trescientas unidades), el exsargento primero se acuerda del día en que Garmendia lo convenció de que, aunque ya no estuviera en el Ejército, seguía necesitando que alguien le dijera lo que tenía que hacer. Primero le encargó varios trabajos, pero todos legales, porque tenía que mantenerse limpio, «de lo que hiciste antes, borrón y cuenta nueva. Y si hacés buena letra y tenés paciencia, conmigo te llenás de guita. Pero si salís a afanar como otros muchachos, te dejo en banda y en dos días sos boleta».

Sube al coche, que todavía huele a nuevo, y cuando pone en marcha el motor, siente una felicidad casi erótica. Realiza los movimientos que ensaya en el sillón de casa, imitando a los tipos elegantes de las películas que manejan coches caros, y se mira fugazmente al espejo para comprobar que lo que le hicieron hace un mes en Brasil valió la plata que le costó. Se siente más joven sin bolsas en los ojos y con los kilos que perdió, «si hasta parecés de buena familia, negro», le dijo Garmendia a solas, para animarlo o para recordarle quién manda.

Enciende el aire acondicionado y vuelve a mirarse al espejo para revisar su peinado, *hay que ver lo que cambia uno con un buen peluquero, por algo cobran lo que cobran, los putos*, se dice.

Mete primera y, antes de soltar despacio el embrague, disfruta de la sensación a la que lleva acostumbrándose desde hace meses, pero que solamente ahora siente con plenitud. La sensación cabe en una palabra redonda que le llena la boca y le encanta pronunciar a medida que el coche se mueve como si no pesara. La aprendió leyendo los diarios o viendo en los noticieros las protestas *de esos zurditos de mierda que no pudieron ganar y tampoco saben perder*.

—Impunidad —pronuncia disfrutando de cada sílaba, y deja que el coche busque, majestuoso, la avenida.

Si hubiera usado el espejo para su función original, a lo mejor hubiera detectado el coche que lo sigue a todas partes.

23

Hace días que se siente *cagón, boludo y, encima, incómodo*, aunque hoy predomina la incomodidad, su cuerpo apenas cabe en el Mini Mayfair que usa para seguir a Rovira. *¿A quién se le ocurre?*, pregunta Jorge Luis. *A nosotros*, contesta Julio. Y no se ríen porque de tanto estar encorvados dentro del coche —que hace honor a su nombre— les duelen hasta las pestañas.

Hace casi diez años, cuando Julio cumplió los dieciocho y aprobó el examen del carnet, el padre lo festejó con euforia, *como si eso certificara que el nene, después de todo, iba a ser normal y no le iba a salir* hippie *o loco como la mamá.*

Y el premio que le ofreció fue «el coche que vos quieras. Elegí, campeón».

Estuve por pedirle un Ferrari, me lo hubiera comprado. Pero ya entonces Julio era un chico grande que no quería hacer ostentación de nada, así que postergó la respuesta hasta que lo desaparecieron por tres meses, y cuando lo soltaron volvió incompleto pero con una voz de más en la cabeza. El padre insistía con lo del coche, pero al final se cansó. Julio tenía su propia plata y podía comprar lo que quisiera.

El problema era saber lo que quería.

Cuando Alba llegó para amanecerle la sonrisa, él tuvo ganas de hacer todo lo que no había hecho antes, ser algo más que un pasajero de la vida o del enorme 4x4 de ella, en el que casi no llega a los pedales, pero que maneja con agilidad suicida por el apretado tránsito de Buenos Aires. La solución fue un compromiso entre Julio y Jorge Luis: importó desde Alemania el Mini azul y, en lugar de cumplirse el regalo atrasado de los dieciocho, se lo iba a regalar a Alba por sus treinta y dos. Hasta pensó envolverlo para regalo y ponerle un gran moño rojo en el techo, pero Jorge Luis se negó terminantemente. Como sería una sorpresa, no le dijo nada a ella, y como lo encargó desde la Argentina, tardó en llegar bastante más de lo previsto. A mediados de octubre, Olga le avisó que el coche esperaba en Aduanas a que fuera a retirarlo.

Lo puso a nombre de Alba, pero retrasó la entrega del regalo y lo usó para seguirla. Desde que la cucharita de café cayó rebotando por los escalones de mármol de la casa de Alba, su obsesión era saber si ella había escuchado el veredicto de su padre sobre la impunidad de Rovira.

Me volví más cagón que nunca, asume Julio. *Nos volvimos,* adhiere Jorge Luis.

Porque valiente hubiera sido hablar por fin con ella, preguntarle, contarle su propio y mínimo cautiverio y proponerle ir juntos a terapia para superar el trauma y las culpas. Enfrentar el problema, en lugar de asustarse como un nene cada vez que el menor disgusto fruncía el ceñito querido. No lo hizo.

La vigiló al acecho de una luz demencial en sus ojos. Alba parecía la de los últimos meses, militante de la vida y decidida a mirar para adelante.

Entonces, pasé de cagón a boludo. Porque un boludo es el que hace boludeces, como invitarla a dormir toda una semana en el dormitorio calabozo de su casa porque estaba creando un antivirus nuevo. Y Alba llenó de miradas celestes la habitación sin ventanas ni más muebles que la cama, una silla y un escritorio casi de juguete.

Y encima del escritorio, la carpeta roja de Roberto con el dosier sobre Rovira, sin ningún rótulo que la identificara. Una tentación para la curiosidad.

Todas las noches, la misma opereta: después de la cena y los abrazos, Julio se iba al cuarto de las computadoras «porque trabajo mejor de noche», Alba, adormecida, pedía un beso más y después otro, hasta que la ganaban los bostezos y él la tapaba con la sábana, aunque ya casi era verano.

Al volver de madrugada, la carpeta seguía en el mismo preciso ángulo en que Jorge Luis la había dejado.

El sábado al amanecer dijo basta. Si Alba tenía un defecto, no era la curiosidad.

Estaba por acostarse feliz, pero giró para ver otra vez la carpeta. Algo fallaba. Comprobó que ella dormía, tapó el escritorio con su cuerpo y levantó en cámara lenta la tapa de la carpeta roja.

La delgada pila de hojas, *veintiuna* —recordó inútilmente Jorge Luis—, estaba perfectamente alineada, salvo dos de ellas, *la siete y la ocho*, que sobresalían una fracción de milímetro, una diferencia casi imperceptible pero suficiente.

Alba había leído el dosier.

Se sintió *un reverendo boludo, ella no quería saber y la obligué. No nos había escuchado, no sabía, pero ahora sabe que Rovira no va a pagar nunca por lo que hizo y a lo mejor el pozo otra vez, otra vez las luciérnagas al fondo de los ojos.*

Tenía que despertarla y hablar con ella. Pero para no perder la costumbre, *fui más cagón que nunca: me desnudé, me metí en la cama, la abracé y, antes de dormirme del todo, tomé la decisión.*

Ahora, más incómodo que otra cosa, maniobra con el Mini y deja ir al Sierra. Sabe adónde va: a la sede de SECURITY PRO, la empresa con sucursales en Córdoba, Rosario, Mar del Plata «y pronto en todas las capitales del país», según la publicidad, de la que Rovira es CEO, en realidad simple testaferro del excapitán Adolfo Garmendia, que a su vez está a las órdenes de antiguos militares de mayor rango.

Todo estaba en el dosier de Roberto que Julio memorizó antes de quemar.

Rovira está de adorno en la empresa. Si viniera una vez por mes, nadie se iba a dar cuenta. Pero se cree importante y por eso cumple horarios, hace los mismos recorridos, no toma precauciones, repite Jorge Luis por décima vez en tres semanas.

Va a pasar cuatro horas mirando porno con auriculares en la tele con videocasetera incorporada que tiene en el despacho y a las doce y media saldrá a comer, solo, en La Chacra, de avenida Córdoba. Si va con Garmendia, el otro lo lleva a restaurantes de moda, parece empeñado en que el exsargento se refine y eso quiere decir que piensa utilizarlo mucho tiempo.

A las cuatro de la tarde volverá a la empresa con la misión oficial de revisar contratos y la real de dormir la siesta en el sofá de cuero italiano que compró con esa finalidad. Y a las seis y media irá en su impecable auto blanco hasta el gimnasio con pinta de clínica en Belgrano, donde un entrenador personal lleva meses tratando de borrar del cuerpo de Rovira las señales de una vida con más grasa que vitaminas. Ha dejado el alcohol, hasta en las cenas de negocios pide agua mineral. Si se drogara, a estas alturas Julio lo habría descubierto. *Cada vez parece menos un milico prepotente y más un prepotente ejecutivo de esos que algunos analistas políticos ya bautizan como la Nueva Argentina, pero sigue doliendo como la vieja.*

Como un Pigmalión liberal, Garmendia ha modelado un Jesús Rovira lo más legal posible, para que nadie se interese por la verdadera financiación de SECURITY PRO, *y cuando llegue el momento, si se pudre todo, echarlo a los leones para que pague el pato*, piensa Julio. Bien adoctrinado, respeta cada semáforo en rojo y los límites de velocidad, *pero seguro que se muere de ganas de pisarle a fondo a su bólido*. Raras veces sale a cenar con su novia, Nidia González Pérez, veintiún años, presunta secretaria ejecutiva en alguna oficina de la empresa que nunca pisó, pero de la que cobra el sueldo todos los meses. Y como eje de la operación de imagen de Rovira, el objetivo de recuperar la custodia de sus hijos. Garmendia le contrató el mejor bufete de Buenos Aires y tarde o temprano lo van a conseguir, porque la pobre exmujer de Rovira —Julio la recuerda brumosamente por coincidir alguna que otra vez en el mercadito de Federico, *cuánto tiempo sin ir a ver a Federico, tenía que haber ido antes de hoy, a lo mejor después no puedo*—, la pobre mujer pasa más tiempo internada que en casa, atiborrada de drogas legales compradas de forma ilegal, que no alcanzan para salvarla de los recuerdos de un marido monstruoso. Así que la metamorfosis de Rovira va a culminar cuando se mude al chalet cerca del Tigre, por consejo/decisión de Garmendia, que como tantos nuevos ricos cree que el futuro pasa por mudarse a las afueras de la capital.

Esa es la última visita de Rovira de lunes a viernes, después del gimnasio. Llega hasta el chalet cuando los albañiles que ultiman las terminaciones ya se fueron. *A veces espera cerca para verlos salir y el jueves pasado casi me descubre, pero me escondí a tiempo*, y recorre el chalet hablando solo, ensayando gestos que supone refinados, se entrena para recibir a gente importante, se llena una copa de agua y toma con el meñique levantado mientras levanta una ceja. *Si no me diera rabia, me daría risa*, piensa Julio. *Si pudiera sentir algo, sería lástima*, aclara Jorge Luis.

A la pileta le faltan todavía algunos detalles, pero la cancha de tenis está lista desde hace días y ahí es donde Rovira alcanza el ridículo mayor, jugando solo un partido imaginario con una raqueta de aire y que siempre gana imitando los gestos de Guillermo Vilas en sus tiempos de gloria en Roland Garros. Se lo toma tan en serio que termina todo transpirado y se da en el pequeño vestuario una segunda ducha, *porque del gimnasio sale siempre con el pelo mojado.*

En ese momento lo hará.

Para qué demorarlo más.

Esta tarde va a matar a Rovira, para que Alba siga viva.

24

Julio se ha tomado el día libre para disfrutar de esta extraña ligereza, como si necesitara un descanso de sí mismo antes de que lleguen el anochecer y el final de todo. Le hubiera gustado comer con Alba y pasar la tarde con ella antes de despedirse con la excusa de acompañar a Roberto para un encuentro con un cliente en el que eran necesarios sus conocimientos en informática. Pero ella se tomó en serio lo de rendir por libre las materias que le faltan y está en plena maratón de estudios con dos compañeras de aquellos años, que también quieren terminar cuanto antes la carrera para dejar atrás los recuerdos de los tiempos oscuros.

Otra opción lógica hubiera sido repasar el plan de huida, por si surge algún imprevisto y no puede contar con el anonimato, pero Jorge Luis conoce esos detalles de memoria y Julio no quiere ni siquiera pensar en la posibilidad de fallarle a Alba.

Así que está haciendo lo que hace desde que su padre puso en sus manos un pesado y confiable pedazo de metal casi idéntico al que ahora sostiene.

Espera a que el blanco se ponga en movimiento, contiene la respiración, apunta y dispara dos veces seguidas. La primera siempre es de Julio y a veces acierta y a veces ni siquiera da en el blanco. El segundo disparo es de Jorge Luis y no hace falta accionar el mecanismo y acercar el blanco para ver que le ha dado en la cabeza.

A través de las orejeras de protección, el eco de los disparos le llega amortiguado, como fuegos artificiales que celebran en algún pueblo vecino algo a lo que no está invitado y, sin embargo, le provoca la tibia bonanza de la felicidad ajena.

Recarga y vuelve a disparar. Como siempre, desde que empezó a llamar la atención en el polígono, falla algunos tiros a propósito. El .38 Smith & Wesson Special se ha vuelto un peso habitual en su mano izquierda, como le advirtió Roberto.

Julio no quería involucrar a su padre, pero se sabía tan inexperto como para meter la pata si trataba de conseguir un arma no registrada.

—¿Y pensás que yo sí voy a saber? —preguntó Roberto—. ¿Seguís creyendo que estuve en otras cosas además de hacer negocios y creer en algo equivocado?

—No. Creo que tenés más calle que yo. Pero si te comprometo, lo entiendo...

El padre le dio una cachetada blanda, casi una caricia enérgica.

—¿Querés dejar de decir boludeces, hijo? Yo te voy a conseguir un arma, pero antes necesito saber si estás seguro. ¿Por qué no agarrás a Alba y se van del país a ser felices en otro lugar? Los dos tienen plata de sobra como para vivir toda la vida sin tener que preocuparse de nada, incluso sin contar con mi herencia, que más temprano que tarde te va a tocar: ya no me queda mucho hilo en el carretel...

—Ahora el que dice boludeces sos vos. Si estás hecho un toro...

—Voy a vender la empresa, entera, si puedo. Y si no, a cachitos.

—¿Qué problema tenés para vender la empresa, si está saneada?

—Pero anticuada. Ahora manda la informática.

—Contá conmigo para modernizar todo esto si es que...
—*Si es que sigo vivo y libre,* piensa Jorge Luis, pero no lo dice.

—Te tomo la palabra, pero nada más como asesor, que te sigo la pista y sos muy caro en lo tuyo —bromeó—. ¿Me esperás un ratito?

Se fue y Julio se quedó en esa casa en la que se había criado y le parecía de otro. Roberto la había hecho pintar y modernizó la decoración, *se nota que le hace bien lo de Olga y tiene ganas de vivir, ahora que yo solamente tengo ganas de matar.*

Volvió con un estuche de madera y al abrirlo brilló el .38 Smith & Wesson Special. Olía a acero, a limpio y aceite.

—Era de tu abuelo. No está registrada. El vasco decía que por más que pudiera permitirse pagar personal de seguridad y abogados, su casa era su casa, y si alguien iba a entrar a robarle, le volaba los huevos, por lo menos.

—Hablás con cariño del viejo, aunque parece que era bastante bestia.

—Mucho. Pasé de ser lo último que él quería como yerno a convertirme en el hijo varón que nunca tuvo. Él me enseñó a tirar y me llevaba de cacería, aunque a mí nunca me gustó. —Se acercó a Julio—. Te voy a contar algo que tardé años en reconocer: no es cierto que yo me quedara con la empresa por mi viejo, él ya estaba resignado y además no quería que me dedicara a algo que no me hiciera feliz.

—¿Entonces?

—Fue por don Iñaki, mi suegro. Él me ofreció plata para levantar la fábrica, pero nunca acepté un peso suyo. Quería demostrarle que podía solo y no te imaginás lo orgulloso que estaba de cada logro que conseguí. Me importaba más su aprobación que la de mi viejo... La vida te ofrece padres inesperados. Él me regaló el revólver, decía que un hombre tiene que ser capaz de defender su casa y su mujer. Bastante cavernícola, pero a su manera fue una muestra de cariño. Y ahora yo te lo paso a vos, pero solo porque me lo pediste. ¿Estás seguro de lo que vas a hacer?

—Estoy seguro.

Al día siguiente lo había asociado al club y gestionado el alquiler de un arma casi idéntica a la que guarda abajo del asiento del Mini.

Sabés que esto es de locos, dice Jorge Luis. *Ella no te pediría que lo hicieras.*

Por eso lo hago. Porque no se atrevería a pedírmelo, contesta Julio. Contiene la respiración, apunta con cuidado y dispara tres veces.

Las balas perforan el centro de la cabeza del blanco.

Los orificios se unen en el centro, formando un trébol.

Son las cinco de la tarde y llegó hace una hora y media, porque algunos viernes Rovira suele ir antes al gimnasio *y no tendría gracia perderle la pista hoy*. Además, así resiste las ganas de ir a interrumpir el estudio de Alba, *ella nos conoce demasiado y se daría cuenta de que algo pasa.*

Ahora, con la espalda quejándose contra el Mini, no le parece tan buena idea y trata de convencerse de que no estaría mal desencajarse del coche y tomar algo fresco en el café que está enfrente de SECURITY PRO, aunque ni siquiera es necesario que intervenga Jorge Luis: los dos saben que sería estúpido hacerse ver por primera vez en las inmediaciones de la empresa, *precisamente la tarde en que…*

Y por suerte no lo hicieron. Porque un Rovira inesperado y sin siesta sale de la empresa. Viste uno de los trajes oscuros que solo usa para cenas con clientes importantes y acarrea varias bolsas de ropa de marca. Parece nervioso, consulta la hora en el reloj de oro y sale quemando rueda con el Sierra.

Menos mal que el Mini es veloz y Julio se pone pronto detrás de la estela de Rovira, que a su vez aminora, como si temiera que pudiera verlo Garmendia.

Buscan la salida de la ciudad y Julio cruza los dedos pidiendo que los albañiles no trabajen los viernes a la tarde. Pero el otro no va al chalet, se desvía hacia Aeroparque, *irá a buscar a algún cliente del interior, pero qué raro un viernes a la tarde*, y ya no hay tiempo para más especulaciones, el coche de Rovira vuelve a olvidar la discreción y adelanta a varios coches. Julio espera y hace lo mismo, a tiempo para verlo entrar en Aeroparque y lo sigue desde lejos mientras se pierde entre otros coches del Parking Norte.

Lo ve cruzar hacia la terminal de Arribos y seguir controlando la hora.

Julio se demora cumpliendo los requisitos para dejar el Mini en el estacionamiento. Si lo pierde, siempre puede localizar el Sierra blanco y esperar cerca. Pero está harto de vigilancias, quiere saber si esta llegada alterará la rutina de Rovira o va a ir a jugar su partido de tenis contra nadie para que él lo pueda matar.

Entra corriendo y, aunque la terminal siempre le pareció chiquita comparada con las que ha conocido por todo el mundo, ahora se le antoja demasiado grande. Rovira puede estar en cualquier parte, *en cualquier parte, no. Si tenía tanto apuro, era porque llegaba tarde para buscar a alguien que venía en un avión de los que acaba de aterrizar*, apunta Jorge Luis, y, como demasiadas veces, tiene razón.

Lo encuentra nervioso y estirando el cuello frente a la puerta de salida de pasajeros. La gente sale y él trata de ver detrás de ellos. Según los paneles, espera a alguien que llegó en un vuelo desde San Juan o en uno desde Córdoba. Una alarma se enciende en la cabeza de Jorge Luis, pero la apaga enseguida, espantado porque Julio se ha puesto a la espalda de Rovira.

No te asustés, cagón, se burla Julio. *¿Vos creés que nos va a reconocer después de diez años? Se acordará de un chico asustado y no de un hombre que le saca una cabeza de altura. Si te quedás más tranquilo, retrocedo un poco y lo seguimos desde lejos. Total, en cuanto llegue el cliente al que tiene que chuparle las medias, lo lleva al centro y se va para el chalet...*

Jorge Luis recuerda: *Es que no vino a esperar a un cliente, sino a...*

Sale un último grupo de pasajeros y, un poco después, una azafata que acompaña a tres chicos con la credencial al cuello que anuncia que son menores que viajan solos. Uno de ellos está indignado, debe ser Carlitos, el mayor, diecisiete años según el expediente, y convencido de que hace el ridículo por culpa de sus hermanos. Mira a Rovira con desprecio de gallo joven que ignora que el tiempo lo va a igualar con el gallo viejo, pero parece impresionado por el aspecto del padre. La nena, quince recién cumplidos, se llama Catalina como la madre, pero sus amigas la llaman Cat, parece mayor por la forma de evaluar a los hombres. De inmediato calcula el precio del traje y el reloj del padre y amplia la sonrisa. Rezagado y tímido, llega Adolfito, ocho años, seguramente el último intento de salvar un matrimonio en ruinas. *¡Adolfo, como Garmendia! No me extrañaría que fuera el padrino, se ve que la complicidad entre los dos viene de lejos.*

Rovira les da antes las bolsas con regalos caros que los abrazos.

Carlitos recibe la suya con desdén.

Cat tasa el contenido y sonríe más.

Adolfito ni mira la bolsa, solo tiene ojos para el padre.

Por inercia, Julio se coloca detrás de ellos en el arroyo de gente que busca la salida, Jorge Luis solo repite que *¡Nonononononononononononononononononono!*

Se sorprenden al escuchar por primera vez en diez años la voz de Rovira, que les habla del chalet a los chicos y les dice que, si quieren, les va a poner un profesor de tenis, y Cat dice que claro, pero que si hoy van a ir de *shopping*, y Carlitos pregunta que si lo va a llevar a ver el partido de Boca. Adolfito no dice nada, parece flotar.

Entonces, Rovira declara, ufano:

—Calma, lo que no hagamos este fin de semana lo hacemos el que viene. Esto no es San Juan, chicos. Acá Boca juega todos los domingos y hay más *shoppings* que gente. ¡Ahora viven en Buenos Aires otra vez!

¡Nonononononononononononononononono!, grita Jorge Luis.

Julio comprende: *Consiguió la custodia de los pibes. ¿Y qué? La gente que Rovira reventó, los que tuvieron menos suerte que nosotros, también tenían padres y muchos tendrían hijos, los padres de Alba tenían dos hijas y él les mató una y media...*

Pero deja de argumentar, sabe que es en vano, cuando ve que Adolfito, ajeno a promesas de lujos y diversiones y un cuarto para él solo, lo único que quiere es la mano del padre.

Estira la suya, Rovira se da cuenta y sonríe, lo despeina y agarra la mano del nene y la envuelve, y Jorge Luis lamenta no llevar encima el revólver que quedó abajo del asiento del Mini, para pegarle ahora mismo un tiro en la nuca, porque sabe que en tres pasos más, cuando estén en la calle, *no vamos a ser capaces de matarlo, el hijo de puta nunca sabrá que sus hijos le salvaron la vida.*

25

—¿Puedo mirar?

—¡Todavía no!

—No vale, Julio. Si por lo menos me hubieras vendado los ojos…

—Nada de vendas, Alba. Ya falta poquito.

—No te quiero arruinar media sorpresa, pero sé dónde estamos: en la plaza Maximiliano Galarza. Pero… Me acuerdo bien del cartel y a esta hora de la noche está cerrada. ¿Cómo conseguiste la llave?

—Soy amigo del encargado. —Julio se promete que es la penúltima mentira que le cuenta en su vida—. ¡No mirés todavía!

Ella se tapa los ojos con ambas manos, para vencer la tentación.

Él siente que está haciendo lo correcto y Jorge Luis está muy callado.

—Ahora abrí los ojos. Despacito.

Alba mira alrededor y ve rosales. Por todas partes. En macetas grandes. Docenas, cientos de rosales de rosas rojas. Y más allá, como público paciente, las palomas del refugio parecen más interesadas en ellos que en las migas de pan que picotean sin dejar de mirarlos.

A ella, de pie y asombrada.

Y a Julio, con una rodilla en el suelo y casi tan alto como Alba.

Tiene un estuche forrado en satén, que casi se pierde en su enorme mano abierta.

Hay velas por todos lados.

—Alba Colombo Bernárdes, ¿querés casarte conmigo?

—¡Estás loco, pero sí!

—No me abracés todavía, que hay una condición.

—Si es que le pida tu mano a Roberto, ya lo hice hace tiempo —ríe ella.

Él se levanta y la abraza.

—No. La condición, la petición si querés, es que nos vayamos del país. Cuanto antes. Acá se está pudriendo todo y los mismos que lo hicieron mierda vuelven al poder sin dar la cara. En este mismo lugar, hace diez años, un amigo me dijo que lo que yo buscaba estaba en cualquier parte menos acá. «Acá no hay nada que encontrar, salvo muerte y disimulo», me acuerdo que me dijo, y yo pensé que exageraba, que estaba amargado o loco. Pero tenía razón. No digo irnos para siempre, pero un buen tiempo, ver todo esto desde afuera, quiero tener con vos una hija que nazca sin miedo y un hijo que crezca sin rencores, y, a lo mejor, ellos y nosotros dos con ellos, un día volvemos y ayudamos a que un país justo deje de ser una utopía, y...

Alba salta, se cuelga de su cuello y le tapa la boca de un beso.

—¡Que sí, que nos vamos si querés! Pero ¿por qué ya mismo? Yo tengo que hacer gestiones en la facultad para que me den el título y dejar cosas arregladas acá, no todos tenemos una SuperOlga que le resuelva los asuntos.

—¿Cuándo, entonces?

—Dame unas semanas. Además, ¿no estabas ayudando a Roberto con lo de informatizar la empresa para venderla mejor?

—Sí, pero...

—Pero nada, amor. Cumplí con tu papá, yo pongo mis cosas en orden y después de tu cumpleaños nos vamos a vivir adonde quieras. Elegí.

—No sé. Yo había pensado en Madrid, pero si vos...

—¡Madrid es perfecta! La última vez que estuve allá teníamos diecisiete años...

—¿A... Rocío le gustaba Madrid?

—No. Por eso es ideal. Ya es hora de que empiece a vivir para adelante. Toda la vida me voy a sentir en deuda con mis muertos, pero si algo les debo, es ser feliz.

Julio la mira y sonríe. La luz de los faroles de la plaza de Juan el loco le da en los ojos y no hay ningún destello de locura a la vista.

Solo una gruesa película de lágrimas felices.

Hicimos bien, piensa Julio mientras cierra la reja y le explica que no tiene que preocuparse por los rosales: a la mañana se los llevarán los del vivero para plantarlos en varias residencias de ancianos.

Ella aprueba y le agarra la mano y está tan feliz que canta.

Hicimos bien, repite Julio.

Se ríen porque con la emoción él se olvidó de darle el anillo y ella lo obliga a repetir la petición en la vereda y mientras pasa un colectivo lleno de gente que aplaude y pide «¡Que se besen, que se besen!» y le dan el gusto.

Hicimos bien, casi pregunta Julio por tercera vez.

Pero Jorge Luis no contesta.

26

Madrid, 1988

La mujer de la inmobiliaria contiene la respiración y sonríe.

Acaba de hacer la pregunta que no debía:

—Y bien, ¿qué le parece?

«Nunca hay que mostrar impaciencia, a los clientes no les vendemos casas, sino la oportunidad de vivir en ellas la vida que siempre soñaron», recuerda cada mañana su jefe, que desde que fue a esos retiros de liderazgo no para de soltar frases motivadoras.

Algo en el cliente la pone nerviosa y no sabe qué.

El joven alto, educado, *bastante guapo y que sonríe como si no estuviera acostumbrado* no es de los que regatean o disfrutan provocando la ansiedad del vendedor. La experiencia le dice que está decidido y que quiere la casa, pero no sabe por qué tarda en contestar. Si no dice nada dentro de treinta segundos, le ofrecerá una rebaja del diez por ciento sobre el precio del amplio piso con vistas a la plaza Mayor, *pero lo normal es empezar por un cinco por ciento, ¿por qué directamente el diez?*

Hace dos días, cuando su jefe le pasó el encargo del cliente argentino, pensó que iba a ser una pérdida de tiempo, ¿qué casa se puede comprar un chico de menos de treinta años que viene de un país en crisis económica constante? Pero la discreta consulta con su banco en España dejó claro que puede comprarse media docena de casas como esta sin perder el sueño. Desde ayer a la mañana, visitaron cinco y él parecía buscar en cada una algo que no hallaba. Cuando entraron aquí, ella supo que la venta estaba hecha, por la forma en que miraba cada habitación y cada rincón, como si estuviera ya viviendo en ellos. *Entonces ¿por qué no dice nada?*

Parece esperar algo y tiene la cabeza levemente inclinada hacia la derecha, como si intentara escuchar una voz remota.

En realidad, está aprendiendo el silencio.

Después de diez años de compartir su mente con una voz criticona que acertaba por pensar mal, estas semanas han supuesto para Julio el descubrimiento de sí mismo.

Ahora comprende mejor a Alba, a su padre y a Olga. Ha tomado decisiones importantes sin esperar el beneplácito del insoportable Jorge Luis, como no espera ahora su opinión sobre la compra de la casa donde fundará una familia feliz y sin pasado, porque sabe que no va a comparecer.

Ya no lo necesita.

Desde que Jorge Luis se fue, ni siquiera piensa en matar al Lobo Morales en un futuro impreciso. Se hace cargo de sus elecciones, necesita equivocarse por su cuenta. Por ejemplo, decidió hablar con Alba de la necesidad de hacer terapia, le contó del pozo en que la ha visto caer y ella asintió agradecida, porque lo conocía desde adentro. No le mencionó el dosier de Rovira. Si lo leyó, pensará que se limitó a investigarlo, no que estuvo a punto de matarlo por ella.

Incluso en los aspectos comerciales, de los que siempre renegó, va de acierto en acierto y lo que comenzó como un simple tanteo con un grupo empresarial español terminó con una oferta al alza por la empresa de Roberto y un contrato para él por la supervisión del desarrollo informático del *holding*. El padre no lo podía creer cuando le contó por teléfono. Todavía le dura la emoción de hace tres semanas, cuando le anunció que había decidido no convertirse en un asesino de asesinos.

El abrazo fue de alivio y Roberto decidió contarle la noticia:

—Voy a pedirle a Olga que se case conmigo, pero no sé qué hacer...

—Y con mamá, ¿cómo hiciste?

—¡Ella me pidió a mí! Contrató a unos mariachis, no sé de dónde los sacó, que aparecieron al final de una función, me cantaron el bolero «Toda una vida» y ella se arrodilló en el escenario y me propuso matrimonio. ¡Casi me muero de vergüenza!

—Ahora te toca a vos. Conozco un lugar que tiene un cien por cien de acierto. Alba y yo te lo organizamos.

Así fue como en poco tiempo se repitió en la plaza Maximiliano Galarza, más conocido como Juan el loco, la segunda proposición de casamiento en menos de un mes. Alba estuvo brillante ayudándolo en los detalles, sin saber que Olga sabía del origen de esa plaza, *un día tendré que contarle y me va a perdonar la mentira chiquita, porque nunca le voy a contar las grandes.*

No hubo un colectivo que pasara al azar, pero sí un nutrido grupo de vecinos organizados por el coreano Federico, que aplaudían al maduro novio, convencidos de que él era el responsable de que le creciera al barrio ese pulmoncito verde.

Julio mira a la agente inmobiliaria y piensa que tiene que decirle que sí, que va a comprar la casa, ya ha elegido los rincones donde hará el amor con Alba, hay espacio para que cada uno tenga su despacho y habitaciones suficientes para los nenes cuando lleguen, incluso una con la mejor vista de la plaza Mayor, para Olga y su padre cuando vengan de visita.

Pero el silencio es un lujo que solo se disfruta cuando no se lo ha tenido. Y él se lo concede un poco más para recordar la última borrachera con Federico en homenaje a Maximiliano y para celebrar su boda inminente.

Jun Ji-hyun sacó el tema:

—No hace falta que te preocupés más por la plaza de Juan el loco, Jorge Luis.

—Por favor, llamáme Julio.

—Julio, no tenés que seguir pagando para mantener la plaza. Lo hablé con varias clientas, y ellas con más gente, y si estás de acuerdo vamos a hacer una comisión para preservarla…, hasta el día que vendas el terreno.

—¡Pero no pienso vender! ¿Cómo te enteraste de que yo…?

—Siempre lo sospeché. Hace poco lo supe. Mi hijo quiere estudiar informática y estoy ahorrando para comprarle una computadora. Mientras, se conforma con las revistas que le mandan sus primos de Corea. En una, salía una foto tuya, sos un capo, eso parece. —Le apoyó la mano en el brazo—. Yo sé que lo quisiste, a Maximiliano, pero él es patrimonio del barrio. Dejá que ahora nos ocupemos nosotros…

Julio aprobó y le habló de la pedida de matrimonio de su padre. Y de algo más.

—Federico, yo me voy del país y no me voy a llevar todas las computadoras. Me gustaría regalarle una a tu hijo… Si no te ofendés, claro.

—¿Cómo me voy a ofender? ¡Soy coreano, pero no pelotudo! —dijo, y brindaron.

La mujer de la inmobiliaria suspira sin darse cuenta y también está contando con los dedos de la mano estirada a su costado. Abre la boca para ofrecer el descuento.

—Me la quedo —dice Julio.

—¡Es una excelente adquisición! —se apura a proclamar ella, mientras calcula su comisión—. Solo el mobiliario ya tiene un gran valor, son antigüedades que…

—No los quiero —la interrumpe. El trato con Alba fue que él elegía la casa, pero ella la va a amueblar de la manera más absurda posible—. Te agradecería que me asesores para subastarlos. Cobrando por tu trabajo, por supuesto.

Y le pide con una sonrisa tímida que si se puede quedar un rato a solas en la casa, mientras en la inmobiliaria preparan el papeleo para la operación.

Cuando se va, recorre el piso imaginando el tiempo feliz que le espera.

Disfruta del eco de sus pasos.

Por eso lo sorprende la voz conocida que le suena ajena.

Si la hacés esperar un segundo más, te descontaba el diez por ciento. Creí que lo hacías a propósito...

Le contesta en voz alta, para marcar las diferencias:

—¿Sabés que sí? Pero para ella va a ser la venta del mes y así cobra una comisión más grande. Me lo puedo permitir y me lo permito. Ya ves que me arreglo bien sin vos. No te necesito para nada, Jorge Luis.

Pero te debo una respuesta desde hace casi un mes. Y la respuesta es no. No hicimos bien al creer que la distancia de un océano es suficiente para escaparte de lo que más te asusta de Alba.

—No sé a qué te referís.

Sí que lo sabes, pero, como siempre, te hacés el boludo, así que te lo tengo que decir bien claro y después desaparezco para siempre. Claro que querés a Alba, pero tenés un miedo terrible a la locura que intuís en ella, la misma que te fascinaba y aterraba en mamá. No querés casarte con Alba, la querés salvar porque no pudiste salvar a mamá, Julio.

—Y si es así, ¿qué te importa? Funciona y ella es feliz. Yo soy feliz.

¿Y qué vas a hacer si un día deja de funcionar, si vuelven las luces locas en sus ojos? Estuvo internada varias veces y lo más probable es que recaiga en cualquier momento. Yo

mismo lo averigüé porque vos querías saber. ¿Qué vas a hacer si Alba se vuelve loca del todo y tenés que ir cada noche a una clínica con un ramo de tulipanes?, ¿vas a tener las pelotas que tuvo papá?, ¿la querés tanto como para eso?

—No sé. Pero sí sé una cosa. En estos días me di cuenta de que el cobarde no soy yo, sos vos, el que todo el tiempo dice no hagás, no sintás, no te jugués. Desde hace diez años te hacés el maduro, el adulto en la mente del chiquilín, pero acá el único nene asustado que hay sos vos. Te da pánico la felicidad. Yo creo en Alba y sé que está curada, que el amor cura. Dentro de tres días me vuelvo a Buenos Aires, me caso con ella y, cuando tomemos el avión para Madrid, te voy a rogar que no vengas conmigo. Yo acabo de comprarme una casa para celebrar la vida. Vos buscáte una tumba donde te sientas seguro.

Espera un rato y no hay respuesta.

Sale de la casa y, cuando cierra la cerradura, el sonido le recuerda al de la puerta de un calabozo, en otra vida, al otro lado del mar.

Pisa el empedrado de la plaza Mayor. El tibio sol europeo de Madrid en diciembre lo pinta todo de un dorado amable y Julio siente que no hay nada en el mundo que pueda estropearle la felicidad.

La opinión pública del país,
dividida ante un hecho sin precedentes

Exmilitar torturador argentino, asesinado por la hermana de una de sus víctimas

El exsargento primero del Ejército de Tierra argentino Jesús Rovira, señalado como autor de delitos de asesinato, torturas y vejaciones a detenidos durante la última dictadura militar, fue presuntamente secuestrado y luego asesinado por la hermana de una de esas víctimas, Rocío Colombo Bernárdes, desaparecida en junio de 1977. El primer caso de venganza directa desde la llegada de la democracia en 1983 genera una fuerte controversia en la sociedad argentina.

José Alonso. Buenos Aires.

Alba María Colombo, de treintaiún años, habría secuestrado a Rovira en su chalet del distrito residencial de Tigre, en las afueras de Buenos Aires, la noche del lunes 26, y lo mantuvo cautivo en una casa en una isla del delta del Paraná, hasta el miércoles 28, cuando lo ejecutó de dos disparos en la nuca con un revólver .38 Smith & Wesson Special.

«Sacar la basura»

Aunque Rovira habría sido secuestrado el lunes, su desaparición no fue denunciada, y solo fue conocida cuando la propia Alba María Colombo llamó por teléfono a la comisaría de Tigre para pedir que por favor «alguien venga a sacar la basura, porque yo no pienso tirar el cuerpo al río, que bastante contaminado está ya».

Al presentarse los agentes, hallaron el cuerpo sin vida de Rovira, que habría sido objeto de torturas.

La joven se entregó sin ofrecer resistencia y, tras ser reconocida por un médico, fue ingresada con custodia policial en el área de Psiquiatría de un hospital de la Capital Federal. Alba ya había estado en tratamiento en varias ocasiones, tras la desaparición y muerte de su hermana gemela Rocío, que fue secuestrada por paramilitares en junio de 1977 en las inmediaciones del campus de la Universidad de Buenos Aires (UBA). Rovira fue señalado como responsable de torturar y violar reiteradamente a Rocío, que finalmente fue embarcada en uno de los llamados «vuelos de la muerte» y arrojada al mar maniatada desde un avión en vuelo.

El nombre de Rovira es citado varias veces en el informe de la Comisión Nacional sobre la Desaparición de Personas (CONADEP), creada por el presidente Raúl Alfonsín días después de asumir el poder en diciembre de 1983 para documentar casos de asesinatos y torturas a detenidos durante la dictadura militar que gobernó el país entre 1976 y 1983.

La denominada Ley de Obediencia Debida, de mayo de 1987, impulsada por el propio Alfonsín para calmar el descontento entre los militares cuyo grado estuviera por debajo del de coronel, benefició a Rovira, quien tras pedir la baja del Ejército se dedicó a la actividad privada en el área de la seguridad.

«Padre ejemplar»

En la actualidad ostentaba el cargo de CEO de SECURITY PRO, una empresa de reciente creación que ha extendido su presencia a las principales ciudades del país, y que, según sectores próximos a las organizaciones de defensa de los Derechos Humanos, «es una tapadera para blanquear fortunas de altos mandos obtenidas mediante la extorsión y el saqueo».

Este extremo fue negado de modo tajante por el nuevo titular de la empresa, el excapitán Adolfo Garmendia, quien pidió «justicia y respeto para la memoria de un soldado y padre de familia ejemplar».

División de opiniones

La sociedad argentina se encuentra dividida ante este caso, el primero en el que un afectado por las violaciones de los Derechos Humanos durante la dictadura se toma la justicia por su mano. El colectivo de Madres de la Plaza de Mayo evitó pronunciarse sobre el presunto crimen, aunque responsabilizó de los hechos a «la impunidad otorgada por el Gobierno a los asesinos». Por su parte, el presidente Alfonsín recordó que «la venganza no reemplaza a la justicia».

Según datos de última hora, Alba habría preparado el secuestro con antelación, ya que vecinos del domicilio de Rovira señalaron la presencia reiterada de un automóvil Mini de color azul, propiedad de la joven.

(Diario *El País*, 30 de diciembre de 1988)

II

La memoria de los espejos

Ibas errante, ciudad, y te elegía,
con tu sonido asfixiante
de canales, de agua de muertos desbordada
y árboles privados de libertad.
Elegía, ciudad henchida de la sabiduría de antiguas
civilizaciones caídas.
Elegía desde las ilusiones que en el día a día entre las paredes
de tus
venas se desgajaban.
Y elegía
perderme en tu piel plomiza,
en tu humo,
en tu vapor de tráfico en que yo también me esfumaba
y me moría,
y elegía,
monstruo, ciudad mía, elegía,
tu elegía.

SIR BRENDA MITCHELLE,
Memorias desde la humedad de la tierra

27

Madrid, 1999

La casa no es una casa, sino un museo del olvido.

De la imposibilidad del olvido, matizaría el hombre serio si no estuviera ahora pensando en otra cosa. La casa es grande y la impresión de amplitud se acentúa por la ausencia de tabiques y divisiones. El suelo, de tablas añejas pero con la tersura inicial recuperada tras un sabio apuñalamiento de su piel más vieja, traza líneas que se pierden al mirarlas. Sobre los muros, lejanos, se apoyan cuadros de gran tamaño y un alto valor de mercado, según su marchante.

Más que expuestos, esos lienzos enormes parecen abandonados. Como toda la casa, aunque ni una mota de polvo dura aquí el tiempo necesario para adquirir significado. Lo que no elimina la muchacha muda —acaso no lo sea, pero como nunca ha dicho una palabra, es imposible saberlo—, que tres veces por semana acude a limpiar mientras el hombre serio ha salido, lo quita el hombre serio luego, con parsimonia de prisionero. Todo lo hace con la calma triste del preso, aunque solo estuvo encerrado tres meses, en otra vida y en otro continente, cuando él tenía otro nombre.

La casa es su espejo. Cuando la compró, todavía era un piso de lujo en un edificio de lujo en el corazón lujoso de Madrid. Muchas habitaciones para llenarlas de vida. Techos altos, inalcanzables casi, *buenos para ahorcarse sin peligro de fallo o marcha atrás,* ha pensado algunas mañanas de domingo. Tal vez por eso, en la casa —que ahora es un *loft* inabarcable— no hay escaleras de mano que pudieran acercar sus más bajos terrores a las vigas remotas del techo.

Hay pocos muebles y llama la atención el gran saco de boxeo de cuero rojo y lleno de arena que cuelga de una cadena. Si se lo estudia de cerca, se ve lo maltrecho que está a fuerza de golpes repetidos y feroces.

Un gran armario de madera noble, lleno con ropas de calidad. Una cama enorme y robusta, *que parece un altar de sacrificios*, suele pensar el hombre serio cuando la mira de reojo, y suele pensar en Lucía, en todas las Lucías que, con diferentes nombres pero la misma necesidad de imposible amor, no han podido en estos años, sumadas, hacer media Marcela o un cuarto de Alba. Y se repite, sin necesidad, pero con un pueril sentido de justicia, que la culpa es siempre suya, *nunca de ellas*.

El hombre está a punto de cumplir los cuarenta años, esta noche de diciembre de 1999. Pero parece más joven por la elasticidad de su cuerpo, trabajado a diario en el gimnasio desde hace décadas. Pese a su elevada estatura, no muestra —y tardará en mostrar— ese abotargamiento agazapado que acecha a tantos hombres al filo de los cuarenta. Al mismo tiempo, parece mayor por la gravedad de su expresión, que sostiene también cuando está a solas, aunque sabe que es solo una máscara que nunca se puede quitar del todo, porque sospecha que debajo no hay nada.

La casa se parece al hombre en esa solidez tan despojada y exclusiva al mismo tiempo, que atrajo y acabó por ahuyentar a cada Lucía que ha pasado por aquí en los años que lleva fingiendo que la habita y las habita, con la excepción de Alba, pero en Alba procura y casi logra no pensar.

La cocina, con su robusto y caro mueble isla para cocinar y atender a una docena de comensales —aunque nunca invita a nadie, no tiene ni quiere amigos—, es vigilada por una gran nevera de acero en acabado mate, como el resto de los electrodomésticos de última generación. Al hombre serio no le gusta verse reflejado sin previo aviso, y cuando el whisky solitario hace asomar al joven bromista que fue cuando era otro y se llamaba de otra manera, se dice que, entre sus horarios noctámbulos, su soledad y la fobia a los espejos, parecerá un vampiro decadente. *Pero los vampiros sonríen*, objeta luego. *Aunque su sonrisa da miedo. La mía no da ni siquiera pena.*

El hombre serio se llama Jorge Luis. Ahora se llama Jorge Luis.

Desde hace casi doce años. Antes también se llamaba Julio.

La madre era hincha de Cortázar y el padre de Borges. Bromas de clase acomodada argentina con pretensiones «culturaloides», habría dicho entonces. «Culturetas», diría ahora, el vocabulario partido, como la vida, por un océano que no alcanza para explicar ausencias.

La madre le puso el nombre en la partida de nacimiento, el padre murió sintiéndose culpable de haberle dejado una herencia de melancolías.

El hombre serio es un triunfador, si tenemos en cuenta lo que vale esta casa, los coches que apenas usa, su importante paquete de acciones y las patentes de los programas de antivirus que ha ido inventando desde que se encerró en su cuarto adolescente con una computadora jurásica a buscar en el mundo seguro del lenguaje binario las respuestas que el mundo afuera le negaba.

Tiene hambre. Jorge Luis tiene tanto apetito como cuando era Julio.

Ha vivido los últimos doce años en una burbuja a la que dejaba entrar a muy poca gente y por un tiempo breve. Una vida segura y calmada que se parecía demasiado a no estar vivo. Salvo cuando la velocidad de la sangre al correr la carrera de la vida entre sus piernas lo ha llevado a encontrar o dejarse encontrar por una Lucía como Lucía, es decir, bella, sensual y excesiva en dosis suficientes como para que la fascine su misterio sin misterio de hombre cáscara; o esos cortos períodos en los que se ha puesto la careta que la muchacha que fuera esperaba: sus viajes por el mundo, su conversación breve pero mundana, y esa rara habilidad para cocinar los platos más exóticos, aunque cuando está solo —es decir, casi siempre—, se limita a pedir por teléfono cada vez a una pizzería diferente, para decretar, como buen argentino de los peores, que *acá la pizza no la van a hacer nunca como en Buenos Aires.*

Otra costumbre argentina que lleva años practicando pero que solo admitió hace poco es un amor culposo por el tango, *nunca fue mi música, yo era de rock nacional, de Charly y Spinetta, no de Gardel y Le Pera.*

Si en estos años hubiera tenido contacto con otros argentinos desterrados de su generación —en lugar de evitarlo—, sabría que no es el único que una mañana despertó a este lado del mar con la memoria llena de letras y melodías tangueras que ignoraba conocer.

Ahora, por ejemplo, canturrea unas estrofas de «La última curda»: «... y busca en el licor que aturde, la curda que al final termine la función, corriéndole un telón al corazón», letra de Cátulo Castillo, música de Aníbal Troilo, grabado en 1956, y no sabe por qué lo sabe.

Todo es raro, hoy, se dice Jorge Luis, masticando la última porción, más como ejercicio notarial que ratifique su juicio de pulgar hacia abajo que porque el hambre haya sobrevivido a la comparación de los recuerdos de *muzarella, jamón y morrones.*

En el extremo más alejado del *loft,* cerca del ventanal pero de espaldas a él, una gran mesa de despacho. Antigua sin llegar a ser una antigüedad. *Anacrónica, acaso. ¿Años cuarenta? Puede.* Perteneció a su abuelo vasco, hombre de orden que inició su fortuna en el campo «pero nunca pisó una mierda de vaca ni jugaba a vestirse de gaucho adinerado como sus amigos». Al menos así hablaba su padre del suegro, con un orgullo contradictorio que Jorge Luis, entonces Julio, no entendió. Durante años fue como si el padre hablara en una frecuencia de la que a él solo le llegaran las palabras, pero no el sentido. Cuando se decidió a descifrarlo, ya era casi tarde para todo, aunque por lo menos tuvieron un tiempo de abrazos de igual a igual y la mutua pregunta de quién sería en realidad el otro.

Como siempre que piensa en su padre, acaricia la marca en la superficie de madera noble, apenas una muesca suavizada por los años, la huella de la navaja que su padre clavó en el escritorio de su futuro suegro para recordarle que la razón de la fuerza es una puerta que se abre en doble sentido. De todo el legado que le dejó Roberto al morir, hace un año y medio, lo único que hubiera querido era esa navaja perdida en el tiempo.

Cuando dejó la Argentina, la mesa de su abuelo fue el único recuerdo tangible que trajo consigo a España. En barco. La mesa, él y su burbuja vinieron en barco, como si alargar el viaje estirara también las distancias.

En todo caso, la vetusta mesa contrasta con los tres ordenadores de última generación, en los que Jorge Luis sigue trenzando programas o mecanismos contra las incursiones de *hackers* por los que grandes firmas pagan verdaderas fortunas. Pocos saben su nombre, ya que factura por medio de una empresa anónima. Muy pocos de sus clientes conocen su cara y con ninguno sale de copas o queda a cenar para sellar un negocio.

¿Cuánto tiempo dura una burbuja?, se pregunta, presintiendo que la suya no resistirá mucho más, aterrado y atraído por lo que pueda pasar luego.

La esférica forma de una burbuja, aunque sea mental, le concede una equívoca apariencia de invulnerabilidad, pero no hay nada más frágil que una burbuja con un tipo a medio hacer adentro, se dice.

Y no se dice, pero siente, que su burbuja es orgánica, una piel de mentira para proteger su carencia de verdades. Su burbuja está viva, pero herida. *Es una burbuja de mierda, pero es la mía,* se dice. *Quizá reviente esta noche, o solo necesita que la saque a pasear para no morir de tanto encierro.*

Y Jorge Luis no sabe qué prefiere, pero sí que tiene que hacer algo.

—Algo distinto, algo que me cambie un poco para que nada cambie, vos sí que sabías, Lampedusa —dice en voz alta.

Y, entre el buen whisky y la mala pizza, toma una decisión inédita.

Hoy, esta noche, hará algo imprevisto. Algo que implique estar cerca de mucha gente, pero sin mezclarse.

Mientras se ducha y se cambia, descarta una discoteca, no le interesan hoy los rituales de apareamiento en la ciudad. *¿El cine?* Si su burbuja va a explotar, que no sea frente a emociones enlatadas. *Teatro,* decide. Y recuerda cuánto le gustaba a mamá el teatro de vanguardia, *y cómo con seis o siete años me llevaba a ver obras estrafalarias en salitas pobres y cómo se enojaba papá después con ella porque al pibe se le iba a llenar la cabeza de pajaritos, pero mamá sonreía y él se ablandaba, y a la noche, aunque la casa de Barrio Norte era muy grande, retumbaban las risas de los dos y yo era feliz y no me sentía tan culpable.*

Busca en la cartelera del periódico y escoge la obra que le parece más experimental. Mientras baja por el ascensor privado, se da cuenta de que es más temprano de lo que creía y llegará con tiempo de sobra.

Sube al coche y se siente extraño, entre aterrado y contento.

A lo mejor, estar vivo era esto, piensa.

Y siente que algo empieza a cambiar en él, pero no sabe qué.

Algo que late al otro lado de la burbuja.

Algo que empieza a sangrar.

La camisa y el pantalón que se puso para ir al teatro están en el suelo y se siente en paz después de una hora golpeando en calzoncillos el saco de arena con las manos y los pies. Incluso en las borracheras tristes el karate lo salva de la desesperación con su ordenada secuencia de movimientos precisos, cada uno tiene un sentido exacto, un equilibrio que le devuelve la calma por lógica o por agotamiento.

Camina hasta el ordenador y relee el final de lo que escribió hace horas:

> Percibí en su aplauso una exigencia inapelable. El mío era una protesta, el suyo una orden que nadie se atrevía a ignorar.
>
> De las manos subí al perfil decidido y el mentón en alto, apuntando a los actores con la magnificencia de un césar que perdona a los gladiadores y les reconoce el derecho a seguir vivos y triunfantes, hasta el próximo león.
>
> Y supe que era él.
>
> Y que tengo que matarlo.

—Es cierto. Absurdo pero cierto —dice en voz alta, que rebota en la casa despoblada—. Tengo que matarlo para que algo, por fin, tenga sentido.

Después se tumba en un sofá y empieza a roncar.

28

El *loft* parece más grande en penumbras. Solo la lámpara del escritorio de Jorge Luis ofrece un charco de luz. Junto al ordenador, dos botellas de champán. Una vacía. La otra, descorchada y lista para seguir el destino de su antecesora.

El hombre serio sonríe y es una sonrisa fea, la de alguien que se burla de sí mismo en el espejo. Afuera resuenan las campanadas de Nochevieja. Desde los altavoces del equipo de música, la voz emocionada del locutor de radio narra como si fuera un milagro algo que ocurre una vez por año:

—¡... y doce! ¡Feliz año 2000 y bienvenidos al nuevo siglo! Deseamos a todos los oyentes que el nuevo año llegue colmado de...

Suena otra vez el teléfono fijo.

Jorge Luis silencia la radio, pero no descuelga. Salta el contestador.

—Hola, ¿Jorge Luis? ¡Feliz año 2000, mi amor! —La voz de Lucía intenta sonar animada, pero no lo consigue—. No te enfades, por favor: ya sé que ayer cortaste conmigo. Con educación, pero cortaste. No te culpo, ¿sabes? Como tú me dijiste en el bar, si no sientes lo mismo que yo, seguir con lo nuestro era una estafa, eso me dijiste. Y lo entendí, mi amor, lo entendí. Por eso prometí que durante un tiempo no te llamaría ni nos veríamos, para evitar situaciones incómodas. Y te hice caso, ¿eh? En lugar de encerrarme a llorar, estoy pasando la Nochevieja con mi hermana y unos amigos... Hay uno, muy mono, que no hace más que tirarme los trastos... Pero yo solo pienso en ti —se apresura a explicar con énfasis—. ¿Estás bien? Sé que sigues en la ciudad porque tu vecina me dijo que se cruzó hoy contigo en la escalera. ¿Estás bien, Jorge Luis?

Lucía contiene un sollozo y de fondo se oye la algarabía de la fiesta.

—Creo que nos precipitamos al cortar, Jorge Luis. Verás que todo tiene arreglo. Empieza un nuevo siglo, amor, y podemos empezar otra vez.

El pitido marca el final del mensaje. El hombre serio ya no sonríe.

Escribe y habla. Habla y escribe.

1 de enero de 2000.

Lucía se equivoca. Cambia el siglo pero nada cambia. Ni el odio, ni las promesas incumplidas, ni la espera sin ilusiones ni impaciencia. En las calles la gente espera que todo sea diferente, pero también se equivocan. Lo único que cambiará será el alivio al comprobar que lo del famoso Efecto 2000 en los ordenadores no era más que un bulo, una exageración que sirvió para llenar los bolsillos de los expertos en seguridad informática como yo.

Brindaría por eso, si tuviera con quién. Igual tengo, pero no quiero.

Deja de escribir. Toma la botella, llena la copa y gira en la silla.

—Brindo por la venganza. Después de veintidós años de puntos suspensivos, llega el punto final. Mierda, eso suena a canción de Sabina; a ver si ahora, además de asesino, me voy a volver un plagiario.

Bebe de la botella.

—¿Quién me iba a decir que después de tanto tiempo iba a encontrarme al Lobo Morales, en Madrid, en un teatro chiquito y aplaudiendo como un pibe la primera vez que lo llevan al circo? Está bueno el champán del bueno, te llena de burbujas.

Levanta la botella.

—Es tan diferente a mi recuerdo de adolescente indefenso... Lo recordaba más alto, poderoso. El mayor Horacio Morales, que para nosotros, presos en una cárcel clandestina, tenía poder sobre la vida y la muerte. O sobre esta vida tan muerta que me dejó, cuando decidió que yo no merecía la desaparición legendaria de mis compañeros. Solo este desaparecer de a poco, este no parecerme a nada, sobre todo al Julio que fui, escribiendo poemas y firmando peticiones, creyendo, ¡qué pelotudo!, que pensar era un derecho y no un peligro que se pagaba con tortura.

Bebe otro trago de la botella.

—El alcohol es mal refugio cuando uno quiere esconderse de las emociones. Porque en esta muerte que me debe el Lobo no habrá emoción. Solo justicia. Eso y la imagen de Marcela, Marcela como era antes de la detención, antes de la tortura y la desaparición que la volvió perfecta.

Se golpea la cabeza con la mano libre.

—Pensar, Jorge Luis, pensar y planificar. Pero mañana, que esta es noche de champán. Mañana, cuando pueda valorar los datos del seguimiento del Lobo y su mujer, cariñosos por las calles de Madrid, en la hora mojada en que la noche pide besos y casi siempre los consigue. Mañana, cuando recuerde cómo los seguí sin llamar la atención hasta la urbanización lujosa de La Moraleja, la matrícula del Mercedes, los datos.

Vuelve al teclado y escribe:

Los datos: la información conseguida en estas horas buceando en internet con la pericia del hechicero que conoce las fórmulas y no las olvida, pese a la embriaguez del vino ceremonial y el puto llanto.

Mañana, cuando junte las piezas y trace planes, cuando se apague la sorpresa de encontrarlo donde siempre supe que podía estar, convertido en un hombre mayor elegante y bien conservado, cortejando como un jovencito a su mujer todavía atractiva, robándole abrazos bajo farolas que bañaban de llovizna las calles empedradas, como las de nuestro Buenos Aires natal, mortal Buenos Aires que me mató a Marcela y volvió locas a Alba y a mamá; querida mamá, siempre supiste que Julio había muerto, aunque en apariencia yo era el único superviviente de la docena de estudiantes. ¿Estudiantes? ¡Casi nenes, desaparecidos por el delito de reclamar la expulsión de un profesor despótico y una tarifa especial para el transporte público!

Mañana, cuando pase esta borrachera y dibuje el plan de la muerte del Lobo, este diario servirá para recordarme que una vez fui Julio, y no este Jorge Luis tan medido y frío, al que parió el Lobo al no matarme.

Bebe, queda poco en la botella. Se acerca a la ventana.

—Mañana volveré a sumar y restar las cifras que llevarán a la muerte del Lobo. Hoy, según decretan las ventanas, Madrid hormiguea de gente que celebra otra mentira. Dentro de un rato volverá a llamar Lucía, demandando un amor que no le puedo dar porque no tengo, no me queda. Y no atenderé su llamada porque estaré durmiendo la borrachera de una celebración anticipada, a la que la felicidad no está invitada. Joder, me ha salido en verso, parezco el imbécil de Julio. Pero no puede ser, yo ya no soy Julio, ya no.

Bosteza.

—Ahora que me acuerdo, hoy, mejor dicho, ayer, fue mi cumpleaños. Pero eso tampoco importa. Porque los muertos no celebran el tiempo que se fue. No habrá tarta con velitas. Allá, cuando era Julio, la llamábamos torta. A veces sospecho que en cada país le cambiamos al idioma un par de letras por joder, nomás, para negarnos los parecidos, pero no habrá ni torta ni tarta, y mucho menos velitas, porque en mi caso siempre han tenido luz de velatorio postergado y sin difunto al que alabarle la ausencia o recordarle la justicia de una muerte prometida, la muerte que me dispongo a cobrar, con intereses. Pero todo eso empieza mañana. Mañana... Mañana.

Se tumba vestido en la cama.

En la oscuridad, el lujoso y amplio *loft* se le antoja un calabozo.

Jorge Luis se duerme sin soñar.

[En el calabozo, el pibe asustado se sueña desnudo en una playa con Marcela. Ella lo abraza y le dice que todo saldrá bien. Y, por un momento, Julio está menos asustado].

29

Horacio gira levemente el volante, reduce una marcha, *bajo un cambio*, piensa en argentino, y disfruta de la obediencia cómplice del Mercedes, que emprende el desvío como si lo conociera de memoria y poco le falta. Es un modelo con unos cuantos años de antigüedad, pero Morales lo mantiene reluciente y a salvo de las propuestas de Martínez, uno de sus socios de la constructora y también propietario de varios concesionarios de la marca alemana, que en cada reunión del consejo de administración le hace una oferta más ventajosa para que lo cambie por uno nuevo y computarizado.

—Martínez no entiende una mierda —le dice al coche mientras acaricia inconscientemente el cuero del asiento.

El Mercedes, inesperadamente delicado para su tamaño, obedece con suavidad de mariposa cuando entran en el cementerio privado.

Mientras elige un sitio para aparcar, Horacio detecta al empleado de bigotes poblados. El otro lo saluda con cierta familiaridad irritante que lo devuelve, por un momento, *no me devuelve, es solo un reflejo*, a otros tiempos en los que un saludo era una muestra de respeto al grado y la antigüedad. *Pero no es eso, no es eso, no es eso*, se dice tres veces mientras evita con la habilidad que solo da la costumbre comprobar por el espejo retrovisor si el empleado sigue mirando y si comenta algo con el que estaba a su lado.

Horacio nunca mira a los espejos directamente cuando está a solas y menos en el coche, donde el retrovisor central le devolvería enmarcada una mirada que no es la suya sino la del otro, la del más joven, la del despiadado, la del que no lo deja olvidar y que desde esos ojos con menos arrugas le devuelve una voz igual de desafiante y segura.

Con los retrovisores laterales es más fácil, como mucho percibe un trozo de ojo con brillo metalizado muy lejano, que consigue alejar del todo cuando aparta la mirada.

Además, hubiera sido innecesario arriesgarse al espejo, porque cuando baja y mira fugazmente hacia el costado, tiene la certeza de que el empleado de bigotes ha estado hablando de él con su compañero, y por si quedaran dudas, sonríe y le ofrece un ampuloso saludo con la mano, como los de los vecinos que llevan toda la vida compartiendo el patio *o como eran los vecinos que recuerdo, porque aquí, con los vecinos casi no me hablo*, se dice Horacio.

Mientras busca la parcela, se repite que no será el único familiar de alguien que descansa en este cementerio parque que ofrece una propina para que cuiden con esmero ese trocito de tierra arbolada en el que está enterrada una parte de su vida. *Pero ninguno le habría dado la barbaridad que le di al bigotudo, ni le habría pedido, con esta extraña timidez que me imponen los años y que como un elástico me devuelve a la ira de otros tiempos, que, por favor, nunca le comentara a mi mujer, si llegaba a coincidir con ella, que vengo solo casi todas las mañanas.*

Dolores no lo entendería o lo entendería demasiado bien.

Con lo que le costó convencerla de que debían dejar de venir cada domingo, porque era como obligar a la nena a revivir constantemente la pérdida, y que venir solos sería una forma de señalarle que ella no lo hacía, *cómo le explico a Dolores que lo que hago cuando vengo acá no es rezar ni lamentarme, que vengo a ver a mi nieto para contarle todo lo que quise contarle y no podré.*

Y Horacio Morales, militar argentino retirado y nacionalizado español, empresario intachable y firme en las negociaciones, con fama de jefe justo pero inflexible en el cumplimiento de las tareas, tiembla al imaginar la mirada de Dolores si se enterara de estas visitas a Julito, al árbol bajo el cual sabe que el niño ya no está, pero elige creer, no de la manera en que cree su mujer, pero sí creer que hay un domicilio, un apartado postal cubierto de césped con algo de paraíso pagado mensualmente, un buzón del cosmos al cual acudir para contarle a su nieto lo que siempre soñó contarle, lo que no pudo contarle a su propio Julio tantos años antes, porque echó a volar.

Sus pasos lo llevan al lugar con la misma precisión con que el Mercedes lo trajo hasta aquí.

Hay caminos que cuesta recorrer por breves que sean y otros que se caminan solos, piensa Horacio, *aunque todos llevan al final de algo.*

Despeja las premoniciones y se afloja la corbata mientras se acerca a la parcela.

—Hola, Julito —murmura con ternura.

Y se sienta junto al árbol, sin apartar la mirada de ese punto en el que ha decidido que es donde está su nieto, y comienza a contarle. Le hubiera gustado contarle aventuras de esas que se van inventando noche a noche y que dejan a los protagonistas en peligro, para rescatarlos de la manera más inverosímil a la noche siguiente. O leerle a Julito, si Julito estuviera del lado de arriba de la tierra, cuentos infantiles de esos en los que el bien y el mal están tan definidos que no dejan espacio para la duda.

Pero Horacio es Horacio desde hace muchos años y Julito solo lo fue durante dos años y seis meses, de modo que no pudo aprender ninguno de los oficios del abuelo, ni él crecer junto al nieto. Así que desde hace tiempo le cuenta lo que le contaría si tuviera los años que Julito tendría hoy: anécdotas históricas de jefes militares con conductas ejemplares, en las que cada vez cree menos, pero en las que necesita seguir creyendo un poco para que algo tenga sentido.

Le cuenta del genio militar de Napoleón y también de las leyendas sobre su sentido del deber. Le habla de Julio César y por qué sus legionarios lo seguían a todas partes sin vacilación, y por supuesto no olvida al general San Martín, el prócer argentino por excelencia, padre de la independencia de Argentina, Chile y Perú y ejemplo de sencillez. Fábulas en las que esos soldados atemporales representan las virtudes que se le suponen a cualquier hombre de armas y prefiere que Julito, bajo tierra, reciba esas enseñanzas.

Aunque Horacio ya no crea en ellas.

Como cada mañana, después de un rato siente vergüenza, se ve desde fuera hablando con el césped y, antes de que desaparezca el encanto, se despide con cierta incomodidad, prometiendo volver con más historias.

En cada paso que se aleja recupera parte de la seguridad que mantiene ante el mundo y que se diluye a solas frente a los espejos.

Subé al Mercedes. El tacto de la piel del asiento tiene algo de hogar y de cuna. *Además, Dolores nunca vendría aquí a escondidas*, se dice.

Qué vivo, ella tiene palabra y la cumple, no como vos, acusa la voz más joven y con el acento argentino cincelado en cada sílaba.

Horacio aparta la mirada del retrovisor como si temiera volverse estatua de sal, mujer de Lot mirando al pasado para negarse el derecho a un futuro.

De un manotazo, gira el retrovisor central en un ángulo tan marcado que la mirada sin piedad solo podrá ver el techo del coche.

Rueda lento hacia la salida y concluye que, en el caso de que Dolores viniera alguna vez por su cuenta a ver al nieto, el empleado bigotudo no se arriesgaría a perder la considerable propina mensual por una indiscreción.

Cuando el otro lo saluda al pasar, Horacio le ofrece una expresión de abuelo inconsolable que lo explica todo y que no podrá quitarse de la cara durante varios kilómetros, acaso porque es la única cierta que le queda.

La visión del espejo torcido, mirando a la nada, lo reconforta, y se dice que si lo para la Guardia Civil, pagará con gusto la multa o recibirá con humildad la reprimenda.

—Jodéte —le dice al espejo.

Aunque los años le han limado el acento y domesticado el vocabulario, cuando disputa con el del espejo recupera el tono argentino y las viejas palabras. También lo hace con Dolores en la cama, cuando las charlas o los deseos los rejuvenecen.

—El amor y el odio hablan el mismo idioma —murmura.

A la nena no le inculcaron desprecio o nostalgia por el país natal. Como creció aquí, María Luisa habla un español madrileño digno de los buenos colegios en los que se educó. *Pero cuando se enoja, putea como carnicero del Abasto*, piensa, y sonríe.

Deja ir la mente por la carretera y el paisaje sembrado de naves industriales disfrazadas de edificios, que intentan en vano cubrir la tranquila presencia de las sierras, tan lejanas que parecen pintadas al óleo.

Así llega a su casa, sereno y casi feliz.

Antes de bajar, y sin mirar, endereza el retrovisor.

Si lo hubiera llevado en su posición normal, si se hubiera atrevido a mirarlo durante el viaje, además de la temida mirada del Lobo, habría descubierto el coche con cristales tintados que lleva siguiéndolo toda la mañana.

30

Jorge Luis, sentado ante el portátil, está vestido como un ejecutivo joven y acomodado. Demasiado serio, quizás.

El teléfono suena hasta que salta el contestador y se oye la voz de Lucía:

—¿Jorge Luis? ¡Sé que estás ahí! Tu vecina, que es muy maja y tampoco entiende por qué te comportas así conmigo, me ha contado que te ha visto entrar o salir del edificio de vez en cuando. Y solo. ¿Por qué no me devuelves las llamadas, entonces? ¿Hay otra? Sé que no tengo derecho a pedirte explicaciones, porque hemos roto, pero si hubiera otra podría entender lo que ocurre... Es la última vez que te llamo, no volveré a molestarte. Si eres feliz con ella, lo entiendo y me alegro. Adiós.

Jorge Luis comienza a escribir en el ordenador. Como todo inquilino vitalicio de la soledad, quizá no sepa que piensa en voz alta.

> Madrid, 10 de enero.
>
> ¿Otra? Sí, una amante con la que no puedes competir, Lucía. Se llama Venganza y, ahora que ha llegado, no me deja tiempo para otras pasiones.

Relee los datos de los folios, aunque los conoce de memoria.

—Todo ha sido tan fácil que evito preguntarme por qué no lo busqué antes, si sabía que el Lobo tenía que estar acá;

lo más probable era que eligiera España cuando se fue del país en 1980, mientras la dictadura parecía eternizarse. Según su expediente, pidió el retiro voluntario argumentando problemas de salud. ¿Problemas de salud? ¡Ja! Pero si ahora, veinte años después, sigue fuerte como un roble. Y según los informes, su médico piensa lo mismo que yo. No, el Lobo se fue porque a él le gustaba sentirse diferente, mejor que los otros, creía tener conciencia. Supongo que habrá pactado una manera de salir de aquello antes de seguir hundiéndose en la mierda. A saber cómo consiguió que lo dejaran irse. No lo sé, ni me importa. Porque está aquí, y voy a matarlo.

Vuelve al teclado, como si su última declaración lo hubiera asustado.

Se llama Horacio Morales, como entonces. No se ha cambiado el nombre, como suponía, como siempre supe. Además del chalet en La Moraleja, tiene, que se sepa oficialmente, uno en Marbella, otro en Galicia y pisos en Madrid y Sevilla. Y es probable que no mienta al Estado sobre su patrimonio, porque eso se detecta si uno quiere, aunque el Estado no siempre quiera. No ha hecho ningún intento de ocultar su rastro, como si no temiera, como si no tuviera nada que temer. Y tiene. Ahora, tiene.

[En el calabozo, Julio trata de volver a ponerse la capucha, pero las manos esposadas se lo impiden. Acerca la oreja a la pared y espera. No se oye nada].

Consejero en varias empresas, en propiedad de sólidos paquetes de acciones y hábil inversor, ha vendido hace poco dos constructoras lo bastante grandes como para justificar su patrimonio sin sospecha de corrupción.

Jorge Luis bosteza.

—Su fortuna está limpia. Evolucionó desde un discreto capital con el que vino de la Argentina, paso a paso, hasta el retiro que prepara, es evidente, para este año o el que viene. Y nunca tuvo un tropiezo o una operación dudosa. Una mujer, la misma que entonces: Dolores Álvarez, hija de gallegos de Orense y con más años de los que aparenta. Una hija, María Luisa, de veintisiete, o sea que tendría tres cuando... Tuvo un nieto, pero murió con algo más de dos años, se llamaba Julio, igual que el hijo del que me habló en el calabozo, ¡joder, qué fijación! Y la hija ahora vive con ellos. Está divorciada de un tal Álvaro Menéndez, natural de Madrid y criado en barrio pijo, faltaría más. Morales es socio de un club de golf, otro de caza, y colabora con asociaciones humanitarias. Le gusta ayudar, aunque elude puestos de representación destacada. Prácticamente no hay rastros de su actividad empresarial, deportiva o filantrópica en la prensa. Además del Mercedes que le conozco, tiene otros tres coches a su nombre. Es curioso —o lógico—, pero no tiene propiedades en la Argentina. En agosto cumpliría sesenta y siete años. Pero morirá antes, aunque todavía no he decidido cómo será.

Se levanta y camina por el *loft*. Se anima a medida que se habla a sí mismo, al que fue hace ya tanto, cuando era otro, pero al menos era.

[En el calabozo, Julio se sienta en el catre y ladea la cabeza, como quien intenta captar un sonido lejano].

—¿Que cómo sé tantas cosas, Julito? Informática, nene, información, eso da seguridad, no los poemas que escribías y que, acá entre nosotros, eran bastante flojos... Soy bueno en eso, Julito. En los poemas, no: en el manejo de la información. Por mucho que el Lobo me haga investigar, no va a encontrar nada que no encaje con el personaje que me diseñé, nada que me relacione con la Argentina o con su pasado de torturador con escrúpulos. Es fácil, si tienes los conocimientos, y más que borrar la verdad, la alteras. Y yo llevo media vida haciéndolo. Cuando volví a casa, cuando el

Lobo hizo que me sacaran de aquella cárcel clandestina, ¿te acordás? Esa madrugada, el que salió fui yo, la mayor parte de vos se quedó en el calabozo, Julito. De alguna manera te moriste con Marcela y los demás, mientras yo me encerré en mi cuarto primero y en casa de la abuela después, protegido por la culpa de papá, que creía que me habían soltado por sus relaciones con los militares y me daba todos los gustos. Me convertí en mi propio calabozo, Julito. Y me dediqué a la informática, las máquinas son exactas, previsibles. Confiables. Una máquina puede romperse o quedar obsoleta, pero no morir de tristeza como mamá, perdida en su demencia. Pero entonces yo no lo sabía y, encerrado en mí, aprendí más que nadie y gané dinero, gané independencia, gané de todo, ¿sabes? —Le habla a un rincón en oscuridad del *loft*, cerrados los postigos para que el día afuera no interrumpa esa larga noche—. De todo, menos olvido. De eso no hay nada en internet, Julito, de eso no hay nada.

[En el calabozo, Julio se tumba en el catre en posición fetal, y se acuna solo].

En su gran cama, Jorge Luis hace lo mismo, pero en el otro sentido.

Es posible que murmuren, en sueños, la misma canción de cuna.

31

María Luisa corre por la urbanización, disfruta del rebote de sus pies en el pavimento, de la firmeza nueva de su cuerpo, hasta hace nada blando e invisible, o al menos así lo sentía de tanto no sentirlo. Sabe que no puede haber cambiado mucho en estas semanas de entrenar coleccionando agujetas que le recuerdan que sigue viva y joven, al menos por fuera.

Al pasar frente a una de las selectas *boutiques* que forman el coqueto —y reducido— sector comercial de la urbanización, se espía de reojo en un escaparate y, por primera vez en mucho tiempo, se ve y se gusta un poco.

Hizo bien en comprar ese chándal, más ajustado, «y más acorde a tu edad, nena, que el que usabas no me lo pondría ni yo», le dijo su madre.

Y María Luisa se dice, como todos los días, que ojalá llegue a la edad de su madre como ella, de feliz, de plena, de querida y queriendo.

A veces le tiene un poco de envidia, a su mamá, una envidia telaraña que se deshace con un soplido al flequillo, pero le deja esa vaga sensación de suciedad culpable.

Cambia la selección musical en el reproductor de MP3 y se ajusta los grandes auriculares a la cabeza. Papá le dice que parece un robot con eso, o la princesa de *La guerra de las galaxias*, y que en Estados Unidos «hay unos chiquitos, sin cables, que te los insertás en la oreja y casi no se ven, ¿no querés que te los compre en el próximo viaje?».

Pero María Luisa prefiere los grandes, incluso si no pone música, porque la aíslan del resto de la gente.

Acelera el ritmo, *qué raro que no me haya encontrado todavía con el vecino.* Y se repite que no ha variado su rutina para coincidir con él, *que no, que no y que no,* aunque papá le tome el pelo con eso.

Es cierto que desde que él se mudó a dos chalets del suyo y empezaron a cruzarse en el limitado circuito de la urbanización, ella sale a correr un poco más temprano, pero lo hace porque así se ahorra las miradas de lástima de algunas vecinas. María Luisa piensa que, aunque ese microcosmos está habitado por familias acomodadas y con pretensiones culturales, la gente no puede evitar comportarse como en cualquier barrio del mundo. Está cansada de ser la rara de la urbanización, la soltera a la que le buscan parejas absurdas, «la divorciada demasiado joven y sin morbo», le dijo hace poco Almudena, que la ha adoptado como amiga y no le perdona ser casi diez años menor.

Pero tampoco por eso pienso rifarme ante el primer vecino atractivo e interesante que se presente, se convence. No sabe precisar por qué, pero ese hombre alto, serio y en forma, educado y sin la mirada de vicio mal escondida de otros vecinos, merece ese adjetivo. *Interesante.*

«Porque te interesa, nena», se burló su madre cuando compartió con ella esa observación.

Y es cierto, pero me interesa porque es interesante, porque es distinto de los demás vecinos, aunque su ropa y el coche y los demás símbolos de posición económica sean similares. Hay algo diferente en su manera de usarlos, es como si no estuviera acostumbrado a la vida cotidiana. *Como esos personajes de películas que acaban de salir de la cárcel y respiran el aire de la calle con cuidado y plenitud al mismo tiempo,* se dice, y acelera el ritmo.

¿Habrá estado preso? No sería el primer empresario que mete la pata y acaba entre rejas, aunque, con mi suerte, igual es un asesino o algo peor…

Se ríe de sus expectativas de adolescente hacia un hombre con el que en un mes no ha intercambiado más que unos cuantos saludos solidarios matutinos, contraseña entre los únicos habitantes de la urbanización que se entrenan corriendo por las calles y a solas, sin un entrenador personal que mostrar a los otros como si fuera un coche nuevo o un perro de raza.

Sacude la cabeza para espantar pensamientos como moscas. Dará una vuelta más al circuito y vuelve a casa.

Si no aparece, él se lo pierde. ¿Y qué se pierde, María Luisa? No te pidió nada y no tenés nada que dar, boluda.

Como siempre que se enfada consigo misma, se habla en argentino, como sus padres entre ellos, aunque lleva tantos años en España y sin volver a su país de origen que piensa y se expresa en el español *de acá.*

—Ya lo estás haciendo de nuevo —se recrimina en voz alta—. No tenés remedio, nena. Y ya no sos ninguna nena.

Sube el volumen y Queen grita en sus oídos que *We will we will rock you,* y piensa que ojalá, y se sobresalta por un cambio en el aire detrás de ella, y siente, antes de sentir, la mano en el hombro.

Frena de repente y eso hace que el cuerpo del hombre choque con el suyo, y el contacto brusco, sumado al miedo que siempre anda emboscado aunque ella simule no verlo, le devuelve el horror no tan lejano de una violencia de Álvaro que nunca entendió pero llegó a creer que merecía.

Grita y se encoje, esperando un golpe que no llega.

Unas manos le quitan con suavidad desconocida los cascos.

María Luisa abre los ojos, mira hacia arriba y ve al vecino nuevo, que le sonríe preocupado.

—¡Perdona, perdona, perdona, perdona! —Tiene una voz agradable, grave y tranquilizadora—. No quise asustarte, soy...

—¡Te conozco! Bueno, de vista. Somos vecinos.

—Así es. Por eso me atreví a molestarte. Es que... —Parece incómodo, un hombre no habituado a depender de los demás—. Es que necesito pedirte un favor...

—Claro. Los vecinos estamos para echarnos una mano. —María Luisa se recrimina sonreír *tanto*—. Y hablando de manos: me llamo María Luisa.

Y le tiende la mano.

Él la toma en la suya.

Una mano fuerte y dura, callosa en los nudillos *y, sin embargo, parece hecha para acariciar*, se dice María Luisa, sonrojada.

—Mucho gusto —dice él, y sonríe—. Mi nombre es Jorge Luis.

32

En la soledad del *loft* de la plaza Mayor suena el teléfono, abandonado en el suelo. Salta el contestador. Es Lucía, furiosa.

—¿Jorge Luis? ¿Estás ahí? Sé que no, me ha dicho Adela, tu vecina, que no vas por tu casa. Como me entere de que me dejaste por otra, la busco y le rompo el coño a patadas, a la muy zorra. ¡Procura no cruzarte en mi camino, hijo de puta, porque lo lamentarás! —Hace una pausa—. Yo... ¿Estás seguro de que no podemos volver a intentarlo? Te quiero.

Aunque el chalet tiene varias habitaciones, Jorge Luis solo ha ocupado el dormitorio grande. En el resto, los muebles de diseño que compró para que su mudanza tuviera apariencia de permanente, siguen embalados, pero no los piensa devolver. En realidad, no sabe qué hará después.

El ordenador es el mismo y el escritorio, pariente cercano del que se aburre en el *loft*, fue un capricho que se puede permitir, aunque lo obligó a recorrer docenas de anticuarios hasta dar con la pieza adecuada. Con la cama, aunque la compró en cinco minutos en El Corte Inglés, ocurre algo parecido que con el escritorio. Que es idéntica a la otra y que se aburre.

No hay alcohol a la vista. No puede arriesgarse a mostrar una fisura en su personaje, al que se parece tanto y por eso tanto detesta. Claro que hay alcohol en la cocina. Y en la nevera, varias botellas del vino blanco preferido de María Luisa, cuya marca ya conocía antes de venir a vivir a este chalet situado tan convenientemente.

La conveniencia tiene un precio, se dice sin lamentar el gasto. Porque para alquilar el chalet más cercano al de los Morales tuvo que pagar dos meses de soborno al empleado de la inmobiliaria y fingir que era un nuevo rico fanático del *feng shui* y obsesionado con la orientación de la vivienda.

No fue un gasto, fue una inversión. Está tan cerca que podría colarse en la casa del Lobo por la noche, cortarle el cuello y volver a su chalet a dormir.

Pero no será así, tiene que saber, se tiene que acordar, tiene que disculparse con Marcela, con mamá, con Alba y con todos.

Jorge Luis sube la música para no escuchar tan alto en su cabeza la voz inmadura e irritante de Julio, que volvió del olvido al salir de aquella función de teatro y lo asalta con más frecuencia desde que se mudó tan cerca de la guarida del Lobo. A veces sospecha que Julio se ha instalado, intangible y omnipresente, en el cuarto de las escobas de la planta baja, un rectángulo sin ventanas que parece un calabozo. Y desde allí protesta, adolescente idiota, incapaz de apreciar matices ni gozar de la paciencia, *y de eso sí que sabía Marcela, de tu falta de paciencia, por no llamarla de otro modo*, **a Marcela no la nombres, hijo de puta, antes laváte la boca con jabón.**

La única forma de hacerlo callar es con datos y planes, escribiendo ese diario imprudente en el ordenador, que sigue llenando para que la voz del chico no lo vuelva loco, y para recordarse que no está allí como un vecino más de un barrio exclusivo, sino para cumplir una misión.

Y escribe:

11 de marzo.

Hice bien en esperar antes de provocar el contacto con ella. El padre ya me había hecho investigar, como hará con cualquiera que se acerque a su familia; típico de alguien que tiene más deudas de las que podrá pagar. Una investigación de rutina que detecté de inmediato y me sirvió para comprobar el nivel de seguridad que ha comprado Morales. Medio, incluso diría que medio-alto, pero si se limita a utilizar empresas legales no podrá llegar más lejos.

En cuanto detecte que estoy en la vida de su hija, volverá a investigarme, con más detalle, pero el mismo resultado.

Me he creado una historia con tantos elementos de verdad como artificios. Mi origen argentino lo pondría en guardia y, aunque llevo media vida lejos, seguro que me quedan restos del acento y el vocabulario, el vocabulario siempre traiciona. De modo que me inventé español y madrileño, hijo de padre canario, así me ahorro el tener que fingir la marcada pronunciación de las «C» y el escollo insuperable de las «Z».

Papá era alto empleado en una empresa petrolera yanqui, así que pasé la mayor parte de mi infancia en Sudamérica (intercalar de vez en cuando «América Latina» para remarcar mi niñez y adolescencia en Perú, Bolivia, Colombia, Venezuela y Panamá). Maduré en España y trabajé los dos últimos años en la Argentina, pero no tengo ni idea de política, vivo de la pantalla al gimnasio y del gimnasio a la pantalla.

Sembrar la confirmación de mi historia en las diferentes bases de datos fue casi divertido. Lo que no hice fue cometer el error de cambiar de oficio por uno que no conozca bien. Mantuve el mío, lo suficientemente individualista como para justificar la ausencia de relaciones personales a la vista, y lo bastante próspero como para que Morales no crea que soy un cazadotes en busca de dar el braguetazo.

Y mi historia coló porque todo fue natural, aunque el Lobo desconfía, y su mujer también al principio, pero creo que a ella le puede más el entusiasmo de ver a su hija entusiasmada...

Mientras no te entusiasmes vos... A ver si al final te va a gustar de verdad la hija del Lobo. Está buena, pero ya es vieja...

—Será para vos, que seguís siendo un pendejo pajero, Julito. —Disfruta provocando las rabietas infantiles del otro, pero se aburre enseguida—. Y dejá de decir boludeces. Estoy haciendo lo que tengo que hacer y lo estoy haciendo bien. Por eso esperé varias semanas, cruzándome con ella en el sendero, estableciendo una confianza tácita de similares, y no solo entre ella y yo; solo tres personas en la urbanización hacen algo tan antiguo como correr solos. ¿Adivinás quién es la tercera? ¡Su padre! Pero sale más temprano y últimamente prefiere salir de la urbanización y correr por el costado de la ruta. Así que no estaba a la vista la mañana que le pedí ayuda a María Luisa porque me había dejado dentro de la mía las llaves y el móvil nunca lo llevo cuando salgo a correr. ¿Y qué podía hacer, en un vecindario en el que no conozco a nadie todavía? Pedirle socorro a la vecina con la que coincido a veces, por supuesto. Y me auxilió encantada. No solo me dio su móvil para que pudiera localizar a un cerrajero de urgencia y lo llamara; como dijo que tardaría por lo menos una hora o más en llegar, me invitó a tomar un café a su casa y me presentó a su madre. Al principio, Dolores estaba en guardia, aunque disimulara, pero un rato más tarde ya había decidido que soy de confianza y creo que le gusto para la «nena»...

Con el Lobo no lo vas a tener tan fácil...

—¡No queremos que sea fácil! —Jorge Luis se siente absurdo gritándole a nadie—. Además, ya lo conocí en persona, cuando al día siguiente les llevé a madre e hija una caja de bombones para agradecer su hospitalidad. Es un tipo inteligente, ha envejecido bien, no parece... lo que es.

¡Pero es lo que era, no te olvidés de eso!

Jorge Luis sigue hablando, como si no lo hubiera oído:

—Amable, pero sin confianzas falsas y mucho menos territorial de lo que esperaba. No sacó pecho para dejar claro que es el hombre de la casa, ni tampoco intentó crear una amistad instantánea con un vecino más joven. Diría que ya habían hablado de mí y que él asumió desde el principio el papel de padre de mi amiga en ciernes.

Todo eso está muy bien. Pero ¿cuándo lo vamos a hacer?

—Tiempo al tiempo, Julito. Tiempo al tiempo. Ahora sería sospechoso, ¿verdad? Además, ¿no querías que sufriera? Voy a hacer que se confíe, que se abra a mí, que me agarre cariño incluso, para que le duela más cuando comprenda la verdad y sienta lo que jode la impunidad ajena...

No creo que eso llegue a pasar, el Lobo es demasiado inteligente.

—Pues me ha invitado a cenar a su casa mañana. Y, por cierto, tengo que salir a comprar un par de botellas de vino del que le gusta a Horacio...

¿Horacio? ¡Es el Lobo Morales, el enemigo, el objetivo! Hablás de él como si pronto se fueran a ir de pesca o a jugar al fútbol juntos...

—No le gusta el fútbol, Julito. Y para lo de pescar, todavía es pronto. Aunque ya me dijo que tenemos que ir un fin de semana a no sé dónde, que él me va a enseñar. Pero el domingo jugamos al tenis en pareja contra Dolores y María Luisa. Voy a tener que entrenar, llevo mil años sin jugar y no quiero que perdamos por mi culpa...

33

María Luisa regresa a casa conduciendo con la ligereza de quien no ha bebido a pesar de lo que le apetecía, o sea que la sensación burbujeante está relacionada con la que lleva unos cuantos días recorriéndole el cuerpo y el ánimo y tiene un nombre, en realidad dos: Jorge Luis. Aunque ella, desde el principio, lo llama Jorge y él no la corrige.

Aún no ha pasado nada, pero siente por dentro *que está pasando de todo* y que es cuestión de tiempo que él salte la trinchera del amigo reciente y se pase a la orilla de la pasión que le adivina en los ojos, esa hambre de preso con la que la mira cuando cree que ella no lo ve; porque si la percibe atenta, se muestra cauteloso, como si temiera espantarla o espantarse.

Se pregunta una vez más si él conocerá su historia, no la sinopsis que ella misma le contó, madre de hijito muerto y divorciada del padre, sino la otra, la que sabe menos gente y en la que no quiere pensar.

Todavía no, hay tiempo, se repite, y se convence de que contarle ahora sería repetir un error que ha espantado a hombres menos interesantes que el vecino *y, desde luego, mucho menos en forma, hay que ver cómo está el tío, aunque siempre vista ropa suelta, los músculos se le marcan igual y esta mañana no me contuve y le toqué el pecho exagerando la gracia de la broma que hizo y era roca pura lo que toqué, cómo será lo de abajo*, se dice, y sonríe.

María Luisa vuelve a casa por el camino largo, disfruta la sensación de conducir sin medicación y sin alcohol.

Además, por primera vez en mucho tiempo no ha protagonizado el encuentro mensual con sus amigas de los tiempos de instituto como una plantita enferma a la que riegan y cuidan porque temen que el menor viento la deshaga, o como una enferma rota por dentro, madre viuda de hijo y con complejo de culpa; tampoco como una más de las mujeres maltratadas de las que comienza a hablarse en los medios de comunicación, como si no llevara pasando toda la vida.

Esta vez ha reído sin beber y por supuesto que les ha hablado a las chicas de Jorge, de lo guapo que es y de cómo la trata, con un respeto admirado y un deseo que apenas disimula por momentos.

Y las chicas brindaron, vaya si brindaron, menos mal que Juana aceptó la orden cariñosa pero inflexible de María Luisa de volver a casa en un taxi, porque no estaba en condiciones de conducir, y un poco por solidaridad *y otro poco por celebrar que por fin me ven dueña de mí misma como era antes de Álvaro, las demás hicieron lo mismo, es decir que por primera vez en años soy la única que vuelve a casa tranquila y casi deseando que algún control de alcoholemia me pare por el camino, ojalá la Guardia Civil también montara controles de felicidad, porque me temo que empezaría a dar positivo*, aunque no quiere apresurar nada, pero ojalá que de una vez Jorge se lance, porque arde de ganas de sentirlo y comprobar todo eso que intuye y que él, más que disimular, contiene y acumula.

Sin apartar los ojos de la carretera, busca en el estuche de los cedés hasta dar con una selección de música del tiempo en que las chicas y ella eran en realidad chicas y no tenían nada de qué preocuparse. Suenan melodías pop tímidamente electrónicas y se suceden las canciones que, por conocidas, resbalan por ella como si fueran la ropa de aquel tiempo. No necesita seguir las letras, las tiene grabadas en algún rincón de la memoria adolescente, antes de la tormenta, los dolores y toda la oscuridad que vino, pero no quiere pensar en la oscuridad que vino, *porque sería pensar en Álvaro,* solo quiere pensar en Jorge, tan distinto de Álvaro, parecidos a primera vista: los dos atractivos, fuertes, sanos, de buena crianza, entrenados en las costumbres del trato social, aunque en Jorge Luis parece que se hubieran oxidado a fuerza de reservarlas para momentos especiales *y en Álvaro era natural brillar en cualquier parte, le bastaba con aparecer, era inevitable que yo cayera en sus brazos, por eso y por lo otro.* Algo en lo que también se parecen Álvaro y Jorge es en la forma de mirar y verla, como si fuera transparente, pero en su ex eso la hacía y la hace sentirse sucia, mientras que en el vecino, amigo *y ojalá que pronto amante* es algo que la hace sentir más que solamente caliente.

—Solamente caliente —matiza en voz alta, que tampoco es cuestión de empezar a ilusionarse tan pronto, mejor seguir su ritmo, tiene la sensación de que él baila con ella un baile lento que será rotundo cuando llegue el momento adecuado y exacto, *todo en él transmite el mismo mensaje: «Me gustas, me interesas, te admiro, no me das pena, qué ganas tengo de desnudarte»,* o eso es lo que María Luisa cree y quiere creer y luego le entran las dudas cuando se queda a solas y se acaricia pensando en él, pero vuelve a verlo a la mañana siguiente, cuando coinciden para correr por la urbanización y regresa la seguridad, no debe apurar nada, solo hacer lo que está haciendo, conducir sin beber y no pensar en Álvaro, que era dos Álvaros, uno brillante, simpático, zalamero sin obsecuencia porque no la necesitaba con su personalidad natural de triunfador, y otro retorcido, oscuro, mezquino, «quizá temeroso, inseguro», le dijo la psicóloga, y que por eso necesitaba secretamente humillarla, ofenderla, minimizarla, para sentirse más grande.

Y lo peor es que durante un tiempo a mí me gustaban los dos, el buen chico y el hijo de la gran puta retorcido que me obligaba a hacer en la cama todo lo que él quisiera, yo quería y él sabía que yo quería y por eso me castigaba y me insultaba y yo entré en su juego pensando que era uno de esos rituales eróticos sobre los que había leído y que desde adolescente me fascinaban, pero era otra cosa que me fue destruyendo de a poco, era su necesidad de controlarme y hacerme de menos hasta que casi desapareciera, para él verse gigante. «¿Por qué no lo dejas?», me decían mis amigas, estas mismas amigas hace unos años, incluso Juana, que siempre fue la más dócil, me animaba a denunciarlo, porque los azotes y los golpes del juego sexual se convirtieron en algo menos placentero y más humillante, y, cada vez que yo decidía dejarlo, volvía el Álvaro público de siempre, a inundarme la casa de flores y a cubrir con besos todos los moratones que no se veían porque el cabrón sí que sabía y sabe golpear y hacer daño sin dejar marcas, a saber si lo habrá aprendido en alguna de esas escuelas de Londres en las que estuvo, o le viene de familia, se dice, y recuerda también el breve paréntesis del embarazo, en el cual dejó de tocarla y para ella fue un infierno, y dejó de pegarle y para ella fue una bendición, prácticamente dejó de estar en su vida y aparecía lo justo para cumplir con cualquier necesidad doméstica, pero con la piel oliendo a otras víctimas.

Y María Luisa creyó que lo hacía para cuidarla a ella y al bebé en camino, cuando naciera todo sería como al principio, con pasión pero sin humillación.

—Ja. —La ironía le alcanza para una risa corta y sólida.

Por fin se siente libre del influjo de Álvaro, desde que conoció a Jorge Luis ha eludido sus invitaciones a citas clandestinas, que ella oculta a sus padres y de las que suele, *solía, ya no caigo otra vez,* volver dolorida en cuerpo y alma, *si es que me queda algo de alma, que no creo.*

Pero eso es pasado. Reciente pero definitivo.

Ya no volverá a caer en sus inmundas redes.

Lo sabe con la firmeza serena de quien ha recuperado el dominio de su voluntad y no volverá a perderlo.

En el asiento del acompañante campanillea su teléfono móvil, *que sea Jorge Luis invitándome a una copa, porque a estas horas significaría un paso adelante, varios pasos,* pide, desea, y sin darse cuenta cruza los dedos antes de tomar el teléfono y ver en la pantalla un número sin identificar pero que conoce de memoria.

—Ni de coña, Alvarito —dice con el acento más madrileño posible.

El teléfono sigue sonando.

—¡Andá a la remil concha de tu madre, sorete de mierda! —le grita al aparato, recuperando los insultos que le quedan de su infancia argentina.

La llamada no cesa y finalmente atiende, aunque no llega a pronunciar ni una palabra del discurso que tenía preparado para la ocasión.

—Voy —murmura con voz sumisa antes de colgar.

Busca un cambio de sentido y su coche regresa a Madrid.

Ya no escucha las canciones.

Solo conduce mecánicamente.

Como un robot o como alguien que ha perdido la voluntad.

Si estuviera atenta al espejo, vería que el coche que venía detrás del suyo rumbo a la urbanización también ha dado la vuelta y la sigue.

34

El maestro y el alumno limpian el *dojo* en silencio y sin mirarse en los espejos que rodean el recinto. Quizá no son conscientes de la meticulosa sincronía de sus movimientos, precisos como si ejecutaran una *kata*.

El maestro Nishimura recuerda que este ritual empezó hace casi dos años, poco después de que el alumno comenzara a acudir cinco noches por semana a su modesto *dojo* en las afueras de Madrid. *Modesto, pero el mejor de España en Karate Shotokan tradicional*, se dice, y al instante se recrimina la vanidad de pensarlo, pero no la exactitud del pensamiento. Él mismo decidió quedarse al margen del poder en las organizaciones oficiales del estilo, para enseñar como sabe y a quien lo merezca.

Y este hombre fuerte y ágil lo merece. *Y también merece una buena paliza*, pensó aquella vez hace dos años, y lo vuelve a pensar esta noche. Algo en él lo exaspera, desde que llegó con su *karategui* almidonado, ceñido por un cinturón blanco que fue desmentido en cuanto adoptó la primera postura. Aunque seguía sus indicaciones con humildad de aprendiz, estaba claro que había pisado ya muchos tatamis.

La danza simétrica con las fregonas los hace cruzarse en el centro del local. El suelo está impoluto y seco, huele a limpio y aire fresco, porque, como cada noche, abrieron de par en par los ventanales. Idéntico es el gesto de asentimiento de ambos, apenas perceptible, como si acabaran de cumplir una tarea muy importante en la que fueron meras herramientas. Con la precisión que dan las repeticiones, estiran las colchonetas del tatami.

Se colocan en el centro. Se miran a los ojos y ejecutan el saludo ritual.

Entonces acaban las formalidades. El maestro no se contiene y está claro que el alumno conoce el arte del camino de la mano desnuda. Nishimura no busca avasallarlo, solo comprobar algo que ha notado hace unas semanas. Luis, que así dice llamarse el alumno, no busca nada.

Este desafío sin testigos se vuelve cada viernes un poco más exigente para los dos. El *sensei* lo rodea lentamente, el alumno no mira sus manos, sino sus ojos. Podrían pasarse horas en esa danza casi inmóvil, pero con una velocidad inesperada el japonés amaga, cambia y ataca. Luis se aparta lo suficiente para esquivar el poderoso golpe de puño y aprovecha el movimiento del otro para conectar un duro puñetazo en su costado, pero en lugar de intentar derribarlo, retrocede, se saludan y vuelven a comenzar.

Estos combates se iniciaron la noche en que Nishimura le pidió que se quedara a limpiar el *dojo* y sintió que estaba jugando al señor Miyagi y que solo le faltaba decirle al muchacho lo de «dar cera y pulir cera» al suelo del local. El alumno obedeció y desde entonces repiten la ceremonia cada viernes.

Nishimura realiza un par de rápidos movimientos. Luis logra esquivar la patada que busca su cara, pero no el puñetazo en el estómago que lo hace retroceder veinte centímetros, aunque no se dobla como esperaba el maestro. En lugar de eso, el muchacho baja y ejecuta con la pierna derecha un barrido circular que hace trastabillar a su oponente.

Van al centro del tatami, saludan y vuelven a comenzar. Una y otra vez. Nadie lleva la cuenta de estos lances que no responden a ningún reglamento, pero ambos saben cuándo el *kumite* ha llegado al final.

El japonés sonríe más de lo habitual porque ha comprobado lo que quería.

—Buen *kumite*, Luis.

—Buen *kumite*, maestro.

Pero esta vez, en lugar de dirigirse a las duchas, Nishimura pregunta:

—¿Tienes prisa?

El otro controla la hora en el reloj de la pared y decide:

—No, maestro.

—Me gustaría invitarte a mi humilde casa. —Señala la puerta que conduce a su vivienda—. Por mis cálculos, este es el último viernes que compartimos y prefiero despedirte como amigo.

Luis se sorprende pero acepta. Se inclina respetuoso y declara que será un honor compartir la ceremonia del té. Nishimura suelta una risa.

—No me jodas, Luis, o como te llames. Después de las hostias que nos dimos hoy, nos merecemos por lo menos un par de cervezas.

El hombre serio sonríe y pierde años y presagios al hacerlo.

La casa es la estricta casa de un viudo que no quiere acuñar una religión del recuerdo y tampoco desterrarlo del todo. Hay varios retratos de Nishimura de hace años, junto a una joven mujer japonesa de etérea belleza. Los adornos, posiblemente heredados de los padres, que los heredaron de los padres y así hasta perderse en la memoria. Y, en la otra pared, una televisión plana gigante y un cómodo sillón para disfrutar de las películas. Solo o en compañía.

Antes de elegirlo, Jorge Luis ejerció la habitual vigilancia previa de sus posibles maestros y conoce la discreta relación que Nishimura mantiene con la mujer rubia, Helga, se llama, tiene apellido alemán y una tienda dedicada a vender toda clase de botones en ese mismo barrio. Se ven dos veces por semana, sin llamar la atención ni esconderse. Por las mañanas, Helga se va con la sonrisa serena con que se abandonan los sitios a los que se volverá con gusto.

El maestro regresa con dos botellas de cerveza y le tiende una.

—¿Cómo supo que estoy a punto de abandonarlo?

—Tutéame, por favor. Sabía que no eras un aprendiz. No sé en qué país, pero por lo menos alcanzaste el primer dan...

—Segundo, pero muy torpe, maestro.

—No me vaciles, Luis. Indagué entre otros profesores de extrarradio y supe que cuatro de ellos habían tenido un alumno avanzado que se negaba a cambiar de cinturón o federarse con la excusa de falta de tiempo, aunque entrenaba toda la semana. Y que al cumplirse los dos años en sus *dojos* desaparecía sin dejar rastro. Y ahora me toca a mí, ¿verdad?

—Yo...

—No hace falta que mientas. Voy por más cervezas.

Al volver, brindan en silencio.

—Al principio creí que serías un mercenario o un sicario que necesitaba mantenerse en forma sin dejar huellas. Nos hemos cruzado varias veces en las duchas y tienes cuerpo de luchador. Pero ninguna cicatriz. No eres un profesional de la violencia, sino algo así como un monje. Y sea cual sea tu misión, sé que vas a cumplirla. Pronto.

Chocan los botellines y beben.

—¿Por qué lo crees?

—Tu estrategia siempre fue ofrecer facilidades aparentes para esquivar el ataque, contraatacar y vencer. Ahora te cuidas la cara. Eso solo puede querer decir dos cosas: que se acerca la hora de cumplir tu misión y no quieres tener marcas que te identifiquen. —Sonríe con picardía—. O eso o te has enamorado. Y para un hombre como el que intuyo que eres, cualquiera de las opciones encierra un peligro mortal.

—Un amigo me dijo algo parecido hace muchos años. No del amor, eso ya no es para mí. Dijo que yo tenía una misión y la iba a cumplir incluso sin querer. Dijo también que yo era un tipo que siempre se está yendo.

—Me honra que me compares con él. Tu amigo era un sabio.

El alumno bebe y piensa: *Un sabio, sí. Y un maravilloso pelotudo.*

35

Son las cinco de la mañana cuando María Luisa despierta en la habitación de hotel. Le duele todo el cuerpo, pero ya está acostumbrada y sabe que se pasará en unas horas o unos días. Lo que duele dentro dura mucho más.

Está sola, aunque eso es un alivio. Álvaro ya estará en casa, con su nueva novia y su hijita, pretextando unas copas de último momento después de una cena con clientes.

Superó pronto el odio sin motivo por esa mujer que adivina la próxima víctima de Álvaro, se pregunta cuándo comenzará a rebajarla, palabra por palabra, hasta convertirla en una cosa, *seguro que ya habrá descubierto sus puntos débiles y estará listo para llevarla al límite como anoche hizo conmigo al reservar habitación en la octava planta y sacarme desnuda al balcón, aferrada a la barandilla*; él sabe de su pánico por las alturas, teñido apenas por un atisbo de placer, pero es ese terror lo que lo excita y anoche estuvo más violento que nunca desde que ella ha vuelto a ceder a sus llamadas a deshoras y su implícito chantaje. Le hizo asomar más de medio cuerpo fuera del balcón y le juntó las manos a la espalda. «Si te suelto, te haces papilla contra la calle», le dijo mientras la embestía con una furia que a María Luisa solo le provocaba asco, de él y de ella misma. «¡Tiráme, hijo de puta, tiráme de una vez y que se acabe todo!», lo desafió mientras tenía un orgasmo del que detestó cada espasmo. De hecho, estuvo a punto de caer, pero él reaccionó a tiempo y terminaron sentados en el suelo del balcón, Álvaro asustado por lo que estuvo a punto de ocurrir.

—Pero no va a matar a la gallina de los huevos de oro —le dice a nadie mientras se ducha y se frota demasiado para borrarlo de la piel que le duele.

Tendrá que contarle a su madre, hasta ahora ha comprado el silencio de Álvaro con su propio dinero, pero pronto se quedará sin reservas.

En el espejo cuenta los moratones imprevistos. *Se vuelve descuidado, siempre supo causarme dolor sin dejar huellas. Aunque... Ahora recuerdo que me preguntó varias veces si alguien me lo hacía tan bien como él, supongo que me espía y me habrá visto charlar con Jorge. Me marcó a propósito, el maldito cabrón.*

Descubre que las marcas quedan cubiertas por la ropa, pero serán evidentes en cuanto se desnude y maldice a su ex con un rencor nuevo. Además de perderse el encuentro matutino con Jorge porque está agotada, tendrá que renunciar al partido de tenis del domingo y, lo que es peor, a la salida juntos que tenían prevista esta noche y que ella esperaba que acabara como debe, *pero con esta piel llena de manchas, de leoparda maltratada, ni soñarlo.*

Subе al coche, abre las ventanillas para que el aire la limpie si puede y aprieta el acelerador.

Sin darse cuenta, ha llegado demasiado pronto a la urbanización, eso quiere decir que llegará a casa una multa por exceso de velocidad. Habrá que estar atenta para interceptarla, no porque sus padres vayan a retarla, *en realidad no hacen más que consentirme desde que... Pero si la encuentra papá, sacará conclusiones, me da miedo que sepa que sigo quedando con Álvaro y que cedo a su extorsión y también a este deseo culpable. Además, andá a saber qué le haría el viejo.*

Debajo de ese hombre cordial y casi bonachón que contagia calma con la mirada, ella adivina a alguien capaz de ser implacable si se meten con los suyos. Por algo los antiguos compañeros de armas que a veces lo visitaban, aunque no le hacía ninguna gracia, lo llamaban fraternalmente *Lobo*.

Y eso le parece su padre: un lobo veterano con el pelaje blanco y en los ojos una paz que parece decir «no te atrevas con mi manada».

Apaga las luces del coche cuando pasa frente a la casa de Jorge Luis.

Son las cinco y media de la mañana y el salón está a oscuras, *estará a punto de levantarse para entrenar*. Se lo imagina desnudo de cintura para arriba y dándole golpes terribles a esa bolsa de boxeo roja tan maltratada por sus manos enormes como le encantaría que tuviera la cara de Álvaro.

Le mandará un mensaje de texto diciéndole que tiene un fuerte catarro y que luego quedan y le cuenta, pero que prefiere postergar la salida.

Se siente tonta y feliz dentro de su desgracia cuando, antes de entrar a su casa, sopla en comba un beso en dirección al chalet de Jorge Luis.

En su dormitorio, Dolores oye llegar a la nena y cruza los dedos para que los pasos vacilantes que suenan por el pasillo se deban al cansancio dichoso del encuentro con Jorge Luis que tendrá que producirse tarde o temprano.

Pero sabe que no.

María Luisa vuelve triste y derrotada, conoce los pasos de su hija desde que dio el primero y estos suenan como cuando estaba con Álvaro.

Menos mal que Horacio está en la ducha, preparándose para salir a correr por el costado de la ruta, nunca le gustó demasiado hacerlo en la urbanización y ahora prefiere dejar ese recorrido para la nena y el vecino que, aunque a su marido le guste hacerse el desconfiado, le cae cada día mejor.

Tendría que esperar a que se vaya a la oficina y, cuando María Luisa despierte, después del desayuno, preguntarle qué tal lo pasó anoche, pero de una manera que no la ofenda.

No sabe qué le da más miedo: la posibilidad de que haya caído otra vez en las redes del pervertido de Álvaro, o una posible vuelta a las malas compañías de otros tiempos, *que la introdujeron en las drogas y en andá a saber qué otras porquerías, pobrecita.*

Debería enfrentar con afecto y firmeza a María Luisa y preguntarle.

Pero sabe que no lo hará.

Ella nunca pregunta nada.

36

El teléfono resuena con eco en el *loft* de la plaza Mayor. El contestador automático cumple su automática función y brota la voz de Lucía.

—¿Jorge Luis? Soy Lucía. Había jurado no llamarte más, porque ayer te dejé veinte mensajes y, como siempre, no respondiste ninguno. Pero quería contarte algo. ¿Te acuerdas de que cuando te llamé en Nochevieja te hablé de Pedro, un amigo de mi hermana que me tiraba los trastos? Era cierto, pero a medias. Llevaba follándomelo tres meses, ¿sabes? Sí, mientras estaba contigo también. Para ser sincera, ya me lo follaba cada vez que te ibas de viaje. Y sigo con él y soy muy feliz, solo quería que lo supieras. Adiós.

En su chalet, Jorge Luis duerme después de tanto insomnio. Tirado sobre la *chaise longue* italiana pese al nombre francés, que María Luisa lo ayudó a elegir del catálogo de una sucursal madrileña de una tienda de Frankfurt y le dio a ella ocasión de presumir con timidez de su alemán básico, idioma que él habla con fluidez *porque los presos de sí mismos tienen todo el tiempo para aprender. Si así de complicado es el amor fingido, cómo será el verdadero, ya casi no me acuerdo*, pensó al cerrar los ojos.

Antes ha vagado al borde del sonambulismo por la gran vivienda casi vacía y por primera vez se percató del paralelismo con el *loft* de la plaza Mayor: mucho espacio y pocos muebles, la mayoría sin desembalar. Pagó un suplemento para que se llevaran los muebles del propietario.

A Jorge Luis siempre le han causado incomodidad las pertenencias ajenas. Y no por temores higiénicos. O sí.

Nada le da más miedo que las emociones de los demás, de la gente que ha decidido y se ha equivocado, que se ha jurado amor para siempre y luego se ha traicionado.

La gente que ha hecho bien.

La que hizo mal.

La gente que ha vivido en lugar de durar.

Por eso está agotado y a su sueño llega Marcela, intacta y viva después de tanto tiempo, pero con el tiempo en ella.

Jorge Luis ya no sueña la Marcela de hace veintidós años, casi adolescente pero ya tan consciente de sus pulsiones. Sueña una Marcela mujer y en flor, la que sería si siguiera viva en sus cuarenta años de plenitud desafiante; y el sueño es tan minucioso que hasta su esplendor desnudo es el mismo, pero madurado y mejorado por el tiempo, todo el tiempo que llevan sin abrazarse y fundirse.

Y cuando vuelve a mirarla ya no es una Marcela adulta, sino la Alba de siempre, menuda y saltarina, a salvo de los años y la locura, impetuosa y a veces insaciable, la que se coloca sobre él y lo recibe y lo cura de tanto tiempo siendo sin ser.

Y mientras ella baila sobre él y él dentro de ella, siente que, en realidad, la *chaise longue* de diseño italiano es igual de estrecha que el catre de un calabozo.

[En su calabozo, Julio sueña con Marcela y ella entra como si la puerta y los cerrojos no pudieran detener su voluntad, viene descalza y con un camisón largo y casi infantil, si no fuera porque sus formas desnudas empujan la tela y se imponen en cada movimiento.

Marcela flota, como un fantasma.

Se quita el camisón y es una mujer joven pero entera, la misma que Julio entrevió con prisas en sus seis encuentros eróticos e iniciáticos, antes de este horror, cuando hablar de revolución le encendía la sangre y él se había aprendido de memoria páginas enteras de *El capital* porque había descubierto que, cuando lo recitaba, la respiración de Marcela se agitaba y el pecho se movía casi igual que cuando...

Marcela desnuda brilla tanto que borra el miedo, el calabozo y hasta la estrechez del catre. Se tiende a su lado y lo acaricia y a Julio se le antoja que no disponen de los escasos setenta centímetros de tabla y una colchoneta insuficiente, sino de una enorme *chaise longue* en forma de ele, en una ciudad remota, quizá la Venecia que nunca visitó, en un chalet espacioso y sin muebles, tras cuyas ventanas suenan pájaros con un acento diferente al suyo.

Julio sabe que es un sueño y no quiere que termine. *Que dure siempre.* Pero Marcela no le da tregua, como si creyera que el estallido le dará un poco de paz, algo de calma. Y redobla sus esfuerzos y Julio se derrama y la muerte, por unos segundos, deja de existir.

Le asalta un conato de vergüenza al pensar en las burlas de Rovira si se da cuenta de la mancha en sus vaqueros, pero eso sería si Rovira y Morales existieran y solo existe Marcela desnuda, que sin sacarlo de dentro se inclina y le dice al oído: «No tengas miedo, mi hombre, mi nene. Yo te voy a cuidar siempre».

Y Julio se duerme así, pegajoso de felicidad].

Alba sonríe como sonreía cuando el placer, pese a ser conocido y esperado, la sorprendía con su felicidad inmerecida, y vacila, como entonces, entre frenar al borde del precipicio o atreverse al vuelo.

Y, como entonces, vuela, pero más alto, más lejos, como si llevara doce años tomando impulso, como si hubiera seguido cuerda y hubiera podido aprender todo lo que enseña la vida mientras nos gasta o nos saca brillo.

Y Alba resplandece en luces celestes, clavada en Jorge Luis con él clavado en ella, un volcán dentro de otro y ambos en erupción.

Y la lava los quema a los dos al brotar, y ella se deja caer sobre él para que no pueda salir aún del sueño, y un Jorge Luis remoto piensa, en otro planeta, que acaso quede una mancha en la *chaise longue* y en qué le dirá sobre eso a María Luisa cuando llegue el momento, *porque llegará*, pero es como una serie en la tele con el volumen muy bajo, ahora todo es caliente y mojado y Alba es otra vez Marcela y son ambas a la vez las que le dicen al oído, con una ternura que le recuerda a la de su madre cuando él tenía fiebre y cuatro años: «No tengas miedo, mi hombre, mi nene. Sé que no me vas a fallar. Sé que lo vas a matar».

37

Una calle comercial de un barrio elegante de Madrid. Aunque la primavera lleva un par de semanas dulcificando el clima de la meseta, en muchos escaparates ya se anuncia la moda exclusiva de verano.

Dolores y Horacio tratan de seguir el ritmo de María Luisa, efervescente como no la recordaban desde la adolescencia. Siempre fue una muchacha atractiva, pero ahora se mira en todos los espejos y escaparates, como si volviera a verse tras años de invisibilidad, como si volviera a gustarse.

Algo llama su atención en una tienda, y entra, con sus padres detrás.

Horacio intenta disimular la alegría y el miedo que le provocan la recuperada alegría de su hija. Todas sus felicidades van acompañadas del vértigo del vuelo y la premonición de la caída.

—¡Chicas, les recuerdo que esto era un paseo, y no un saqueo en plan horda de vikingas de todas las *boutiques* del barrio de Salamanca!

María Luisa descuelga un vestido, lo pone delante de su cuerpo y se mira en el espejo.

—¿Crees que este me sentará bien, mami?

Antes de escuchar la respuesta, se lanza hacia el probador.

Dolores sonríe.

—¿No es fantástico verla tan animada? Parece otra...

—No sé, no sé...

—¡Horacio, estás celoso!

—¡No digás tonterías, vieja! Es que... ha sido todo tan repentino, que... No conocemos de nada a ese muchacho.

—¡Como si ya no lo hubieras investigado, vos...!

—¡Sí, sí! Y tiene un pasado irreprochable. No han encontrado nada raro, todo coincide con su versión: nacido en Madrid, criado en Canarias y en varios países, huérfano de madre desde los veintitrés. Su padre murió hace poco. Su empresa informática es unipersonal, pero gana mucho dinero. Nada que chirríe con respecto a lo que le contó a la nena, pero...

Su mujer lo abraza.

—No podés mirar con lupa a cada hombre que se le acerca, viejo...

—Yo creo que se está acercando muy rápido, Dolores. Hace unas semanas no había cruzado ni dos palabras con ella, hace un par de meses no lo habíamos visto nunca, y ahora es parte de nuestras vidas.

—Es lógico que, después de lo mal que lo pasó con Álvaro, desconfíes...

—En ese aspecto estoy tranquilo. Álvaro es una sabandija, Jorge es un buen hombre.

—¿Es por lo de... allá? —Señala con la cabeza muy inclinada, apunta al otro lado del mundo—. Ya pasó mucho tiempo, Horacio. Hay que olvidar. ¿O es que vamos a vivir siempre con miedo?

—¿Miedo, yo? ¡No tengo nada que reprocharme! —Ha alzado la voz y es algo que detesta hacer, algo ajeno al Horacio de cada día, pero que lo abochorna por proximidad, como el vicio de un hermano—. Perdoname. Es que... Apareció así, de repente, en el chalet de al lado, y parece hecho a medida para María Luisa: tiene una buena posición, es agradable. Además, está claro que le encanta la nena, basta con ver cómo la mira...

—Entonces ¿dónde está el problema?

—¡No sé, es demasiado perfecto! Las tiene encandiladas a ustedes dos, el tal Jorge Luis...

María Luisa sale del probador con el vestido puesto y adopta una pose exagerada de modelo de revista.

—¿Qué tal? ¿No es un poco provocativo?

—¡Te queda divino, nena! —aprueba Dolores.

—¡Espero que Jorge no sufra del corazón, porque con ese vestido tan corto...!

María Luisa suelta una de esas carcajadas redondas suyas, de alegría sin frenos, que sus padres casi no recordaban.

—¡Estás celoso! Pero si se pasa más tiempo con vos que hablando conmigo... Y menuda pareja que hacen al tenis, parece que llevaran toda la vida jugando juntos.

Le da un beso en la frente al padre y vuelve al probador.

Horacio toma la mano de su mujer.

—Tenés razón, vieja. Igual estoy exagerando. Es buen muchacho, muy centrado y atento, y... la nena está feliz como no la veía desde antes de...

Un silencio común y escueto, tan hondo que en él caben la muerte de un nieto y el inevitable eco de la muerte más remota de un hijo que quería volar.

Para deshacerlo, Horacio abraza a Dolores.

—Me estaré volviendo un viejo celoso. Aunque lo de viejo... Tan mal no me porto en la cama, ¿no?

—¡Horacio, que nos ve la gente! —Se acerca a su oído—. Desde luego que no, ya quisieran muchos chicos jóvenes...

—¿Y eso cómo lo sabés? A ver, a ver, contáme.

Bromean y se dicen al oído cosas risueñas entre susurros. La vieja costumbre de citarse para más tarde como si no llevaran más de media vida compartiendo dormitorio.

La mirada censora de una joven dependienta a la que escandaliza que una pareja madura se siga mostrando cariño y deseo les causa más risa que pudor, pero aflojan el abrazo.

Horacio está pensativo.

—La verdad es que a mí también me cae bien Jorge Luis. Es lo que le faltaba a nuestra familia: que la nena conociera a un tipo serio y decente... Me recuerda a alguien...

—¡Claro, si es como vos cuando eras más joven! Recto, pero impetuoso. Serio, pero no parece fabricado en serie, como tantos muchachos de su edad. Es fuerte y eso le da seguridad a la nena, ¿viste qué bíceps jugando al tenis? Además, tiene una cultura, sabe mucho de poesía... —Dolores baja la voz, como cuando se habla de un fantasma o de un enfermo dormido—. Si nuestro Julito viviera, tendría su edad...

La salida de la hija les hace cambiar de tema.

—Decidido: me lo quedo —declara.

Sus padres no saben si se refiere al vestido o a Jorge Luis.

—Sí, es una buena elección —dice Horacio.

Madre e hija se confabulan para que él renueve parte de su guardarropa, debe aprovechar que todavía tiene el tipo de un cuarentón. Le eligen una docena de prendas y lo dejan ante un probador mientras se alejan.

Horacio sabe que el interés por su estilismo es sincero, pero también que ambas mujeres se han inventado un rato de intimidad para contarse lo que a él solo le llegará en versión resumida horas más tarde.

Las ve marchar cuchicheando y en la cara se le dibuja una de esas sonrisas inconscientes y raras que siguen enamorando a Dolores después de tantos años. Él no sabe cómo son esas sonrisas, pero sí cuando ocurren.

Distraído y con la sonrisa puesta, entra al probador.

Corre la cortina. Cuelga las prendas y se mira en el espejo.

Su reflejo también sonríe, pero es una sonrisa diferente.

Burlona. Despectiva. Una sonrisa que no es la suya. Nunca lo fue.

Podés mentirle a los demás, a vos mismo, Horacio. Pero a mí no, dice una voz en su cabeza, una voz más joven que la suya, pero es la suya. La voz del Lobo Morales, la que tuvo que ponerse para sobrevivir a las contradicciones de su profesión y de una guerra que nunca existió.

¿Seguro que no tenés miedo, Horacio?

—¿Otra vez vos? —murmura—. ¿Es que nunca me vas a dejar en paz?

¿Paz? Qué palabra tan rara, en boca de un guerrero...

—Ya no soy un guerrero. Creo que nunca lo fui. Yo quería enseñar historia, aprender de los errores pasados... Pero me inculcaron el sentido del deber. Tenía que cumplir un deber...

Tanto deber, tanto deber, y al final quedaste debiendo, Horacio. Seguís en deuda.

—¡De eso nada! Yo hice lo correcto. Me dijeron que había que pacificar el país, empezar otra vez. Y... cuando me di cuenta de que aquello era un negocio sangriento y sin honor, cuando me di cuenta, yo..., yo...

¿Vos qué? Vos te inventaste una enfermedad que nadie se creyó del todo, y usaste todas las relaciones de tu viejo para poder irte del país...

—¡Tenía que pensar en mi familia! Además, salvé a mucha gente...

¿A cuántos?

—¡A los que pude! Y no me escondí, no me cambié el nombre en todos estos años. ¿Alguna vez me acusaron de algo? ¿A que no?

¿Y quién te iba a acusar, si los que no salvaste estaban muertos? No te hagas el santo, Horacio: vos y yo sabemos que entregaste tus archivos sobre excesos de otros camaradas para garantizar que te dejaran fuera de los juicios...

—¡Eso no es cierto, los entregué porque me pareció lo correcto!

Lo correcto hubiera sido presentarte como testigo.

—Parece que te olvidás de lo que pasó. Ellos habían hecho cosas que...

¿Y vos no, Horacio?

—¡Yo no hice nada de lo que tenga que avergonzarme!

¿Hacemos un trato? Vos me contestás a una pregunta y me voy para siempre.

—¡Preguntá, dale, preguntá!

Si estás tan seguro de que vos no hiciste nada malo..., ¿por qué cada vez que te ponés frente a un espejo terminás hablando solo?

Horacio abre la boca, pero no encuentra las palabras.

Se dice que todas las memorias mienten.

También las de los espejos.

Descuelga las prendas, sale y camina hacia la caja, intentando esquivar la multitud de espejos emboscados que acechan por toda la tienda.

38

Jorge Luis está irritado, molesto, indeciso. La convivencia con Julio se hace insoportable. Aunque la memoria es maleable, está seguro de que en otro tiempo y en otro país, cuando la suya era la voz suplente, había menos conflictos. El chico protestaba, pero le hacía caso cuando tenía razón, *así que me hacía caso casi siempre, parecía dispuesto a crecer. Ahora es un chiquilín rabioso que obstruye cualquier diálogo, insulta, grita, se enoja y da un portazo para encerrarse en el cuarto de las escobas, es como si nunca se hubiera decidido a salir del todo del calabozo.*

Cuando Julio se expresa, lo hace con rabia y le recuerda casi todo lo que Jorge Luis quiere olvidar. Por ejemplo: que empezó a acechar al Lobo para superar el luto por su burbuja rota, pero que era casi una venganza intelectual, la impostura tan Montecristo de meterse en su vida, y aunque le prometió a Julio la muerte del mayor Morales, *solamente quería verlo de cerca, saber cómo era la vida del hombre que, aunque juré matar, me salvó la vida.*

Y ahora que lo conoce, que ha conversado con él varias veces y ve cómo mira a su mujer y a su hija, ahora que aprecia la franqueza con que lo recibe a pesar de la necesaria desconfianza, ahora Jorge Luis tiene dudas.

El muchacho no y exige cumplimiento urgente de la misión, porque no se fía de que él sea capaz de hacerlo si se sigue acercando al Lobo.

El hombre sabe que tarde o temprano tendrá que cumplirla, para darle algún sentido a esta vida tan frenada que tuvo.

Ya no puedo culpar a mamá, ya no puedo culpar a papá, que por suerte vivió unos últimos años felices cuando liquidó la empresa, a buen precio, eso sí, algo hice bien, se casó con Olga y se fueron a vivir a Ginebra, donde compró un teatro enano, fundó una compañía de vanguardia y actuó hasta que el infarto injusto y sobre el escenario le impidió seguir interpretando su Konstantín Tréplev y otros montajes estrafalarios y fabulosos *que pude disfrutar solo un par de veces, porque aunque el cariño recuperado entre nosotros siguió intacto, después de lo de Alba me sentía tan culpable que apenas podía mirar al viejo a los ojos; aunque él no me culpara de nada, me entendía mejor que nadie, dos generaciones de enamorados de divinas locas, pero dejé escapar el tiempo como si él tuviera todo el del mundo, y no, ojalá estuviera ahora para darme un consejo de actor delirante o de empresario racional, ojalá en lugar de la herencia que tanto me costó convencer a Olga de que no me correspondía, me hubiera dejado la navaja para ir a clavársela en la mesa del despacho a Horacio o en el corazón al Lobo Morales, ojalá todo esto tuviera algún sentido y, sobre todo, ojalá que no me gustara tanto María Luisa.*

La voz rencorosa y juvenil sigue muda, intuye que es más útil aparecer en los momentos en los que Jorge Luis duda y no lo puede convencer.

No hay tiempo para más reflexiones.

Llega el coche que adelantó hace un rato en la ruta, antes de dejar el suyo a una distancia prudencial y esconderse entre dos árboles.

Son las tres y cuarto de la mañana cuando Álvaro aparca el Audi frente al adosado en Tres Cantos. No se atreve a tratar de embocarlo en el garaje, la coca que le convidaron era de la mejor, que es la peor si quiere llegar a casa sin contratiempos ni con escenitas de Marisa, que cree que porque le ha dado una niña se ha vuelto invulnerable y no sabe que se le acaba la bula. *En cuanto la beba sea un poco más grande, se va a enterar, la muy zorra.*

Decide fumarse un cigarrillo y trata de controlar el corazón, no quiere perder los nervios esta noche y, además, por una vez, la culpa no es de su mujer, sino de su exmujer.

Por más amantes que me busque para reemplazarla, ninguna como la argentinita de los cojones. Pero está jugando con fuego y lo sabe: *el viejo me odia y su mirada acojona, el cabrón seguro que tiene más de una pipa y a saber cómo se las gastaría en su país.*

Pero no piensa dejar en paz a María Luisa, *y menos ahora, que la ronda ese vecino estirado y con pasta. Si se cree más protegida, va lista. Tiene el doble de motivos para pagarme en carne y en pasta para que calle.*

Igual, si da una vuelta a la manzana, termina de despejarse y además así planifica todo lo que le hará la próxima vez que la tenga a su merced.

Álvaro es alto y atlético, todavía guapo, aunque los vicios empiezan a pasarle factura. Camina como si todo lo que su pie pisa se convirtiera en su propiedad. Siempre atento a sí mismo, no sabe que el coche aparcado junto al que pasa lo sigue desde hace varias noches. Tampoco advierte la silueta de Jorge Luis, que lo espera camuflado entre los árboles, vaquero, jersey y zapatillas negras, el pasamontañas también de color noche, listo para cubrirse la cabeza. No hay tráfico y las ventanas están apagadas.

Julio comienza a objetar que **esto es una boludez, un riesgo innecesario**, pero Jorge Luis lo silencia con brutalidad. Le recuerda que sigue siendo apenas un chico de dieciocho años con miedo a casi todo. Él es un hombre que sabe que en breve tendrá que matar a otro hombre, y quizás incluso empiece aquí y ahora, con este, que se lo merece de sobra.

La rabia le hierve y desdeña el pasamontañas: quiere que le vea la cara, que tenga la ocasión de defenderse.

Salta y se pone frente a Álvaro, que tarda en comprender:

—¿Es un atraco?

—No. Una advertencia.

Parece reconocerlo y sonríe conciliador, totalmente despejado:

—Oye, colega, no sé qué te habrá contado mi ex, pero ya sabes cómo son las tías: desde que tengo otra pareja no hace más que mandarme mensajes guarros, si quieres te muestro el teléfono y verás que...

En lugar del móvil, saca del bolsillo la llave del coche e intenta rajarle con ella la cara, pero Jorge Luis ya no está ahí, sino al costado, las manos abajo y ofreciendo la cara descubierta:

—¿Qué pasa, valiente, solo te atreves con las mujeres?

Álvaro cuadra los hombros y lanza un duro puñetazo que el otro desvía con un gesto del antebrazo, similar al de espantar a una mosca.

Entonces comienza la demolición. Mecánica. Despiadada y sin ira.

Los golpes de Jorge Luis son brutales y medidos, no quiere que Álvaro pierda el sentido, debe recordar cada impacto.

No ha venido a darle una paliza ni a matarlo.

Vino para presentarle el miedo.

Lo arrastra hacia los árboles y se deja llevar, aterrado. Le habla al oído:

—Tú sabes de impunidad, ¿verdad, Alvarito? Ahora la vas a conocer del otro lado. Puedes ir a la Policía, pero yo tendré a cuatro testigos respetables dispuestos a jurar que estaba con ellos de copas en una discoteca de la Castellana. ¿Y sabes lo más gracioso? Que las grabaciones de las cámaras de seguridad demostrarán que yo estaba allí y no aquí. ¿Entiendes?

—¿Qué quieres?

—Tú lo sabes.

Álvaro solloza y asiente una y otra vez:

—¡Nunca más, te prometo que no vuelvo a escribirle, ni a llamarla, ni a verla nunca más, y si me cruzo con ella por la calle, me cambio de acera!

—¿Ves como hablando se entiende la gente? Ahora te quedas aquí un rato, no sea que te marees por levantarte muy rápido.

Avanza un paso para ir hacia su coche y algo lo frena.

Algo que ve por el rabillo del ojo y antes no estaba en el filo del parque, a unos cinco metros. Es otra silueta negra, pegada a un árbol, la cabeza cubierta con un pasamontañas. Es un hombre más bajo que él, se mueve con agilidad y, antes de perderse de vista, le hace un leve saludo con la cabeza.

Se sube a un Renault negro que estaba fuera de la vista y se aleja.

Jorge Luis reacciona y corre atravesando el parque, se cuela entre dos chalets y salta una valla de madera. Conoce el recorrido de esa calle que rodea la urbanización antes de buscar la salida a la autovía, si se da prisa...

Llega justo a tiempo para ver el Renault acelerar y perderse en la noche.

Pero ha alcanzado a leer la matrícula.

La conoce de memoria.

Es la de uno de los coches de Horacio, que casi no usa.

Mientras vuelve a su propio auto, se pregunta a quién acechaba el Lobo: *¿al exyerno o a mí?*

39

María Luisa tiene miedo y tiene ganas de sentir la piel de Jorge. Lleva mucho tiempo conviviendo con el miedo y de las ganas sin asco, ya casi no se acordaba, salvo en sueños, cuando las defensas se hacen carne y la carne pide carne y la celebra, segundos antes de que la figura sin rostro sobre ella en la imaginación empiece a confundir facciones y mezcle la cara de deseo que le imagina a Jorge con la que tenía Álvaro, antes de dejar asomar el odio, porque ella tiene claro que el odio siempre estuvo ahí, agazapado en la impaciencia, en los cambios de tono, en las miradas de reojo, *en el desprecio cobarde, y de lejos, hacia mi padre, con el que no quería ser comparado y se comparaba todo el tiempo.*

Nunca la culpó oficialmente de la muerte del nene, ya se culpaba ella, como si el fallo genético que le provocó la distrofia muscular de Duchenne fuera una elección y no una carga genética que María Luisa nunca quiso determinar de qué familia provenía, porque eso no importaba, importaba Julito, porque lo llamó como a su hermano muerto, y hasta en eso encontró Álvaro la excusa de la superstición para culparla.

Siempre la culpó de todo, incluso antes de culparla, cuando la disculpaba por su adolescencia loca y drogona, al final de la cual él llegó poco menos que a salvarla, aunque se limitó a drogarla en privado para explotar cada debilidad y transmutarla en vicio. De los juegos fuertes del sexo, los únicos que en su aprendizaje eran tan contundentes como para sentir algo, la llevó a otros más duros aún, que ella aceptó para complacerlo, aunque luego la castigaba por puta, *y no era un juego de roles, solo humillación y vergüenza del propio placer, hasta considerarlo sucio y que solo cuando lo era me aportaba alguna emoción.*

Y todo ese odio añejo disipa el deseo, es un escupitajo de viento en la ceniza, que cuando se deposita le devuelve la culpa de estar viva y deseando, mientras Julito, su Julito, murió a los dos años y medio de una enfermedad que suele permitir llegar a los veinte, pero él ni eso, y después el silencio, la explosión latente de Álvaro mucho antes de explotar, su impaciencia ante la pena de ella, la prisa por borrar al niño de sus vidas como si hubiera sido un error, la furia sexual por hacerle otro y demostrarse que podía engendrarlos sanos, las negativas de ella y los golpes de él, los golpes y el sexo forzoso y furibundo, y la culpa, la culpa que fue creyendo merecer a fuerza de pagarla sin deberla, y la vergüenza, mentirle a sus padres para que no supieran, para no dar todavía más lástima, hasta que fue evidente y papá le dio a elegir a Álvaro entre el divorcio y la cárcel, y se fue pero se quedó el miedo, y ahora que vuelven las ganas, más miedo todavía de no saber, no poder, no servir.

Álvaro lleva dos semanas sin llamar ni escribir para exigirle dinero o sexo. Poco a poco, ella se siente libre. Y por eso lo ve todo con más claridad.

Bebe otra copa de su vino blanco preferido, seguro que se lo mencionó a Jorge en alguna de sus charlas y él es tan detallista que esta tarde —ella ha ido a su casa decidida— tenía varias botellas en la nevera, y hasta ha comprado esa *chaise longue* de una firma italiana que ella le contó que le gustaba cuando él le pidió consejo para comprar muebles, el mejor altar para la ceremonia del primer contacto íntimo y postergado por todo lo que ella no le podía contar, *y qué mono está, todo nervioso y hasta torpe, él, que es hombre de movimientos precisos, eso se nota cuando lo ves jugar al tenis*, pero esta tarde los nervios por ella, por hacerla sentir cómoda y no dar en esa visita nada por sentado *ni por acostado*, tan inquieto que mientras él esperaba su llegada ha derramado sin querer una copa de vino tinto sobre la *chaise longue* y no deja de mirar la mancha trastornado, desde que ella le dijo que parece una mancha de sangre y que si había asesinado últimamente a alguien, y por suerte la carcajada de María Luisa, espontánea ante la consternación de él, la carcajada franca parece haber quebrado un cristal invisible que sigue ahí, separando algo o demorándolo, pero está a punto de caer en pedazos.

Él le sirve más vino y María Luisa se repite que hay algo en su actitud de hoy, algo impreciso, furtivo quizás, que le recuerda vagamente a alguien y por fin lo recuerda.

Ricardo.

El imbécil de Ricardo, con el que yo fui todavía más imbécil, necesitada de gustar después de enviudar de hijo y divorciarme de la violencia pero no del miedo, aunque ya sabía que estaba casado y que le mentía sin necesidad, porque no buscaba un marido de recambio o mentiras a cambio de sexo, *solo quería que alguien me deseara para poder desear de nuevo, un buen polvo o varios que me quitaran de encima el polvo de mueble abandonado que sentía en la piel*; Ricardo y sus mentiras y su sexo veloz y aconejado, porque además de adúltero quería seguir sintiéndose buena persona y follaba con culpa, como si su mujer fuera a asomarse, acusadora, debajo de la cama del hotel en mitad del breve traqueteo.

Pero le basta con una mirada a los ojos de Jorge para desmantelar cualquier parecido. Aunque se comporte como si la intimidad inminente constituyera una traición a alguien, una infidelidad culposa. Pero él es libre, demasiadas tardes han hablado entre cafés y recomendaciones culturales, y le ha contado lo poco que hay que contar de una vida dedicada al trabajo, no hay ex recientes, aunque siempre ha intuido en él las huellas de una mujer remota e inolvidable, pero perdida en un pasillo del tiempo.

Ahora, sin embargo, esa sensación es tangible, casi una barrera.

María Luisa se plantea tomar la iniciativa y rechaza la idea de inmediato.

No quiere más Ricardos en su vida y por suerte a Ricardo lo perdió fácil, bastó con mencionar que había visto a una mujer que se parecía a su mujer seguirla en un coche que coincidía con el coche de ella, para que el pobre se esfumara de su vida.

Meses después intentó volver, pero ella se mantuvo firme en un silencio que acabó por vacunarla ante la posibilidad de una recaída.

No.

Si Jorge quiere algo, que lo pida.

Como si le hubiera leído la mente, él vuelve a ser el hombre tranquilo pero seguro que conoce, sonríe de ese modo que hace que a ella se le aflojen las piernas, le quita con suavidad la copa de vino y la apoya en la mesa y se acerca.

María Luisa no quiere cerrar los ojos.

Quiere ver el beso además de sentirlo.

Él le dice que la desea, que le encantaría desnudarla y besar cada milímetro de su piel, entrar en ella para verla desde dentro, si ella también quiere. Y antes de que pueda responder que sí, agrega que también quiere conocerla, lamerle las heridas, curarla poco a poco de todo lo que le duele y que ella intenta negar. Y teme que si se abalanzan mutuamente, luego no se atreva a contarle todo eso que la frena, por miedo a estropear el deseo.

Ella, *es extraño*, se siente relajada y excitada al mismo tiempo.

Sigue vestida, pero necesita desnudarse desde adentro para poder abrirse de verdad y no solo por regiones.

Jorge se sienta en la *chaise longue*. Ella apoya la cabeza en sus piernas.

Él le acaricia el pelo con ternura, pero el deseo sigue ahí, esperando. Lo siente rígido tras la tela del pantalón, pero sabe que seguirá allí cuando estén preparados.

Comienza a contarle de la muerte de su hijo y del maltrato al que la condenó su marido, porque ella había elegido sentirse culpable.

Mientras habla, se siente más ligera.

40

Es domingo y la casa de los Morales se llena de risas festivas, bromas y enfados fingidos a cuenta de una rivalidad deportiva que a nadie le importa demasiado. María Luisa y Dolores siguen insistiendo en que el árbitro favoreció a la pareja de Horacio y Jorge Luis:

—Confesá, viejo, ¿cuánto le pagaste? —La madre sigue un tanto achispada; ya que les tocó (un domingo más) pagar a ellas la comida en el restaurante del club, exprimieron hasta la última gota de las tres botellas de Ribera del Duero.

—Agradecé que no te descalificaron por agresión —sigue la broma su marido, mientras se toca el párpado izquierdo, rojo e hinchado—. ¡Menudo saque tenés!

María Luisa, que está controlando su peinado en un espejo de mano, lo mira y se preocupa:

—¡Se te está hinchando un montón, papi! Ahora te traigo hielo.

—No es para tanto...

—¿Que no? ¡Mirá cómo lo tenés!

Le pone el espejito delante y Horacio desvía la vista con un movimiento que la hija no advierte, pero el vecino sí, y juraría que provoca un gesto de pena en Dolores.

—Vamos al salón, Jorge, antes de que estas exageradas llamen a una ambulancia.

Ellas preparan café y pastas. El salón no es el grande y rara vez utilizado, sino el de la familia, grupo en el que

Jorge Luis ha sido incluido hace tiempo. Imposible no recordar el salón de no fumar de la casa de Alba, *pero mejor no pensar ahora en Alba.*

Julio sigue callado, pero lo oye rumiar en su cabeza un rencor espeso.

Horacio y Jorge se sientan cada uno en un butacón. Es la primera vez que están a solas desde aquella noche frente a la casa de Álvaro *y está claro que la silueta entre los árboles era la suya,* **es más ágil de lo que pensábamos, tomá nota de eso, novio de América**, se burla Julio.

Ni el padre de María Luisa ni su amigo cada vez más próximo hacen referencia a esa noche.

—¡Vaya partido! —El anfitrión rompe el hielo—. Menos mal que no jugabas desde la adolescencia... Oye, igual te parece una tontería, pero estuve pensando que si nos federamos podríamos arrasar en el torneo interurbanizaciones y hasta en alguno regional...

—Me encantaría, pero no sé si puedo, Horacio. Mi trabajo es imprevisible y, aunque ahora llevo una temporada tranquila, en cualquier momento me llaman y debo pillar un avión a Singapur o Australia...

—¡Entonces tenemos que ir a pescar salmones al río Pas, en Cantabria! Te encantará: el paisaje, la naturaleza, la lucha de igual a igual con el pez. Yo pensaba tomarme unos días la semana que viene y tú defines tu propio ritmo de trabajo, así que no acepto un «no» por respuesta, compañero. Necesito que hagamos juntos algo en lo que yo, aunque sea al principio, sea mejor que vos, por aquello del gallo joven y el gallo viejo.

—Tú no estás viejo, Horacio. Y cuenta conmigo.

—Esto hay que celebrarlo. —Se levanta, busca dentro de un armario y saca una botella cuadrada llena de líquido ambarino. Llena dos vasos hasta la mitad y vuelve a esconder el recipiente—. Whisky japonés añejado veinte años. Sé que suena raro, pero es el mejor del mundo para mí. Hay que tomarlo pronto, que Dolores me lleva la cuenta, pero ojos que no ven...

Jorge sonríe, brindan y beben pendientes de la llegada de las mujeres.

—Ya no fumo, casi. Pero esto, sin un cigarro... Tú no fumas, ¿verdad?

—Fumé, de adolescente. Después lo dejé.

—Yo también, pero para no preocupar a Dolores fumo de memoria.

Beben en silencio hasta que Horacio pregunta:

—¿Qué sabes de mí, Jorge?

—Que eres un buen padre, un buen marido y una excelente pareja para jugar dobles al tenis. ¿Hay algo más?

—Todos tenemos algo más. Tú, por ejemplo. Eres más que lo que dices ser. Ingeniero informático, empresario individualista y con éxito: casi un genio que ha dedicado su vida a labrarse una posición independiente y sólida, sin por eso dejar de interesarse por los demás. Te hubiera costado muy poco hacerte un lugar en Silicon Valley, pero preferiste asesorar gratis a comunidades necesitadas en Perú, Bolivia, en mi país...

—Creo que uno tiene que devolver parte de lo que recibe, Horacio. Y por lo que me cuenta María Luisa, tú también lo haces.

—A veces. Pero hablaba de ti. Tendrás recuerdos, dolores, rencores...

—En realidad, Horacio, la mía ha sido una vida aburrida. ¿La tuya no?

—Yo hice lo que tenía que hacer. Siempre. Luché por mi país hasta que comprendí que no sabía quién era el verdadero enemigo. Entonces me fui.

—Y mientras tanto, Horacio, mientras descubrías eso, ¿qué hiciste?

Jorge Luis se arrepiente de haberlo preguntado, pero solo puede poner la expresión preocupada de quien sabe que acaba de cometer una ingenua indiscreción.

Horacio se pone recto y su tono es soberbio, inapelable.

—¡Hice lo que tenía que hacer! Yo era un soldado y los soldados no preguntan, los soldados no piensan...

—¿Y tú no pensabas?

Horacio aplaca su ira, perdido en una duda.

—Eso es lo malo: que yo pensaba, sentía que aquello no era justo, que no estaba bien. Pero miraba alrededor, y nadie parecía dudar, no preguntaban... ¿Alguna vez te sentiste perdido, Jorge? Como si no pudieras ver más allá de tus ojos, o te diera pánico ver más, como si abrir los ojos fuera asomarse al terror o a la oscuridad más profunda, como..., como si...

—¿Como si llevaras una capucha?

—¡Eso! Como si llevaras una capucha que te puedes quitar, pero sabes que lo que verás será el vacío... Y, por otra parte, sientes que si no abres los ojos, si no preguntas demasiado, si no sobresales, todo seguirá igual... Porque a nadie le importa lo que hay más allá de la capucha, y a este lado está la seguridad, tu mujer, tu hija, el orden y los días tranquilos... ¿Me entiendes?

Jorge se encoge de hombros.

—Me gustaría, pero no puedo, Horacio. Lo mío son cálculos y programas, cosas que responden y no preguntan. Si algo sale mal, se borra el disco duro y se empieza de nuevo.

—Ojalá yo pudiera hacer lo mismo. Hubo un tiempo en que creí que se podía. Pero no sirve...

Jorge pone su mano en el hombro del padre de la mujer que ama. Por un instante ha olvidado las misiones y las tareas. Solo espera que el otro diga algo que detenga el tictac que escucha todo el tiempo, como si fueran golpes regulares en una pared remota.

—¿De qué te arrepientes, Horacio?

El hombre mayor se endereza, feroz:

—¡De nada, no tengo nada de qué arrepentirme! ¿Y tú?

Jorge retira la mano y se disculpa con la mirada, pero las miradas mienten.

—Yo tampoco, Horacio, yo tampoco.

Consulta el reloj y cambia de tema.

—¿Por qué no me cuentas más sobre la pesca del salmón?

Horacio relaja el gesto y sonríe.

—Te va a encantar. Hace falta paciencia y temple. Se te dará bien.

Las voces de madre e hija se acercan riendo.

Horacio lo mira a los ojos.

—Me alegro de que llegaras a esta familia, Jorge.

—Y yo de haber llegado, Horacio. Y yo de haber llegado.

41

Jorge Luis no duerme en la cama enorme como un país pequeño y deshabitado que ocupa parte del dormitorio, sino en la *chaise longue* que sigue oliendo a María Luisa y a él, a todas las repeticiones de estos días en los que el sexo se ha convertido en un lenguaje mutuo y nuevo que aprenden en cada encuentro.

Es casi un rito no usar la gran cama del dormitorio, a ella la hace sentir más joven, lo joven que es, en realidad. El territorio del salón y la ele de la *chaise longue*, con todas las posibilidades amatorias, les ofrece a los dos la sensación de precaria eternidad que deberían sentir dos amantes en una pequeña buhardilla de París.

Él se levanta, enciende el ordenador y escribe:

Madrid, 5 de mayo de 2000.

El plan marcha como estaba previsto, aunque lo cumplo como una tarea y no como una misión. Son dos cosas diferentes. Una misión tiene algo de sagrado, un toque místico y un carácter fanático que te impide pensar en lo que haces. Lo haces porque debes. Una tarea es menos dramática, la realizas porque debes hacerlo, como comer o bañarte a diario, pero dentro de ti ahogas una voz perezosa que te anima a dejarlo estar, a ver qué pasa. Y yo sé lo que pasará. Lo que tiene que pasar.

Deja de escribir y se dice, por octava vez, que tiene que encriptar el archivo del diario, ahora que María Luisa ronda más seguido por su casa.

Mira hacia el rincón más oscuro del salón, en el que las sombras imitan el paisaje de nada que se ve desde el lado de dentro de una capucha.

—El sexo de Marcela era como ella: fuerte, cálido, vigoroso. ¿Te acordás de la primera vez, Julito? —pregunta a la oscuridad—. Fue a la siesta y en casa no había nadie. Vos temblabas. Marcela tuvo que guiarnos, llevarnos hasta nuestro propio dormitorio y bajar las persianas para hacer como que era de noche. El póster de Lennon sería el único testigo.

Se sirve un generoso vaso de whisky japonés de una botella que le regaló Horacio y camina hacia el rincón.

—Quisiste quitar el póster, te parecía que Lennon nos miraba. «Tranquilo», dijo ella, y se fue desnudando, te fue desnudando, aplacó tus temblores, los besó. Y después, parece que fue durante horas, tocarla, caminarle la piel hasta perder la urgencia.

[En su celda, Julio se acaricia como si acariciara a Marcela].

—Y, de pronto, todo fue viento. —Jorge Luis brinda con la memoria de un momento remoto—. Yo dentro de ella, ella gritando y riendo; de pronto, olvidaste lo que habíamos leído. De pronto, la furia más amorosa, hacer sin saber pero acertando, eso que a ella le gustaba de mí, de vos, Julio. De vos. ¿Te acordás de lo que dijo después?, ¿de lo que nos decía siempre?

[Julio asiente y acelera el ritmo con su mano].

Jorge Luis cierra los ojos para evocar mejor.

—«Me encanta cuando te olvidás», decía, «cuando me estrujás, cuando me matás o no te importa morir», decía Marcela, más viva que nadie, más viva que la vida, si la vida pudiera ser penetrada por un amante al que no le importe morir mientras ama. —Contiene un sollozo—. En la celda, ninguna tortura de Rovira me dolió tanto como saber que le estaban robando a la fuerza esa alegría, se la mataban antes de matarla.

[Los últimos espasmos de Julio se mezclan con las sacudidas del llanto].

—Antes, cuando a Rovira se le escapaba un golpe y sentía el gusto de mi sangre en la boca, lo confundía con el sabor del sexo de Marcela, y volvía a esos encuentros. Y no me daba vergüenza tocarme cuando me quedaba solo, porque sentía que le hacía el amor a través de esas paredes.

Vacía la copa.

—Pero desde que Rovira me dijo aquello, ya no pude, ya no quise. Y el sabor de mi sangre en los labios era sangre, nada más. Después, cuando salí y viví sin vivir todo este tiempo, cuando exploré otras mujeres para buscar en su sexo el latido de Marcela, no podía dejarme llevar por esa furia que conocí con ella, y que duerme con ella en una tumba sin nombre ni señal.

[Julio se tapa la cabeza con las bragas. Como si fuera una capucha].

—Después de Marcela, siempre hice el amor como si gastara algo, buscando silencios para los gritos de mi cuerpo, que ya nunca más fueron salvajes, nunca mortales, nunca tan vivos como cuando Lennon nos miraba, desde el póster, con toda la envidia que cabía en sus gafas redondas. Luego vino Alba y lo cambió todo, el sexo era el mismo y era otro, yo era otro, como si me hubiera amoldado a su deseo y ella me hubiera inventado...

Consulta la hora en su muñeca y cambia de postura, se diría que hasta de mirada. Una ducha rápida y concienzuda, evitando cualquier vestigio de recuerdo de Marcela o de Alba, ahora que es a otra a la que espera.

No estaría bien andar con el deseo cambiado, se dice.

No sería justo. Pero evita preguntarse injusto para quién. ¿Para la intacta Marcela que sueña actualizada, para la inalterable Alba antes de caer para siempre al pozo, o para la sorprendente María Luisa, caballo de Troya calculado para franquear las murallas del enemigo, y a la que cada vez disfruta más cuando despierta en ella ferocidades que desembocan en dulzura y viceversa?

Abre el agua fría para cambiar de pensamientos.

Es una misión, no una tarea, se dice, para reconquistar la placidez religiosa de los fanáticos, exentos de toda revisión de sus actos.

Se viste con esos vaqueros que a ella le gustan tanto, y una camiseta de lo más casual que tardó varios días en elegir después de analizar desde lejos los paseos de María Luisa, de mirar lo que ella miraba en los escaparates, de atrapar las chispas de picardía que cierto tipo de hombre despertaban en ella y ella apagaba en su cenicero de tristeza cotidiana. Sabe que esa camiseta le gusta a ella, le da una sensación de proximidad, de estar en casa y a punto de desnudarse. Por eso apenas si se la ha puesto un par de veces desde que lo advirtió. Puede que María Luisa necesite de un hombre seguro y casi previsible para bajar sus defensas, pero solo se abrirá de verdad ante lo infrecuente.

Lava el vaso, busca dos copas en la alacena y saca de la nevera la botella de vino blanco semidulce que a ella le gusta.

Mira otra vez la hora. Tiene tiempo para un café cargado.

Se inspecciona en el espejo. Vuelve a ser el hombre serio y, al mismo tiempo, su personaje más amable y un poco alocado, el que ha representado desde hace meses cuando se mudó a este chalet tan cerca de una venganza que vivió soñando por creerla lejos.

Suena un timbre y corre a abrir la puerta, con cara de impaciencia.

María Luisa lleva el vestido que compró en la *boutique*. Jorge Luis da un paso, la abraza y le da un beso apasionado. Entra con ella en la casa, sin que sus pies toquen el suelo. La abraza, la acaricia, primero por fuera, luego por debajo del vestido. La desnuda. Lo desnuda.

Él la toma de la mano y la lleva hasta la *chaise longue*. Se tumban y se besan con hambre adolescente, pero paladeándose.

Han pasado horas. No hubo tregua. No la quiso él, para impedir que el pudor de ella pisara el freno, y para no tener que pensar.

María Luisa lo mira, teme asomarse a él, pero no puede evitarlo.

—¿Qué es lo que buscas? —pregunta sin querer.

—Ya no busco: te he encontrado.

Ella se apoya en un codo, disfrutando de la desnudez compartida.

—No me lo digas si no quieres, pero sé que buscas algo. Lo malo es que no me importa mucho saber, seré una cobarde, tal vez, pero prefiero creer que todo esto que me pasa es realidad. Aunque pasara tan rápido. Necesito sentir y tú me haces sentir bien; atractiva, deseada...

—¿Querida?

—También. Pero mira tu casa: no hay nada personal. Solo unos pocos muebles sin usar. Como si aquí no viviera nadie, como si fueras a desaparecer en cualquier momento...

Él le acaricia la punta de la nariz con un dedo.

—Como te conté, no estoy acostumbrado a tener una casa fija, un lugar en el que quedarme o al que volver. Todos estos años viví en hoteles, o en pisos grandes y vacíos, solo necesitaba una cama y un par de ordenadores.

El dedo baja por los labios y el cuello, lentamente. María Luisa siente que un fuego se enciende, en alguna parte, y rueda sin prisa dentro de ella.

—Ya sé, no es normal vivir así —sigue él—. No quería conformarme con lo normal. Por eso me encerré en mi trabajo, hasta que no pude más...

El dedo llega al pecho izquierdo y dibuja en él palabras breves.

—Ya sé cómo sigue —lo interrumpe ella, procurando que su voz no delate el placer—. Por eso alquilaste esta casa, para dejar de vivir como un ermitaño informatizado. Pero...

El dedo juega en el pezón con suavidad y ella se muerde el labio inferior.

—Si prometes no reírte —pide él—, te confieso mi secreto: aunque cuando llegué tenía la intención de hacer de esta casa mi casa, no la he decorado porque voy a dejarla...

—¿Te vas?

Antes de responder, él le besa el pezón y lo saborea.

—Nos vamos, si quieres. A otra casa que no esté pegada a la de tus padres, donde no puedan oírnos cuando hagamos el amor. Si me dices que sí, mañana mismo comenzamos a buscar. O mejor, empieza tú: al fin y al cabo, te toca elegir tu nueva casa...

María Luisa lo mira con seriedad, busca y encuentra el fondo de sus ojos.

Y lo que halla la tranquiliza, pero necesita las palabras como un conjuro.

—¿Eso es lo que parece?

—Salvo que me rechaces.

Desnudo, salta de la *chaise longue*, la rodea y se pone de rodillas sobre la alfombra mientras toma su mano, y ella le sigue el juego y se sienta y aguanta la risa, y todo es cursi y tonto, pero muy bello.

—María Luisa Morales Álvarez, ¿quieres casarte conmigo?

—Es una locura, pero sí. Es pronto, pero sí. ¡Estás loco, pero sí, sí, sí!

Se lanza sobre él y ruedan sobre la alfombra, entre risas que se convierten en gemidos, y él entra en ella y así comienzan a murmurar planes y a gritarlos sin darse cuenta.

[En el calabozo, Julio mira hacia la pared y trata de practicar en ella su código de tres golpes, pero no lo consigue. Es como si la pared y Marcela quedaran demasiado lejos, a décadas de distancia].

42

El aire es tan puro que parece la publicidad de un aire puro. El verde tiene infinitos matices que se igualan bajo la luz suave del amanecer que no acaba de llegar. Y muy cerca, el río Pas corre lento o tormentoso, según el antojo de su recorrido, como si tuviera prisa y miedo de llegar al mar en la ría de Mogro, a menos de sesenta kilómetros de su nacimiento.

Pero es su destino, se dice Jorge Luis. **Y nadie se escapa del destino**, completa Julio, robando la frase de alguna película que vio de chico.

Mira el agua, río abajo. Por ahí vienen, no puede verlos pero vienen, a contracorriente, desafiando la gravedad y la lógica, saltando al revés las cascadas, nacidos como el río en la cornisa cantábrica y su agua dulce, crecidos en aguas del mar y volviendo, inexorables, para cerrar el ciclo.

Los salmones.

Durante el viaje en coche desde Madrid, Horacio le habló de estos peces que vienen a desovar en el sitio en que nacieron, y cómo esa conducta se repite allí donde existen, da igual que sea Alaska o la Patagonia, donde él se aficionó a su pesca con mosca, ese artilugio artesanal que los buenos pescadores preparan sin repetirse, como si cada uno fuera individual para cada pez y pescarlo un tributo de paciencia y silencio. Antes de emprender el viaje río arriba, el salmón transforma su anatomía, musculatura y hasta el esqueleto para cumplir su misión, **no como otros**, siseó Julio en su cabeza.

Jorge Luis se entrena lejos de la cabaña.

Necesita cansar a Julio antes de que empiece a hablar en su mente.

Traer el traje de karate le pareció exagerado, pero un pantalón de chándal basta. La temperatura es fría, agradable, pronto amanecerá del todo. Golpea el aire una y otra vez, con los puños y con las manos desnudas, mientras recuerda la charla con Horacio en el coche.

Le confió su plan para el retiro: un barco, no muy grande, lo suficiente para Dolores, él mismo y la familia, *me incluyó con el gesto*, en realidad tienen desde hace años un velero en el puerto de Marbella, **eso se te había escapado, genio de la informática**, se llama *Dolores I* y lo ha puesto en venta para comprar uno nuevo con el que bordear Europa sin alejarse de la costa, pero perdiéndola de vista a veces, para jugar a creer que su mujer y él son los únicos seres vivos del mundo.

—¿No parece más el sueño de un chiquilín que de un viejo?

—Me parece un sueño envidiable y más si es compartido. Pero ¿por qué no lo has hecho antes? Perdona la indiscreción, pero no te faltan medios.

—Ya sabes, siempre hay algo... —Dibuja con la mano un arco vago en el que cabe la complicada adolescencia de María Luisa y el divorcio, pasando por el matrimonio terrible y la muerte del niño, *pero sin letanías ni detalles, sabe que ella me habrá contado y que es su historia, no la de ellos.*

Jorge Luis no lleva la cuenta de las repeticiones, el cuerpo avisa cuando toca parar. *Horacio es de esos tipos que nunca se sueñan de espaldas, sino de frente*, piensa, y se desliza sobre el césped.

En un viaje de tantas horas era lógico que hablaran de sí mismos y él tuvo que hacerlo, con Julio aullando gritos de alarma. Le habló de su mamá, alterando la geografía y la enfermedad. Todavía se pregunta por qué situó la fecha de su muerte años antes de que ella empezara el camino sin retorno a la locura. En su versión se quedó con la parte maravillosa de esa madre artista encendiendo luces por donde miraba, mezcló anécdotas reales que había olvidado con otras inventadas que no mejoraban las verdaderas, y se descubrió asumiendo que su madre fueron las dos, *también la loca*, y la otra, la mujer que hacía florecer rosas de plástico si las miraba.

Horacio detuvo el coche en el arcén y lo miró emocionado:

—Yo no conocí a mi madre, pero si me das permiso, durante los años que me queden, voy a inventarme una que se parezca a la tuya.

Después, con ese pudor estúpido que tienen tantos hombres cuando se confían sentimientos, volvieron a la ruta y el mayor retomó la gesta del salmón del Cantábrico, ese pez entre dos aguas y su absurdo, maravilloso, viaje que representaba el sentido de la vida.

—Yo ya soy un salmón veterano —le dijo—, voy remontando el cauce, aunque por supuesto no voy a desovar. Y cuando llegue se terminará el viaje.

—¿No pensaste en volver a la Argentina? —Julio despertó alarmado.

—No. Cada cual elige el río que remonta y yo elegí quedarme acá. La diferencia entre el hombre y el salmón es que ese pez prodigioso acepta que el viaje a contracorriente ratifica su vida. Si los hombres pudiéramos remontar nuestra existencia, trataríamos de cambiar algunos errores y lo más probable es que cometiéramos otros diferentes, con el mismo resultado. No tenemos la nobleza del salmón, aunque seamos igual de cabezas duras.

Una capa de sudor cubre la piel de Jorge Luis. Julio sigue en silencio, así que aprovecha para realizar la *kata Gojushiho Sho*, una de las más complejas, basada en movimientos cortos y explosivos.

Al atardecer, cuando llegaron, aplaudió el acierto de Horacio al alquilar la cabaña. El entorno era inmejorable. El otro propuso ir al pueblo a comprar provisiones y hacer un asado a la argentina, «que aunque la carne no sea tan rica como la de allá, la del norte de España se deja comer».

Bebieron despacio. Comieron con ganas y en silencio. No esperaba Jorge Luis la pregunta frontal y casi tierna a la hora de los whiskies.

—¿Cuándo piensan casarse? No hace falta que me mientas. Sé que la nena se lo ha contado a su madre y ella me lo dirá en cualquier momento. Parecen dos adolescentes, cuchicheando felices. Y te lo agradezco.

—Yo pensaba aprovechar este viaje para...

Horacio rellena los vasos de whisky japonés.

—No me jodas con que me vas a pedir la mano de la nena, si están durmiendo juntos desde hace meses. Pero gracias, también por eso.

—Habíamos pensado en noviembre, pero si te parece precipitado...

—Me parece perfecto.

Brindaron otra vez y se fueron a dormir, porque había que madrugar.

Jorge Luis lo hizo y ahora, cuando ha ejecutado con precisión por quinta vez la *kata*, se detiene y saluda a la mañana que empieza.

No sabe cuánto tiempo lleva Horacio observándolo desde un costado.

—Nunca había pensado que las artes marciales pudieran ser bellas —murmura admirado—. Lo que has hecho estaba cargado de potencia y de fe, era como el rezo de un monje. Date una ducha y desayunamos. Hay café listo y preparo tostadas.

Siguen los pasos del hombre mayor y Julio dice que tiene razón, **por eso mi vida ha sido tan rara y encerrada:**

porque soy un monje. Un monje asesino. Y hoy, en este paraíso, voy a cumplir mi misión. Voy a matarte, Lobo, antes de conocerte tanto que no pueda.

—¿Valía la pena o no, el viajecito? —se jacta Horacio, porque ya conoce la respuesta—. Aunque cuando propuse venir no pensé que el día se iba a estropear tan pronto. Acá es así, cambia en un segundo.

Los casi treinta kilómetros entre Puente Viesgo y el cabo de Punta Ballota los recorrieron en un túnel de lluvia y bromeando sobre la suerte del principiante Jorge Luis, quien después de quince minutos de lucha había conseguido la pieza del día: un salmón de cinco kilos que los espera en la cabaña para recibir los honores culinarios merecidos.

—¡Cada vez que vengo acá siento que es el lugar donde empieza o acaba el mundo! —grita Horacio.

Jorge Luis no contesta, solo mira alrededor, la naturaleza desatada y desierta, nadie salvo ellos a la vista, y Julio insiste en que **es ahora, ya, llevás todo el día buscando excusas, que si acá hay poca profundidad, que por allá se ven otros pescadores, es un empujón, nomás y se acabó, a la mierda tu plan refinado que nunca terminaste de diseñar, un empujón, anoche lo decidimos, me lo prometiste y los dos sabemos que vas a cumplir**.

Horacio le señala un punto en el que las nubes parecen pelear a muerte con el mar encrespado, está muy cerca del borde, a nadie le va a extrañar y, por lo que él mismo le contó cuando venían, los accidentes son frecuentes, «solo a un par de turistas como nosotros se le ocurre venir acá con este tiempo».

Tenés que hacerlo, exige Julio.

Tengo que hacerlo, decide Jorge Luis.

Da un paso adelante con las manos extendidas.

Resbala y cae.

Golpea con una roca el brazo que intenta en vano frenar la caída, pero lo que más le duele es el choque con el agua, y antes de perder el sentido piensa que *todo es absurdo, las rocas tan blandas y el agua tan dura.*

Luego, negrura y estruendo de olas. Lo mueven a su antojo, no está desmayado del todo porque piensa que morirá destrozado contra las rocas, una muerte que era para otro, al que quería matar con dudas y por eso...

Luego negro otra vez.

La fuerza de las olas, el vaivén que en lugar de acercarlo lo aleja, algo que tira de él en contra de la corriente y piensa *soy un salmón, soy un salmón.*

Cierra los ojos y se deja ir.

Una voz remota lo llama desde otro mundo, tira de él y le presiona el pecho, escupe agua y muerte y antes de volver a desmayarse sabe que está en una pequeña playa pedregosa y, sobre él, Horacio chorreando agua, que lo reanima después de haberlo salvado y repite, como un rezo, una y otra vez la misma frase:

—¡No te mueras, no te me mueras otra vez, Julito, no te mueras, por favor!

43

—Jorge Luis, ¿estás ahí? Soy Lucía. Supe que vas a casarte y quería darte la enhorabuena. Me enteré por casualidad, porque mi hermana trabaja frente a la tienda, y te vio cuando acompañabas a tu novia para que se probara el vestido. Me alegro por ti y quería darte una noticia que espero que te alegre: ¡yo también me caso! En diciembre. Ya ves..., al final, que lo dejáramos ha sido bueno para los dos. No te invito porque sé que no vendrás. Un beso y que seas muy feliz.

En la oscuridad del *loft*, Jorge Luis se siente ajeno. Pero también se estaba volviendo ajeno en el chalet que ya le recuerda al cuerpo de María Luisa en todas las habitaciones. Por eso ha regresado, aunque sea por unas horas, inventando un viaje relámpago de trabajo a Londres.

Por eso hoy dormirá aquí.

Para dejar de escuchar el silencio acusador de Julio en su cabeza.

Por eso ha traído el portátil, pero no consigue escribir nada.

El brazo en cabestrillo soporta el peso de la escayola menos firmada del mundo, según María Luisa. Bebe whisky japonés de una botella cuadrada.

Ha pasado un mes y sigue confuso. Mira hacia atrás y nada tiene sentido, es un vengador al que el sujeto de su venganza le salvó dos veces la vida y con veintidós años de retraso se hace preguntas tantas veces postergadas. *Ahora que lo conozco de cerca, sé que es lo que parece, un hombre recto pero bondadoso, un gran padre para María Luisa, ¿por qué reducirlo a un estereotipo, como hice tantos años con mi viejo? ¿Por qué quiero matarlo?*

Por Marcela, contesta despiadado un Julio más maduro. **Porque sigue siendo el Lobo Morales, el inflexible hijo de puta que dejó morir a todos y a mí me salvó para que cargue con esta culpa, el que dejó que reventaran a Marcela, a la pobre Marcela, a Marcela...**

—¿Y cómo era Marcela? ¿Cómo hubiera sido ahora Marcela si hubiera vivido? ¿La seguiría queriendo? Aunque le invento los años que le faltaron, a veces me cuesta acordarme de su cara, sobre todo ahora, porque cuando lo intento, a veces veo a Alba, y casi siempre, a María Luisa.

¡No puede ser! ¡Marcela era perfecta, era indomable, era de fuego, era...!

—¿Cómo era en realidad Marcela? Porque yo conocí a una adolescente atrevida, aún por definirse, y así ha seguido este tiempo, por culpa del Lobo y los otros, tapiándome la vida y los sentimientos...

Bebe un trago y se tumba sobre un sofá de diseño sueco enmascarado de la oscuridad. Sabe lo que le ha costado, aunque es la primera vez que lo usa, y no puede evitar pensar que tiene la misma altura y comodidad que el catre de la celda.

Mira hacia el otro extremo, sombra hecha de sombras.

—¿Cómo era Marcela, Julio?

Era como despertar en primavera, como el latido de su cuerpo, como respirar si vas en una moto y el aire te da en la cara... ¡Por eso tenés que matarlo, por Marcela!

Jorge Luis cierra los ojos.

—Dejá en paz a Marcela, Julio. Está muerta.

Y se duerme.

Está otra vez en el calabozo, tumbado en el catre.

La puerta está abierta y por ella entra Marcela.

Lleva puesto el camisón largo y sigue descalza.

—*No estoy muerta* —declara—. *Sigo viva cada vez que pensás en mí, cuando me idealizás y me construís sin preguntar. ¿Qué sabés de mí? Lo que te inventaste con los años, lo que te sirve para escapar, nada más. Yo no sé lo que hubiera sido con el tiempo, a lo mejor no estaríamos juntos, porque era muy joven. No sé lo que hubiera sido, nunca lo vamos a saber, ninguno. Pero sé que no te hubiera pedido esta venganza de mierda. ¿Sabés lo que es peor, Julito? Que no aprendiste nada, que no entendiste nada. Yo quería cambiar el país, el mundo, pero no así. A lo mejor, si hubiera tenido ocasión, hubiera agarrado un arma, no lo sé, no llegué a saberlo. ¡Pero nunca hubiera jugado a ser ellos, a ser como ellos!*

Julio quiere protestar pero no encuentra palabras.

—*Yo no viví para esto, yo no morí para esto…* —murmura Marcela.

—Yo no quería vivir, no me dejaron morir —comprende Jorge Luis.

—¡Yo sí quería vivir! Había tanto para ver, todo era una maravilla... Vos, Marcela, me enseñaste a protestar, a reclamar, a exigir, a no tener miedo... ¿Y para qué? ¿Para dejarme solo en esta celda, muerto de miedo, imaginándote violada por todos ellos, mientras yo me hundía en un charco aparte?, un charco tan chiquito y miserable del que nunca pude salir, porque cuando salí no salí yo, sino este...

—¿Qué tengo que hacer, Marcela?

Le parece verla, si entrecierra los ojos, en el hilo de luz vertical que se cuela por un postigo atacado desde fuera por el sol.

—Yo no puedo decirte nada más, chiquito, mi amante, mi novio, mi nene. Yo hace mucho que no puedo decirte nada nuevo. Pero me parece que te toca decidir, de una vez, quién querés ser. Yo siempre voy a estar, aunque te enamores, aunque te escapes, aunque me olvides. Pero no me pidás que decida en tu lugar. Yo quería que siguieras viéndolo todo con esos ojos de asombro. Yo no te pedí que mataras, que te borraras el nombre y las alas. Yo solo te pedí..., ¿te acordás de lo que te pedí aquella noche, antes de la reunión y de la redada?

El hilo de luz se desvanece poco a poco y él tiene que responder antes de que desaparezca.

—Me..., me pediste que..., que nunca dejara de estar tan vivo, porque por eso me querías...

—Y me fallaste. Todo este tiempo creías cumplir con mi recuerdo y me fallaste. Ahora te toca decidir quién vas a ser.

El rayo de sol ha seguido su trayectoria y la luz deja de dibujar en el aire a una muchacha fantasmal.

Está despierto.

Jorge Luis llama a Julio, pero no responde.

44

Este septiembre Madrid miente que el otoño se parecerá a la primavera, quizá para compensar un verano demasiado caluroso. María Luisa y Jorge Luis caminan por una acera del barrio de Salamanca. Ella hace un animado recuento de actividades y preparativos, él participa, un poco desde lejos. Todavía se siente un resucitado que no sabe si tenía derecho a serlo.

Al contrario de lo habitual, ella lo toma del brazo derecho, el izquierdo ya libre de escayola parece extrañamente blanco comparado con el resto del cuerpo, *me dejó un pálido brazo de preso*, piensa Jorge Luis entre la broma y la nostalgia, porque Julio murió o se mudó de nuevo al calabozo remoto en otro lado del mar y del tiempo, *pero a lo mejor me dejó este recuerdo.*

María Luisa vuelve con el tema.

—Yo sé que la casa te encantó, no lo disimules. Es un poco grande, casi una mansión, toda esa esquina tiene ese aire francés que le da un encanto especial, me evoca a lo poco que recuerdo de Buenos Aires. Además, el precio está muy bien para la zona. Papá dijo que no quería ofenderte, que sabe que tienes recursos suficientes, pero si necesitas un préstamo...

—No hace falta. Pronto me van a pagar una muy buena cantidad por un trabajo que llevaba tiempo por cobrar —dice, pensando en la venta del *loft* de la plaza Mayor; la mujer de la inmobiliaria, la misma que hace doce años, le dijo que hay varios clientes y que no piensa regatear el precio.

—Compremos esta, entonces. No disimules, te encantó esa escalera de mármol, las habitaciones con techos altos y grandes con balcones y ese salón arriba, con un mirador de trescientos sesenta grados... Creo que es la casa ideal para fundar nuestra familia.

—Y yo creo que no, amor. Claro que me encanta el centro de Madrid, y la casa se parece a una que conocí hace mucho. Pero prefiero un chalet en las afueras, con patio y lugar suficiente para que los chicos puedan correr y jugar y un perro grande y tonto. —Parece recordar algo—. Nunca te lo pregunté, pero es importante y quizá de esto depende nuestro matrimonio: ¿qué opinas de las palomas?

La pregunta es absurda, pero ella la contesta sin ninguna duda.

—Cuando era nena les tenía miedo porque leí que transmitían enfermedades. Después me dediqué a repetir la tontería esa que todo el mundo dice cuando las llama «ratas con alas»... Pero una vez, cuando estaba muy jodida por lo de Álvaro, me vine a Madrid, me senté en una terraza y, como era la hora de comer, pedí algo, no recuerdo qué. Era la excusa para beber sin sentirme una maldita borracha, aunque no toqué el plato y me pedí una copa tras otra. No es que pensara suicidarme, no claramente. Pero iba a volver en coche y en mi estado era casi lo mismo. Me puse a jugar con el pan, a hacer bolitas con la miga, ya sabes. Me sentí absurda y las tiré de un manotazo al suelo.

Se detienen antes de cruzar una calle, a esperar la autorización del semáforo, y Jorge Luis sabe que no se moverán hasta que acabe la historia.

—Vino una paloma y luego otra y otra más, a picotear el pan del suelo. Y fue como si las viera por primera vez en mi vida. ¿Sabías que ninguna tiene el mismo diseño en el plumaje? Cada una es diferente, aunque sea un cambio sutil en los arabescos negros, un tono diferente de gris, y algunas tienen en el cuello un plumaje en tornasol, como una gargantilla de joyas. No son ratas con alas, son princesas, no hay más que verlas andar. —Sonríe abrumada, ella no suele hablar tanto—. Y ahora es cuando me dices que odias a las palomas y tenemos que romper el compromiso, ¿verdad?

—No te vas a salvar tan fácil. Me encantan las palomas y quiero una casa con patio grande para hacerles un refugio.

Ella lo abraza con fuerza y él exagera como si le doliera el brazo blanco.

María Luisa piensa que es un día perfecto. Almudena, la amiga y vecina que después de conocer a Jorge Luis la envidia el doble pero la aprecia el triple, le dio con aire de secreto un recorte de prensa esta mañana, mientras tomaban café. Ella lo leyó varias veces antes de poder creerlo.

Álvaro será procesado por maltrato a su pareja y hay numerosos vídeos que documentan las agresiones. Según la noticia, fueron grabados con una microcámara oculta dentro de un osito de peluche y llegaron de forma anónima a comisaría, junto con los datos necesarios para identificar al agresor y la agredida. Al principio, ella se negó a denunciar, hasta que vio las grabaciones y se mostró sorprendida, pero admitió los hechos. Detenido Álvaro, parece que no se irá de rositas y ya ha cambiado tres veces de equipo de abogados en un mes.

Se siente tan segura que se lo cuenta a Jorge y él sonríe con esa timidez que a veces le da aire de niño travieso.

Está satisfecho con el resultado de su operación. Durante una vigilancia de rutina cerca de la casa de Álvaro, se cruzó con la novia y le bastó ver sus ojos para saber que también la estaba destruyendo. Otra paliza no era suficiente, había que hacer algo más. Así que la microcámara que durante semanas espió la casa de los Morales tuvo una segunda y más digna utilidad.

Respira hondo el aire de Madrid, más limpio después de dos meses con la mitad de la población llevando sus coches a ensuciar otros cielos, y piensa que todo es perfecto, casi como en las películas.

Y como en las películas, alguien lo llama, pero no por su nombre de ahora.

Reconoce la voz antes de darse vuelta y no puede creerlo. Estos doce años han pasado por ella como si fueran veinticuatro. No alcanza a verle los ojos detrás de sus gafas de sol. Lo último que supo, por informes que le pasaba Olga, era que había cumplido la mayor parte de la condena por la muerte de Rovira en un psiquiátrico y que a lo mejor pronto le daban el alta. Pero nunca hubiera esperado encontrarla en plena calle de Serrano de Madrid, chiquita, dulce, quizá menguada, pero con la misma energía saltarina con que ahora lo rodea, lo abraza y le grita «¡Julio, Julio, Julio, qué ganas tenía de verte!», antes de registrar que va del brazo de otra mujer y retirarse un poco cohibida.

—Perdoná, yo es que... Fue el entusiasmo de verte después de tanto tiempo, Julio..., no pensé que...

Él se parte por dentro cuando agrava la voz y le contesta:

—Temo que me confunde con otra persona... Mi nombre es Jorge Luis.

Alba se saca los lentes oscuros para verlo mejor. Sus ojos siguen idénticos, el tiempo no pasó para esos dos pedazos de cielo, libres en apariencia de luces locas. Lo mira lentamente y dice:

—¡Uy, perdón, qué boluda soy! Te parecés bastante, pero no tanto. Debe ser el *jet lag*, llegué esta mañana de Buenos Aires. Les ruego que me disculpen.

Y se marcha avergonzada y Jorge Luis se encoge de hombros y siguen caminando y él retoma la broma de la cantidad posible de hijos que tendrán; María Luisa dice que más de una docena le parece un exceso y los dos se ríen ligeros, representando los papeles de la comedia romántica.

¿Qué carajo busca Alba acá?, se alarma Jorge Luis.

María Luisa, por su parte, está segura de que esa mujer no se confundió y de que la rectificación fue una impostura. Tiene demasiadas preguntas que hacerle a su futuro marido, pero no las hará.

Ella, como su madre, nunca pregunta nada.

45

Maldice la lentitud con que España lleva adelante el proceso de digitalización e interconexión de datos que acelera en el resto de Europa. Todos sus conocimientos son insuficientes para localizar a una muchacha pequeña en uno de los cientos de hoteles de Madrid.

Lo lógico era empezar con los de mejor categoría, sabe que ella conserva la mayoría de sus bienes y eran muchos, así que se enfundó en su traje más barato, puso cara de ejecutivo medio que ha metido la pata y comenzó a preguntar con nombres y apellidos por una clienta argentina que se le había extraviado por una confusión de hoteles.

Pero las miradas de desconfianza de los conserjes en los dos primeros intentos lo hicieron desistir: lo último que quiere es llamar la atención.

Tampoco sirvió de mucho la charla de urgencia con Olga.

Desde la muerte de Roberto apenas si se han comunicado y no hace falta ser adivino para saber que ella no le perdona la poca atención que le prestó a su padre durante los últimos años. Eso por no contar con el cariño que siempre tuvo Olga por Alba. Lo único que le dijo es que ella ya salió en libertad y puede ir al lugar del mundo que quiera, y que tampoco es tan raro que fuera a Madrid a buscar al chico que le prometió casamiento rodeado de cientos de rosales en una plaza perdida de un barrio de Buenos Aires.

María Luisa no sospecha, o si sospecha creerá que el asunto se reduce a una improbable cana al aire durante uno de los escasos viajes relámpago de trabajo que ha realizado desde que están juntos. Puede que incluso considere lo de la chica rubia como la despedida de una soltería largamente defendida.

No parece enfadada y sí a tope con los preparativos de la boda.

Y, por suerte, el idiota de Julio murió o se mudó al otro lado del océano, así que no tiene que aguantar sus reproches. Entonces cae en la cuenta de que, desde la reaparición de Alba, anda rebotando sin sentido como Julio, corriendo de acá para allá, *cuando lo único que tengo que hacer es esperar y estar atento. Ella se va a poner en contacto conmigo, y si hubiera querido hacer un escándalo, lo hubiera hecho el otro día en plena calle.*

A lo mejor solamente viajó por nostalgia a la ciudad donde planearon vivir juntos y se encontraron por casualidad en la vereda de un barrio elegante del que siempre hablaban. O su propia psicóloga le recomendó hacer ese viaje para cerrar un ciclo y ya estará en el avión de vuelta a Buenos Aires.

Jorge Luis tiene que seguir adelante con su vida, ahora que ha decidido no matar.

La mujer de la inmobiliaria le avisó que la venta se concretará en breve, así que pasa por el *loft* para recoger o destruir las pocas cosas que no se llevó al chalet.

Cuando hablaron, hace tres días, ella le preguntó si se llevaría esos muebles caros de diseño, le dijo que no los quería y la mujer, recordando la operación anterior, se ofreció a buscarle comprador.

—Son piezas de muy buena calidad, por no hablar de los cuadros, tengo un amigo marchante que los puede colocar muy bien. Y este escritorio es una antigüedad por la que te puedo conseguir buen precio...

—Consigue el mejor que puedas. El importe será para ti.

Considéralo una indemnización amistosa, no volveré a comprarte o venderte una casa.

—¿Tan mal lo hice?

—Al contrario. Pero es que esta será la última mudanza. Me caso.

Pero ya la mujer estaba calculando lo que ganaría al margen de la comisión y le dio la enhorabuena distraída.

Hoy le avisó que se habían llevado los muebles.

Así que ahora bastará con una maleta chica. No tiene mucho que despedir en este lugar en el que soñó el comienzo de la felicidad y vivió un paréntesis anodino de doce años.

Nada imprevisible le pasó allí. Ninguna sorpresa feliz o triste.

Por eso lo asusta el sobre recortado sobre el suelo de madera y con su nombre, su nombre original, escrito a mano.

Antes de levantarlo, ya reconoce la letra de Alba, redonda en las vocales y con esos trazos en diagonal en las consonantes.

Busca la botella cuadrada de whisky japonés, una de las seis de la caja que le envió Horacio, sin más nota que el recorte de periódico que informaba sobre la detención de Álvaro. Queda la mitad y no sabe si va a ser suficiente, pero tiene que abrir ese sobre.

De pronto es tan urgente leer esa carta como si llevara doce años con ella en el bolsillo y fuera por fin a saber lo que decía.

Se sienta en el suelo, despliega las hojas y lee.

46

Querido, queridísimo Julio:

Te dejo esta carta por abajo de la puerta, porque no quiero interferir en esa felicidad que merecés. Cuando nos cruzamos el otro día por la calle, me sorprendió tanto la coincidencia que no me contuve y te pido que lo entiendas: en estos años de encierro, mientras estaba dopada con la medicación, te veía y hablaba con vos, te prometía que me iba a curar pronto y nos íbamos a ir a Madrid, a vivir al departamento enorme que habías encontrado.

Algunos recuerdos son más difusos, pero otros eran tan reales que, de alguna manera, estos años viví la vida con vos, hasta tuvimos un nene y una nena como vos querías y, las pocas veces que podía mirarme en el espejo, yo envejecía más rápido en mis alucinaciones felices, pero vos seguías intocable, solo un poco más grande y serio, como ahora.

Esta carta es una despedida y una explicación para que dejés de responsabilizarte de mi vida, no creo que hayas cambiado, mi chiquito enorme culpándose de todo y por todos.

Necesito que entiendas lo que hice.

Cuando nos conocimos, me contaste casi todo sobre vos, pero te olvidaste de lo más importante, aunque lo deduje enseguida: la huella que dejó en vos la enfermedad mental de tu mamá y por lo tanto el paralelismo con la que sospechabas en mí, que te fascinaba y aterraba al mismo tiempo.

Lo supe por la manera en que me vigilabas los ojos cuando yo tenía una crisis y tu alivio cada vez que lograba disimularla.

La locura no está en los ojos de la gente, Julio.

Se esconde en los rinconcitos de la mente, a temblar de miedo. Y como todo lo que es chiquito y tiene miedo, si se asusta demasiado es capaz de matar.

Cuando me conociste, yo estaba rota en un montón de pedazos irreconciliables, como un rompecabezas al que le cambiaron las piezas y que es imposible volver a armar. Vos me diste esas piezas y una plenitud que nunca pensé que podía alcanzar, así que mi única forma de compensarte era curarme, derrotar a mis demonios, ofrecerte a una mujer nueva y entera aunque con grietas.

Todo el tiempo que estuvimos juntos me di maña para retomar la carrera y al mismo tiempo asistir a terapia y a la consulta con mi psiquiatra, que decía que la felicidad me estaba curando mejor que cualquier medicación.

Cuando te conté la historia de la desaparición de mi hermana por mi culpa, pensé que te perdía, pero te tuve más que nunca y fue más urgente sentirme sana, para poder, como dice el tango aquel (qué vieja soy), «querer sin prevención».

Y lo conseguí, Julio.

Casi lo conseguí.

Le hice caso a mi analista y dejé de ser víctima. Nadie me iba a devolver lo perdido, pero dependía de mí que nadie me quitara lo que ahora tenía.

Por eso me asusté tanto cuando supe que vos y Roberto estaban investigando a Rovira, como si yo no lo hubiera hecho antes, como si no supiera ya que no había forma legal de hacerle pagar sus crímenes, o no hubiera atravesado el duro proceso de superar esa realidad de mierda en favor de la otra, buena y mejor, que estaba construyendo con vos.

Me asusté mucho, Julio.

Y más cuando vi el dosier que tenías sobre él y muchísimo más cuando empecé a seguirte y vi que lo seguías, que anotabas sus recorridos y costumbres. Los últimos días tuve claro que el seguimiento llegaba a su fin y, cuando encontré el revólver mal escondido en tu cuarto de las computadoras, supe que te ibas a cagar la vida matando a ese asesino creyendo que me curabas.

Y supe también que si matabas, ibas a morir vos mismo, un poco o del todo. Incluso aunque consiguieras escapar y cumplir ese plan maravilloso e infantil de irnos juntos a Madrid, en la casa que supongo que es esta, a la que vine varias veces, pero nunca estás. Adela, tu vecina, me dijo ya que no vivías acá y que habías puesto el departamento en venta y me alegré, porque eso quería decir que por fin me dejabas atrás. Pero necesitaba convencerme, verte aunque fuera de lejos, y en una de esas visitas conocí a Lucía, y aunque te llamaba Jorge Luis supe que eras vos. Está obsesionada, no sé qué les das a las locas, querido. (Perdonáme el chiste malo, se acaba la carta y algo en mí se resiste a despedirse del todo).

A estas alturas te preguntarás para qué vine.

Vine porque necesitaba comprobar que lo que hice valió la pena, que te había salvado del error asegurado por ese ir y venir tuyo entre la madurez y lo impulsivo, ahora entiendo que ya entonces eras a la vez Julio y Jorge Luis y por eso estaba claro que ibas a fracasar en tu intento de matar a Rovira, que te iban a descubrir, o a matarte. Pensé en contarte que conocía tus planes, pero supe que no desistirías.

Y por eso te dejé venir a Madrid a comprar la casa y aproveché lo que había aprendido durante el seguimiento para sorprenderlo mientras jugaba un partido ridículo de tenis con el aire. Casi se cagó encima y no intentó nada. Se ve que ya no era tan valiente como lo fue con mi hermana. Lo hice ir hasta mi coche y aplicarse él mismo de cloroformo en la nariz. Después fue fácil atarlo, taparlo con una manta y llevarlo casi de noche al Tigre. Más me costó subirlo a la lancha y entrarlo a la casa del Delta, pero de alguna manera me estabas ayudando, me dabas fuerza.

Antes de todo eso les regalé un viaje a Iguazú con todo pagado a Germán y Lucinda, y menos mal, porque después trataron de incriminarlos a toda costa, a los pobrecitos.

Mientras hacía los preparativos, por un momento creí que podía hacer justicia y después escaparme a España con vos. Pero cuando lo tuve a mi merced supe que no, Julio, Jorge Luis.

Me metí al pozo con Rovira y ninguno de los dos iba a salir de ahí.

Hice lo que tenía que hacer, no para vengar a una hermana a la que nunca llegué a querer, sino para salvar al hombre que más quise.

Ahora sé que valió la pena, mirás a esa muchacha con el mismo amor con que una vez me miraste a mí.

No te lo echo en cara, ni mucho menos, porque fue mi decisión.

Pero estás obligado a ser feliz: yo maté para que vos no mataras, para que vivieras —aunque fuera sin mí— la vida que merecés.

Te cuento esto porque tampoco quiero que te eches la culpa de lo que voy a hacer: estaba decidido desde el día en que secuestré a Rovira, en realidad desde mucho antes, desde aquella tarde que fingí vómitos y descompostura para no ir a la reunión y mandé a mi hermana gemela en mi lugar.

No estaba enferma. Estaba aterrorizada, Julio.

Un compañero me advirtió que podía ser una trampa, pero yo no iba a renunciar a mi papel de heroína y hasta el día de hoy no sé si mandé a mi hermana Rocío la perfecta porque sospechaba lo que iba a pasar.

Desde ese día supe que me iba a quitar la vida y el resto solamente fue demorar el momento esperando que la justicia actuara contra el otro asesino para poder repartir la culpa.

Pero llegaste vos y me llenaste de vida y empezó otra espera hasta llegar al final, acá y ahora, en esta ciudad donde pude quererte para siempre.

No te culpes de mi suicidio, al contrario: si alguna vez dudé de esta decisión, fue durante los años que pasé con vos.

Ahora sé que mi tarea está cumplida y me toca descansar.

Chau, Julio.

Que seas muy feliz, y si tienen una nena, por favor, nunca la llames Alba y mucho menos Rocío.

Sos lo único que amé en toda mi vida y ahora te voy a amar toda mi muerte.

ALBA

Lee y relee. Necesita entender y, cuando por fin entiende, empieza a aullar con un dolor que llena el *loft*, se despliega por la plaza Mayor y cubre toda Madrid como una cúpula.

Reacciona. La carta no tiene fecha, quizás está a tiempo. *Estuve aquí hace tres días, a la tarde, es decir que pudo dejar la carta ayer, quizás hoy, a lo mejor hace un rato y todavía... Pero ¿cómo saber dónde está si...?*

Vuelve a mirar la carta, la acerca a la bombilla que cuelga del techo.

Lo ve.

El relieve en la cabecera de las hojas de papel verjurado, el anagrama de uno de los mejores hoteles de Madrid, uno de los que no visitó porque a ella nunca le gustó el lujo excesivo.

Sin respirar, llama desde su teléfono móvil a un servicio de información para pedir el número del hotel, no suelta el aire mientras lo conectan y alguien en recepción atiende, y cuando pide que le pasen con Alba Colombo Bernárdes, responde con evasivas que presagian lo peor, hasta que saca de paseo su acento más argentino y exige que lo comuniquen de inmediato con su mujer.

El pobre recepcionista tartamudea, le pasa el teléfono a un subgerente y Jorge Luis sigue sin respirar mientras se identifica como el marido de Alba y, desde el otro lado, alguien traga saliva y empieza:

—Señor, en mi nombre y en el del establecimiento, quiero decirle que sentimos mucho su pérdida y el lamentable accidente que...

Jorge Luis cuelga.

Respira.

Y vuelve a aullar.

47

15 de noviembre.

Hoy es un día especial. Más que una celebración, diría que es una ceremonia. Y todo debe salir bien, se lo debo. Hay decisiones que son para toda la vida, porque tiñen toda la vida. Pero a esas citas hay que acudir con puntualidad y elegancia.

Cualquier error lo arruina todo, pese a que la emoción del momento colabore diluyendo lo que está mal. Porque la memoria no engaña y fotografía todo para siempre.

Hoy es el día en que tengo que decirlo y lo diré: Sí, quiero.

María Luisa y Dolores, en casa, se mueven nerviosas y con la risa escapando a la menor tontería.

La hija lleva un vestido de novia, se está preparando.

La madre aún no ha terminado de cambiarse y la ayuda.

—¿De verdad te gusta cómo me queda?

—¡Ya te lo dije desde que te lo probaste en la tienda! Me gusta mucho, pero más me gusta cómo te queda esa sonrisa de novia impaciente. ¡Estás más linda que la primera vez!

—Mamá, no compares, por favor. Ahora estoy segura de lo que siento. Aquello fue un error de chiquilina y nada más. —Gira y le pregunta en tono cómplice—: Y lo bien que le queda el chaqué a Jorge, ¿te acuerdas?

—Como para no acordarme, si le hiciste probar una docena. Menos mal que ese muchacho es un tesoro y no se queja por nada... ¡Y es más guapo, qué hombre!

María Luisa ríe.

—¿No pretenderás quitármelo, vieja verde?

—Porque estoy un poco grande, que si no... Tranquila, que con tu padre tengo de sobra. Y hablando de él, ¿dónde se habrá metido? Ahora que lo pienso no lo veo desde la mañana, cuando salió a correr... Con todo el lío de organizar la ceremonia... Espero que las flores aguanten, y que los de la tienda lleven las que faltan a tiempo. ¡Si no, me van a oír, esos informales! No sé, igual ha ido a ver a Jorge, como siempre están juntos, jugando al ajedrez o conversando... ¡Me alegro de que por fin Horacio lo haya aceptado sin reservas! Sí, habrá ido a ver a Jorge, porque...

—¿Quieres parar un poco, acelerada? No está con Jorge porque acabo de llamarlo al móvil. Estaba un poco nervioso. —Ríe—. Como para él es la primera vez...

—Y para ti también. Así de enamorada no te vi nunca de Álvaro.

Dolores consulta el reloj.

—Bueno, todavía queda mucho tiempo, habrá ido al despacho o a pensar por ahí. Últimamente está un poco callado, tu padre. ¡Pero no pienses que es por tu boda, nena, que él sabe que Jorge te hará feliz! Anoche mismo me lo decía. Venga, vamos a retocar ese peinado, que tu padre ya vendrá: sabes la manía que tiene con la puntualidad.

Suben por la escalera, igualadas las edades en el entusiasmo.

Antes de entrar al tocador, Dolores vuelve a mirar el reloj.

Ya no sonríe.

—¿Jorge Luis? Soy Lucía. En la tienda de novias me dijeron que la boda es hoy, pero se negaron a decirme dónde, así que no podré ir a felicitarte en persona. Deseo que seas muy, muy feliz, pues yo también lo soy con mi novio. Solo llamaba para decírtelo. Adiós. —Pausa—. Bueno... En realidad, quería hacerte una pregunta: ¿estás seguro de que no podemos volver a empezar? Yo creo que lo nuestro tiene salvación y a mí me da igual que estés casado...

La oficina de una nave industrial en un polígono en el que las fachadas muestran más letreros de SE VENDE que de firmas comerciales dispuestas a hacer negocios. El coche alquilado está dentro de la nave, a resguardo de improbables miradas indiscretas.

Jorge Luis entra en la oficina vacía, a excepción de una silla de metal.

Va vestido para la boda, pero acaba de ponerse en la cabeza una capucha con dos agujeros para los ojos.

Coloca la silla en el centro de la estancia y vuelve a salir.

Vuelve poco después empujando a Horacio, que se tambalea, mareado.

Tiene las manos atadas a la espalda y los ojos vendados.

Jorge Luis lo sienta en la silla con brusquedad.

Tiene una pistola en la mano.

Se queda de pie ante él, indeciso.

Y comienza a girar a su alrededor, como si estuviera decidiendo algo.

Luego se acerca a un rincón y saca de la caja de cartón una lámpara de mesa. Es la misma que tenía en el *loft* junto al ordenador.

Le arranca el cable y con una navaja comienza a pelar los extremos.

Cuando termina su tarea, mira el resultado, vuelve donde está Horacio y comienza a girar en torno a él, como antes.

Dolores y María Luisa visten como hace cuatro horas, pero los peinados han cedido en firmeza, y el maquillaje pinta una triste acuarela de lágrimas en sus caras. Ambas responden al interrogatorio de dos policías, en habitaciones contiguas:

—Sí: mi marido sale a correr todos los días, aunque llueva o haga calor. Le gusta mantenerse en forma. (...) Sí, por lo que sé, Horacio siempre hace el mismo recorrido. (...) Comprendo: usted dice que al mantener horarios y trayectos regulares facilitó la tarea de los secuestradores... ¡Como si mi marido tuviera la culpa de que lo secuestraran! Esto es inconcebible... Quiero hablar con quien esté a cargo de la investigación...

—Sí, me caso hoy. En realidad, no sé si me casaré, porque con esto de papá... Ustedes lo van a encontrar, ¿verdad? Tienen satélites y toda esa tecnología... ¿Lo van a encontrar? (...) No, aún no le dije nada a mi novio, no tuve tiempo; en cuanto nos avisaron, los llamamos a ustedes. Además, el pobre se llevará un disgusto: lo quiere como a un padre...

—Fue un vecino, ahora le doy su teléfono. Iba en el coche hacia su despacho cuando reconoció a mi marido, que corría como todos los días cerca de la urbanización. —Contiene el llanto—. Una furgoneta se detuvo junto a él y un encapuchado lo encañonó, lo obligó a subir y segundos después escapaba a toda velocidad. No, no pudo tomar la matrícula. ¿Por qué no lo buscan en lugar de hacer tantas preguntas?

—¿Enemigos? ¿Por qué iba a tener enemigos mi papá? —Escucha—. Ah, ¿ya estamos con lo de siempre? ¡Sí, era militar retirado, y argentino! Pero tenía la doble nacionalidad, como mi mamá y como yo...

—No, ninguna amenaza. ¿Quién iba a amenazarlo, si Horacio nunca hizo nada malo?

—Claro que lo entiendo: tienen que intervenir el teléfono por si llaman los secuestradores. Vaya, oficial, haga lo que sea necesario, pero encuentre a mi padre, por favor.

—¿Psicóloga? No, no necesitamos ninguna psicóloga. ¡Lo que necesitamos es que encuentren a mi marido! —Escucha y luego asiente—. Comprendo: tiene que interrogar a los vecinos para ver si hay más pistas...

—Yo lo quiero mucho, a mi papá. Es un hombre bueno. Severo, pero bueno.

—Cuando nos casamos, Horacio era transparente para mí. Pero desde que murió el nene fue como si renunciara a algo, no sé a qué. Empezó a tener zonas opacas, se refugió en el trabajo, en el cuartel...

—Cuando era chiquita, pensaba que mi papá no me quería. Me trataba bien, pero yo sabía que él estaba pensando siempre en mi hermanito muerto...

—Cuando empezó la guerra, porque él la llamaba así, «La Guerra», Horacio pareció renacer, como si tuviera una misión que cumplir. Pero después se puso peor: volvía del cuartel callado, se pasaba días encerrado en su despacho, sin comer. Y cuando se iba ya no hablaba de la guerra. Decía: «Me voy al trabajo».

—De niña llegué a pensar que yo tenía la culpa de la muerte de mi hermanito. Y se lo dije a mamá. Ella se echó a llorar y me juró que no, que yo no tenía nada que ver, porque eso pasó antes de que naciera... Creo que se lo contó a papá, porque desde ese día él fue más cariñoso, pasaba más tiempo conmigo. Eso sí, nunca dejaba que me acercara a un balcón. Lo tenía prohibido.

—Un día me dijo que teníamos que irnos del país y acepté sin preguntar nada. Yo nunca le hacía preguntas. Bastante tenía el pobre con la guerra y todo eso, como para que lo molestara con preguntas. Cuando llevábamos un tiempo en España, Horacio volvió a ser el hombre del que me enamoré. Y creí que todo había terminado.

—Casi no me acuerdo de la Argentina. Yo crecí aquí. En la tele, a veces salían noticias sobre los juicios a militares argentinos y me ponía frenética. Una vez, cuando ya iba a la facultad, estábamos cenando y pusieron un reportaje sobre los hijos de los desaparecidos. Hablaron de cientos de bebés nacidos en cautiverio, que habían sido criados como propios por militares, que en algunos casos eran los responsables de la muerte de sus verdaderos padres. Apagué la tele, furiosa, gritando que eso era puro sensacionalismo. Papá pegó un golpe en la mesa y dijo que ya era hora de que se supiera la verdad. Papá nunca había pegado un golpe en la mesa. Me quitó el mando y volvió a poner la tele.

—Yo nunca pregunté nada.

—Tenía un novio bastante mayor que yo, que estaba terminando Bioquímica y trabajaba en un laboratorio. Me costó un poco convencerlo, pero al final aceptó. Robé unos cuantos cabellos del cepillo de papá y los metí en un sobre.

En otro sobre puse unos cabellos míos, y se los di a mi novio para que me hicieran la prueba de paternidad.

—Yo vi que la nena se llevaba el cepillo y me pareció raro, así que a la noche, en la cama, se lo conté a Horacio. Él se quedó pensando un rato, así, como lejos. Y luego me pidió que no le dijera nada, a la nena. Dijo que si tenía que ser así, que así fuera. No lo entendí, pero no pregunté. Yo nunca pregunto nada.

—Los resultados tardaron casi dos meses en llegar. Creía que me volvía loca. Tuve ataques de sonambulismo. Me metía en mi cama, me tomaba una pastilla y me dormía. Al amanecer, despertaba siempre en el balcón.

—Yo me di cuenta de que durante un tiempo Horacio y la nena estaban raros. Entre ellos. A mí me mimaban más que nunca. Y no pregunté nada.

—Cuando mi novio me dio el sobre, no pude abrirlo. Lo llevé todo el día en el bolso y al llegar a casa me encerré en mi cuarto. Me pasé toda la noche mirando el sobre cerrado, y al amanecer, lo abrí.

—Yo nunca pregunté nada.

—¿Quiere saber lo que decía? ¡No lo sé ni me importa! ¡No lo leí! ¡Quemé el sobre y el papel que había dentro! ¡Mi papá es mi papá! ¡Y no tiene que arrepentirse de nada!

—Yo nunca pregunté nada. A lo mejor, si hubiera preguntado más, Horacio estaría ahora con nosotras.

48

Jorge Luis deja de girar.

Ha tomado una decisión.

Se para frente a Horacio y habla, con una voz que no es la suya:

—Mayor Horacio Rafael Morales, por los crímenes cometidos durante la dictadura cívico-militar, por las torturas permitidas y las realizadas, por su complicidad con el genocidio, será condenado a...

Horacio lo interrumpe:

—¿Es necesario este circo? Proceda y acabemos de una vez.

—Eso es lo que le gustaría, ¿verdad? Algo rápido y digno. ¿Y si le dijera que lo tendremos aquí durante meses, desnudo, sin saber cuándo es de noche y cuándo de día? ¿Le parece mejor así?

—Yo tenía motivos, órdenes, un escalafón. ¿Usted qué tiene?

—Yo tengo... ¡Tengo una misión! No intente gritar. Aquí no lo oirá nadie. Le dispararé a una pierna y luego a la otra...

—Veo que estamos entre profesionales. La verdad es que estuvo bien planeado. Ni vi venir la furgoneta. Y lo del cloroformo... Muy eficaz. No pensé que durmiera a un hombre con tanta rapidez, como nosotros no...

—Ustedes no usaban anestesia, Morales. ¿O prefiere que lo llame Lobo?

Horacio intenta reír, pero se queda a medias:

—¡Hacía años que nadie me llamaba así! Y nunca me lo dijeron a la cara... Pero ¿sabe por qué me pusieron ese apodo?

—Creo que es evidente...

—No tanto. Me lo gané mucho antes de eso, en combate contra la subversión, cara a cara... Combatiendo en el monte, arma contra arma, odio contra odio, y aunque el mío no era mucho, tenía la disciplina...

—Me conmueve, Morales. ¿Quiere que lo proponga para una medalla?

—Quiero que acabemos de una vez. Hoy se casa mi hija, y ya que el padrino no va a poder acudir, no quisiera que también falte el novio...

Jorge Luis se sorprende, pero no demasiado.

Se quita la capucha y le quita al otro la venda de los ojos.

—¿Desde cuándo lo sabes?

—Eras perfecto y cuando te hice investigar no encontraron nada sospechoso. Demasiado correcto. Pero me parecía muy de película, creí que me estaba poniendo paranoico con la vejez. ¿Quién se iba a tomar tanto trabajo para infiltrarse en mi familia, si era más fácil matarme en la calle?... Dejé de sospechar y luego sospeché otra vez. ¿Por qué has tardado tanto?

Jorge Luis gira alrededor de la silla y su sombra se proyecta al otro lado de Horacio, en la pared, como si alguien más lo rodeara, quizá Julio, que ahora habla en voz alta y suena furioso, casi infantil:

—En eso consiste la impunidad, ¿verdad? En que la víctima no sepa cuándo le tocará la liberación, el dolor o la muerte. Así ganaste una guerra, ¿no?

—No dije que la ganara: luché en ella. Tenía que hacerlo.

—¿Y valió la pena tanta barbarie, tantas violaciones y torturas?

—¡Yo nunca violé a nadie! ¡Y tampoco torturé!

—Y con eso lo arreglás todo, ¿no? ¿No sabías lo que hacían tus hombres, tus subalternos, tus superiores? ¿Lo ignorabas, Lobo? ¿Cuál es la diferencia? ¿Que tus manos sostuvieron menos horas la picana?, ¿que pegaron menos que los otros? ¿Qué hubiera pensado de eso tu hijo, el que miraba a los pájaros para descubrir las diferentes formas de volar?

Horacio parece confundido:

—Eso no se lo conté a ninguno de los..., salvo a... ¡Ahora sé de dónde me sonaba tu cara! Tú..., tú..., vos sos Julio, ¡el chico que salvé!

—¡Marchando otra medalla para el Lobo Morales! ¿Creés que me hiciste un favor porque me dejaste ir mientras mataban a los demás?

—Yo..., dejálo. No lo entenderías. Procedé con la ejecución, que se te hace tarde para la boda.

—O sea que das por sentado que me voy a casar con tu hija...

—¿Te diste cuenta de que te cambia la voz por momentos? Y claro que te vas a casar con María Luisa. Hay cosas que no se fingen: vos estás enamorado de mi hija. A mí me vas a matar, pero a ella le vas a llenar la vida de felicidad, lo sé. Harás que parezca un accidente, ¿verdad? Un atraco o algo así, lo que sea, pero que ellas nunca sepan la verdad... Por favor.

Jorge Luis detiene su girar y la sombra de Julio también.

—¡Basta! ¿Esto qué es, una reunión familiar, un cumpleaños? ¿Cuándo reparten la Coca-Cola y los sombreritos? ¡Enchufá el cable ese de una vez, Jorge Luis, y metéle corriente, para que sepa lo que se siente!

Horacio mira a Jorge y a su sombra como si fueran dos personas:

—¿En esto te convertiste, en un perro rabioso sediento de sangre?

—Peor, Horacio: me convertí en esto. En un tipo capaz de sentir lástima por alguien como vos, de suponerle alguna virtud, en un imbécil desesperado por creer en la redención de un torturador arrepentido...

Julio estalla:

—¡El torturador arrepentido! Suena a nombre de tango, pónganle música y nos vamos de gira los tres. ¡Ya me cansé de esperar, Jorge Luis, si no tenés pelotas para hacerlo, lo mato yo! ¡Hay que hacer justicia!

—No mientas, Julio —corta Jorge, y Horacio empieza a entender. Mira al hombre y a la sombra—. El que nunca tuvo pelotas fuiste vos. Y la justicia te importa una mierda. ¡Si te pusiste a repartir panfletos porque te gustaba el culito de Marcela!

—¡A Marcela no la nombrés, no sos digno! ¡Todo este tiempo podías haber encontrado al Lobo y no lo hiciste!

—Eso —pregunta Horacio—. ¿Por qué ahora y no hace diez años?

—¡Yo qué sé! A lo mejor, hace diez años no aplaudías con tantas ganas. Y vos, nene llorón, dejá de usar a Marcela como excusa.

—Marcela era todo. ¿Por qué no la salvaste a ella, Lobo?

Horacio se remueve, sorprendido:

—¿Marcela? ¿Entonces todo esto es por tu noviecita, la flaquita de pelo largo? Tenía un apellido alemán, ¿cómo era?

—Neumann.

—¡Neumann! ¡Salió libre al otro día! Nadie le tocó un pelo. Era sobrina de un general. Colaboró y se fue. No te lo dije para no hacerte sufrir más...

—¿Qué dices?

—Que dio los nombres de sus contactos, algunas direcciones, y la dejamos ir...

—Pe... Pero Rovira me dijo que...

—¿Qué gano con mentirte, si de acá no salgo vivo? La soltamos y al día siguiente se fue del país. ¿No tenía una hermana viviendo en Frankfurt? Y ahora que caigo: ¿a Rovira lo mataste vos?

—Sí. De alguna manera.

—¿Y qué pasa si Marcela habló para salvarse? ¡Si hubiera sabido algo, yo también hubiera cantado! ¡Éramos chicos, teníamos miedo! ¡Matálo! ¿Qué esperás?

—Si lo mato, seré como él. Si lo dejo ir, viví para nada. Marcela, después de todo, no era Marcela. Y si Alba me quería tanto, ¿por qué se suicidó?

—Hay que terminar lo que empezaste. Es él o nosotros.

—No. Ahora por fin entiendo que la pelea a muerte siempre fue entre vos y yo, Julio. Siempre fue así. —Gira hacia Horacio, con la pistola en la mano y, más que apuntar, lo señala—. ¿Amás a tu mujer, a tu hija?, ¿te sentís sucio cuando las mirás? ¿Un torturador puede querer?

—Eso vas a tener que averiguarlo por vos mismo, Jorge. Yo tengo demasiado con lo mío. ¿Te cuento un secreto? No soy capaz de mirarme en los espejos si estoy solo, porque de aquel lado está el otro, el que antepuso su seguridad a los principios. Cada salmón elige qué río remonta. Tu Marcela delató, se salvó y se escapó para huir de su vergüenza. Pero hubo cientos de chicas y chicos que no lo hicieron, que callaron a cualquier precio. Y cualquier precio era la vejación y la muerte. Yo lo sabía, aunque jugara a no darme cuenta...

—¿Ves? Admite su culpa. ¿Qué esperás para pegarle un tiro?

—No me queda nada —dice Jorge Luis—. Solo dos balas y este vacío.

—¡Que lo matés, te digo, antes de que nos mate a nosotros!

—Horacio...

—¿Qué más querés saber?

—¿Cuántas maneras de volar hay?

—Para saberlo, tendrías que ser como mi Julio. Pero si no me matás acá y ahora, toda tu vida vas a ser de esos que no se asoman demasiado a los balcones.

—¡Dispará de una vez, cobarde de mierda!

Suenan dos disparos.

49

15 de enero de 2001.

Hoy me caso.

Dolores sigue destrozada, pero insistió en que no postergáramos más la boda. «La vida sigue», dijo. Y no sabe cuánta razón tiene.

«Es lo que Horacio hubiera querido», dijo.

Esta mañana, a la misa en su memoria, vino mucha gente. Horacio, a su manera discreta, era un hombre muy querido.

La Policía sigue sin pistas sobre los secuestradores. Dicen que lo más probable es que no fueran profesionales, que se pusieron nerviosos y el asunto se les fue de las manos. Quizás una banda de rusos que iban por libre y se creyeron su propia leyenda, me dijo Jiménez, el inspector a cargo, que nos mantiene informados de cualquier novedad.

Siguen investigando, pero me temo que no los encontrarán.

Pero hoy me caso y tendré que sobreponerme a mi pena, porque lo que importa ahora es apoyar a Dolores y a María Luisa.

Echaré de menos a Horacio.

En este tiempo llegué a quererlo como a un padre.

Tras guardar la última entrada del diario, Jorge Luis borra el archivo y activa un virus de su invención que —literalmente— derretirá el disco duro del portátil.

Se pone la chaqueta y se revisa el peinado. Está impecable.

El dormitorio es amplio y luminoso, como todas las habitaciones del chalet. Todavía hay terminaciones pendientes en la reforma que dejaron congelada después de lo de Horacio, pero hace una semana que se mudaron aquí por imposición de Dolores, porque sabe que si no los echa, no se irían nunca a estrenar su propia casa.

Mira por la ventana.

El refugio para palomas está listo y ya tiene a las primeras ocupantes bamboleándose felices por el patio.

Marca en su teléfono el código del contestador de una línea fija que ya no usa y suena la voz de Lucía:

—¿Jorge Luis? Soy Lucía. ¿Por qué nunca me respondes? ¡Te odio, te odio, te odio y deseo que te mueras, que te mueras con dolor y sufrimiento, que te mueras y resucites para volver a morirte! Perdona. Es que estoy muy nerviosa, con lo de tu boda y todo eso. Cuando vuelvas de luna de miel, si quieres, podemos quedar para follar. Solo sexo, ¿qué opinas?

Jorge cuelga y decide que el lunes sin falta dará de baja esa línea, *y si con eso no alcanza, habrá que dar de baja a Lucía*, piensa, y espera.

Ninguna voz le contesta. Julio ya no volverá.

Entra María Luisa al dormitorio. Viste de boda, pero no un vestido clásico de novia, sino uno color rosa pálido que oculta un embarazo incipiente, de unos tres o cuatro meses.

—¿Vamos, mi amor?

Jorge se acerca y le toma la mano con ternura.

—Vamos. No hay que dejar mucho rato sola a tu madre.

Salen al salón en obras y sin luz.

Paralelas sobre el suelo, envueltas todavía en plástico, dos alfombras que esperan el final de las obras para lucir su diseño. Jorge y María Luisa, en una broma particular, levantan mucho las piernas cuando pasan sobre ellas.

«Tenemos dos troncos atravesados en el salón», suele decir ella.

Él evita mencionar que le recuerdan a dos cadáveres tendidos en una nave industrial.

En el porche, espera Dolores junto con Almudena. Viste de gris.

Llora un llanto suave, como si no le quedaran lágrimas.

La pareja se detiene antes de salir del salón en penumbras.

Jorge besa a María Luisa y le pone la mano en la tripa. Sonríen.

—¿Cuándo se lo vamos a decir a mamá?

—Dentro de unas semanas. Aunque si sigue creciendo así, es capaz de nacer en mitad de la ceremonia...

—¡Se alegrará tanto! Si es niña, quiero que se llame Dolores, como ella.

—Sabes que odia su nombre. Si es nena, me gustaría que se llame Marcela.

—¿Y por qué Marcela? ¿Es el nombre de una antigua novia?

—No. Es que siempre me gustó ese nombre.

Por la puerta entornada espían a Dolores, que ensaya una sonrisa.

Salen al pasillo.

María Luisa se detiene de repente.

—¿Y si es nene?

—Si es nene se llamará Horacio, como el abuelo.

Cierra con fuerza y el portazo resuena como el cerrojo de un calabozo.

Madrid, 2001-2024

ÚLTIMA NOTA DEL AUTOR

Explicar una novela es como explicar un chiste o una carta de amor: si tienes que hacerlo, es porque el chiste no tenía gracia o el amor era una farsa. No explicaré, pues, la historia que antecede a estas palabras. Pero sí quiero comentar ciertas elecciones que han ocupado casi la mitad de mi vida hasta llegar al texto presente.

No fui uno de los miles de represaliados directos de la última dictadura argentina, aunque tuve la oportunidad de conocer a sobrevivientes de ese horror.

Imagino que me salvaron la edad y la geografía: cuando el general Videla y sus cómplices comenzaron el desguace del país y de su memoria, en marzo de 1976, yo era poco más que un crío y vivía en una próspera ciudad de la Patagonia, a más de mil kilómetros de Buenos Aires o de los otros puntos del país en los que la sangría fue temprana y brutal.

No sabíamos. O no queríamos saber. Sin ánimo de descargo, diré que al no existir todavía internet, la información quedaba en manos de los medios de comunicación tradicionales, aliados de los militares o intervenidos por ellos, tras las convenientes purgas y desapariciones de los periodistas que pudieran resultar contestatarios.

Y, aun así, uno podía saber cosas. Fragmentadas, sin confirmar, en voz baja. Pero algo te iba llegando. Mujeres calificadas de locas y con pañuelos blancos en las cabezas indómitas trazaban con sus pasos surcos contra el olvido frente a la casa de gobierno cada jueves. Eso no salía en los diarios, o salía apenas para señalarlas como pobres madres confundidas que pedían por unos hijos que habían huido del país, al principio, y más tarde como agentes de una campaña antiargentina.

Llamar a la puerta

Cuando hablo con alguien sobre este tema en Europa, salvo contadas excepciones, se sorprende al saber que el golpe de Estado del general Videla y su banda no fue, ni mucho menos, el primero de nuestra historia, sino la culminación de una larga sucesión de cuartelazos. Entre 1930, año del primer golpe de Estado, y 1983, cuando se disolvió la última junta militar, pasaron 53 años. Y en ese período, durante 34 años, el poder estuvo en manos de presidentes militares (25 años) o civiles puestos a dedo e impuestos por las armas (9 años), por no hablar de elecciones democráticas tuteladas y con partidos mayoritarios proscritos.

La oligarquía argentina estaba habituada a llamar a la puerta de los cuarteles para que los uniformados pusieran orden, defendieran sus privilegios y volvieran a lo suyo. Y, casi sin darse cuenta, la clase media consolidada en los años sesenta hizo lo mismo cuando el tercer Gobierno de Perón se le fue de las manos a su viuda.

Solo que esta vez fue diferente.

Los militares pretendían perpetuarse en el poder y para lograrlo implantaron el terrorismo de Estado, secuestrando, torturando y asesinando a miles de ciudadanos que simplemente «desaparecían», sin juicio ni garantías constitucionales.

Los organismos internacionales de Derechos Humanos hablan de 30.000 desaparecidos, aunque desde sectores afines a la ultraderecha se afirma que fueron menos de 10.000, como si eso minimizara la atrocidad. Por cierto, en documentos desclasificados en 2006 en Washington, contactos militares reconocían 22.000 víctimas entre muertos y desaparecidos hasta mediados de 1978.

Los números pueden bailar. Los muertos sin tumba, no.

La duda más atroz

Durante años me atormentó la sospecha de que lo más peligroso no es la existencia de hitlercitos como el general Videla, tan seguros en su demencia, sino que haya miles y miles de posibles seguidores de la corriente, por sucia que sea el agua que esa corriente trae.

Los torturadores orgullosos y confesos son una anomalía terrible, pero mensurable. Lo otro, no. Lo gris, lo que nos hace aceptar lo inaceptable, es el verdadero horror del que, quizás, hablaba Conrad.

No sé qué hubiera ocurrido conmigo si el golpe me pilla con dos o tres años más, o en una gran ciudad. Tal vez no estaría escribiendo estas páginas, sino enterrado en una tumba sin nombre. O tal vez hubiera mirado para otro lado cuando grupos paramilitares se llevaban a un vecino, como tantos, y calmado mi conciencia con el mantra tan popular en aquellos años: «Algo habrá hecho».

Nunca lo sabré.

Cuando me vine a vivir a España, hace más de media vida, ya venía conmigo el germen de esta novela. Pero todavía no me sentía capaz de abordarla en este formato, en el que ya tenía la mala costumbre de bucear en las dualidades de mis personajes.

Opté por un primer acercamiento desde la dramaturgia, que me permitía visualizar la acción simultánea de los dos tiempos de la historia y me dejaba a salvo del peligro de convertirla en un panfleto.

Conté para ello con la sensibilidad y el talento de **María Suanzes** y la **Compañía Brétema Teatro**. Gracias a ellos, la obra se representó bajo el título *El torturador arrepentido* en **Cincómonos Espai d'Art** de Barcelona durante la primavera de 2012 y tuve la suerte de comprobar *in situ* que transmitía lo que yo necesitaba transmitir. También supe que, cuando me sintiera capaz, la desarrollaría como novela, porque como tal llevaba años soñándola sin prisa.

Este *Tango del torturador arrepentido* es heredero de aquella obra de teatro, aunque desarrolla personajes que apenas asomaban o que no me atreví a incluir porque me asustaba el dolor que irradiaban, lo que tenían de gente a la que conocí y que sobrevivió a ese infierno.

Tardé diez años en decidirme a escribir esta historia en formato teatral.

Y diez más hasta que la mostré a María, que la puso en escena.

Y otra década en sentirme capaz de desarrollarla como novela y asomarme al lado más oscuro de los personajes.

En el camino, cumplí con la promesa que me hice a los diez años, cuando decidí que sería novelista en lugar de astronauta.

Es mi libro número 50 desde que comencé a publicar en 2007 y me atreví a enfrentarlo, porque supuse que ya estaba lo suficientemente curtido como para hacerlo.

Puede que sí, aunque escribí los capítulos finales sin poder dejar de llorar.

En algunos pasajes he respetado el estilo de la obra de teatro, para seguir celebrando la magia de ver a mis personajes encarnados. Pero no es la obra alargada, es una novela que me enseñó más sobre mí mismo y mis orígenes que los cuarenta y nueve libros anteriores. Si hay errores, es que también son ciertos.

Por cierto, por más que indagué, solo hallé un caso de agresión contra un torturador desde la recuperación de la democracia. Fue en 1996, cuando un pequeño grupo armado denominado Organización Revolucionaria del Pueblo (ORP) atentó contra la vida de Jorge Bergés, un médico obstetra entonces libre por la Ley de Obediencia Debida y más tarde condenado por atender partos de mujeres detenidas desaparecidas durante la última dictadura y por la apropiación de sus niños. El médico controlaba a los detenidos para que no murieran en las sesiones de tortura y asistía los partos de las prisioneras en una red de comisarías en la Provincia de Buenos Aires que funcionaban como campos de exterminio.

Bergés sobrevivió. Su agresor fue condenado a 18 años de cárcel y cumplió condena. La ORP se disolvió.

No conozco otro caso, no pude hallar pistas de ninguna venganza directa por parte de familiares de los miles de desaparecidos o sobrevivientes contra represores identificados como responsables de torturas, violaciones y muertes de detenidos de forma ilegal durante la dictadura.

Por una vez, me alegra que la realidad no supere a la ficción.

Y que los damnificados sigan demostrando que son mejores que sus verdugos.

Carlos Salem

INFORMACIÓN PARA CLUBS DE LECTURA

Querido lector, nos tomamos la libertad de tutearte porque tienes entre tus manos uno de nuestros libros y, por tanto, ahora tú también eres ya miembro de Alrevés.

Y, como tal, queremos comentarte que, pensando en el placer que supone la lectura compartida, hemos añadido una pestaña en nuestra web (https://alreveseditorial.com/) donde encontrarás la ficha de lectura de este libro, por si sintieras el irrefrenable deseo de intercambiar tus impresiones sobre él en un club de lectura. Allí encontrarás también nuestros contactos para facilitar la participación de nuestros autores en las charlas, recibir información, organizar actividades, etcétera.

Te estaremos muy agradecidos si difundes esta iniciativa porque, como dijo un gran sabio a quien conocimos bien, leer nos salva del olvido.

> «Sobre este escritorio y sobre la mesilla de noche había siempre novelas baratas de misterio (...) Yo las devoraba por las noches, cuando los rostros de los muertos se me aparecían para ahuyentar el sueño y las preguntas se encadenaban unas con otras para tramar una red en la que me quedaba atrapado. Entonces, aquellas noveluchas me ayudaban a no pensar. Si algo echo de menos es precisamente eso: poder comprar cien páginas de olvido por solo un duro».
>
> ALEXIS RAVELO,
> *Los días de mercurio*

Serie de la Brigada de los Apóstoles